KB081105

달려라 메로스

달려라 메로스

走れメロス

다자이 오사무 컬렉션

1

김승옥 기획

전규태 옮김

엘릭시르

차례

후지 산 백경   7

나태의 가루타   39

팔십팔야   71

축견담   101

멋쟁이 아이   127

세속 천사   143

직소   161

알테 하이델베르크   189

달려라 메로스   209

도쿄팔경   231

옮긴이의 말   273

다자이 오사무 연보   279

일러두기

1   『달려라 메로스』에 수록된 작품들은 1939~1941년에 쓰였으며, 번역 대본은
    走れメロス(角川文庫, 1971)를 사용하였다.
2   본문의 주는 모두 옮긴이 주이다.

후지 산 백경 |1939|

富嶽百景

후지 산의 정각(頂角), 히로시게(歌川広重)[1]의 후지 산은 85도, 분초(谷文晁)[2]의 후지 산도 84도 정도지만 육군의 실측도에 의해 동서 및 남북으로 단면도를 작성해보면 동서로 종단한 각도는 124도가 되며, 남북은 117도이다. 히로시게, 분초의 그림뿐 아니라 대체적인 그림에서 후지 산은 준초(峻峭)하다. 봉우리는 뾰족하며 높고 화사하다. 호쿠사이(葛飾北斎)[3]의 그림에 이르러서는 그 각도가 거의 30도 정도여서 에펠 탑과 같은 후지 산까지 그리고 있다. 하지만 실제 후지 산은 둔중하기 이를 데 없고, 느릿느릿하게 펼쳐져 있어, 동서로

---

1 우타가와 히로시게. 에도 시대 우키요에(浮世繪) 화가.
2 다니 분초. 에도 시대 후기의 화가.
3 가쓰시카 호쿠사이. 우키요에 화가.

124도, 남북으로 117도로 결코 높은 산이 아니다. 예컨대 내가 인도나 다른 여느 나라에서 갑자기 독수리에게 채여서 일본 누마즈(沼津) 근방의 해안에 떨어졌다고 하자. 그때 문득 이 산을 처음 보았다고 해도 그렇게 경탄하지는 않으리라. '대일본의 후지 산'을 새삼스레 동경하며 보았을 때 '원더풀'인 것이지, 그렇지 않고 세속적인 선전을 일절 모른 채 소박하고 순수한, 그리고 좀 멍한 마음으로는 과연 얼마만큼 호소력이 있을지……. 그런 생각을 하면 다소 씁쓸한 산이기도 하다. 산이 너무 낮다. 산기슭이 사뭇 넓게 퍼져 있는 데 비하면 낮다는 말이다. 그만큼의 산기슭을 지니고 있는 산이라면 적어도 1.5도만큼은 더 높아야 한다.

짓코쿠 고개(十国峠)[4]에서 바라다본 후지 산만큼은 그런대로 드높았다. 정말 좋았다. 처음엔 구름 때문에 산봉우리가 보이질 않아, 산기슭의 경사로 미루어 아마도 저기쯤이 봉우리이겠거니 여기면서 구름 사이에 한 점을 찍었는데, 막상 구름이 걷히고보니 틀렸다. 내가 본시 찍어둔 곳보다도 배나 높은 곳에 파란 산꼭대기가 올연히 보였다. 놀랍다기보다는 어쩐지 멋쩍어서 깔깔대며 웃었다. 한 방 얻어 맞은 기분이었다. 사람은 완전한 듬직함을 접하게 되면 먼저 방

---

4 시즈오카 현 히가네 산(日金山) 정상에 위치한 해발 766미터의 고원. 정상에서는 하코네, 후지, 남알프스, 이즈 반도 등을 조망할 수 있음.

정스레 깔깔 웃게 되나보다. 온몸의 나사가 분별없이 풀어져, 좀 야릇한 표현이긴 하지만 허리띠를 풀고 웃어야만 할 것 같은 느낌이었다. 여러분이 만일 연인을 만났을 때 만나자마자 연인이 큰 소리로 웃는다면 경하해마지않을 일이다. 연인이 결코 결례했다고 여기지 말아야 한다. 연인은 당신을 만나 당신의 완전한 신뢰를 온몸으로 느낀 것이라고 할 수 있으니 말이다.

도쿄의 아파트 창문을 통해 바라보는 후지 산은 답답하기만 하다. 겨울에는 뚜렷하게 잘 보인다. 작고 새하얀 삼각형이 지평선 너머 올연한데, 그게 바로 후지 산이다. 그저 그렇고 그렇다. 크리스마스 장식용 케이크 같은 그런 모양이다. 그런가 하면 뒤쪽 어깨가 왼쪽으로 기울어져 있어 배의 뒷부분부터 가라앉고 있는 군함 모습과도 같다. 3년 전 겨울, 나는 어떤 사람으로부터 뜻밖의 사실을 듣고는 몹시 당황했던 적이 있다. 그날 밤 아파트 방구석에서 한숨도 자지 않고 혼자서 술을 퍼마셨다. 새벽녘, 소변을 보는데 아파트 화장실의 철조망 쳐진 네모난 창문 밖으로 후지 산이 바라다보였다. 새하얗고 작은, 왼쪽으로 기울어진 듯한 그 후지 산을 잊을 길이 없다. 생선장수가 창문 밑의 아스팔트 길을 자전거로 시원스럽게 달리며 "오! 오늘 아침은 후지 산이 정말 또렷이 보이네, 엄청 추운 날씬데 말이야."라고 중얼거리는 걸 들으며, 나는 으슴푸레한 화장실에 멈칫 선 채 철

책을 어루만지며 혼자서 훌쩍거렸다. 그런 추억은 두 번 다시 되풀이하고 싶지 않다.

쇼와 13년(1938년) 초가을, 마음을 새로이 다잡을 각오로 나는 가방 하나 달랑 메고 여행길에 나섰다.

고슈(甲州). 이 고장 산들의 특징은 산의 울퉁불퉁한 선이 하염없이 덧없고 완만하다는 데 있다. 고지마 우스이(小島鳥水)의 『일본 산수론』에서도 "산들이 서로 어울리는 것을 싫어하여 이승에서 선유(仙遊)를 하는 것만 같다."라고 하였다. 고슈의 산들은 어쩌면 좀 어정쩡한 산인지도 모르겠다. 나는 고후(甲府) 시에서 버스를 타고 한 시간 남짓 만에 미사카 고개(御坂峠)에 이르렀다.

미사카 고개, 해발 1,300미터. 이 고개 꼭대기에 '덴카차야(天下茶屋)'라는 자그마한 찻집이 있는데 소설가 이부세 마스지(井伏鱒二)[5] 씨가 초여름 무렵부터 이곳의 2층에 틀어박혀 일을 하고 있다. 나는 이를 짐짓 알고 여기에 왔다. 이부세 씨의 작업에 폐를 끼치지 않을 선에서 옆방이라도 빌려 나도 잠시 그곳에서 선유하려고 생각했다.

이부세 씨는 작업을 하고 있었다. 나는 이부세 씨의 양해를 얻어 잠시 그 찻집에 머물게 되었는데, 그로부터 매일 내키지 않아도 후지 산을 정면으로 바라보아야만 했다. 미사

---

5 일본의 소설가. 다자이 오사무의 스승이며 『존 만지로』로 나오키 상을 수상함.

카 고개는 고후에서 도카이도(東海道)[6]로 나오는 가마쿠라(鎌倉) 길목의 요충지로, 후지 산 북쪽 면의 대표 관망대로 알려져 있다. 여기서 바라보는 후지 산은 예부터 후지 산 삼경(景) 중 하나로 여겨지고 있다지만, 나는 이에 대해 탐탁하게 생각지 않을 뿐만 아니라 경멸하기조차 했다. 너무나도 판에 박은 후지 산이기 때문이다. 지나치게 한가운데 후지 산이 자리하고 있고, 그 아래로 가와구치(河口) 호수가 하얗고 차갑게 펼쳐져 있어 근경의 산들이 그 양 끝에 고즈넉이 움츠리며 호수를 껴안듯 하고 있다. 나는 이 풍광을 얼핏 보고는 당황스레 얼굴을 붉혔다. 이 풍광은 마치 목욕탕의 싸구려 그림 같다. 연극 무대의 배경 그림이다. 아무리 봐도 주문해 그린 간판 그림이어서 나는 부끄러워 견딜 수가 없었다.

내가 이 고개에 온 지 이삼일 만에 이부세 씨의 일도 대강 일단락되어 어느 해맑은 저녁나절에 우리들은 미쓰 고개(三ツ峠)에 올랐다. 해발 1,700미터. 미사카 고개보다는 좀 더 높다. 급한 오르막길을 기어가듯이 타고 올라가기를 한 시간쯤 했을까, 미쓰 고개 꼭대기에 이르렀다. 담쟁이덩굴을 헤치면서 가느다란 산길을 기어 올라가는 내 모습은 사뭇 볼썽사나웠으리라. 이부세 씨는 제대로 등산복 차림이어서 산뜻한 모습이었지만 나는 등산복을 갖추지 못해 도

---

6 도쿄에서 교토까지 해안선을 따라 나 있는 가도.

테라[7] 차림이었다. 찻집의 도테라는 짧아서 종아리를 한 치 이상이나 드러내야 했고, 더군다나 찻집 늙은이에게서 빌린 고무창 작업화를 신고 있어 내가 보기에도 너절해 보였다. 그런대로 머리를 쓴답시고 허리끈을 조이고 찻집 벽면에 걸려 있는 케케묵은 밀짚모자를 써보기도 했는데 오히려 더 이상해 보였다. 이부세 씨는 남의 차림새를 결코 경멸하는 분이 아닌데 그분도 이날만큼은 사뭇 안됐다는 얼굴로 나를 쳐다보고 남자란 차림새 따위엔 굳이 신경 쓸 것 없다며 낮은 목소리로 중얼거리듯 위로해준 것을 나는 두고두고 잊을 수가 없다. 이런저런 꼭대기에 오르기는 했지만 갑자기 짙은 안개가 밀려와 산꼭대기에 있는 '전망대'라는 낭떠러지 끝에서 보아도 도저히 주변을 전망할 수 없었다. 도대체 아무것도 보이질 않았다. 이부세 씨는 짙은 안개 속에서 바위에 털썩 주저앉아 느긋하게 담배를 한 대를 피우면서 몹시도 따분한 표정이었다. 전망대에는 찻집이 나란히 세 군데나 있었다. 그 가운데 한 채, 노부부가 단둘이서 운영하는 단출한 찻집에서 따끈한 차를 한 잔씩 마셨다. 찻집의 노파는 안쓰러운 듯 하필 이런 짙은 안개가 낀 것을 안타까워하며 조금 있으면 안개가 걷히고 후지 산이 바로 옆에 또렷이 잘 보일 거라며 찻집 안쪽에서 후지 산의 큼지막한 사진

---

7 소매가 넓은 두툼한 기모노.

을 꺼내 절벽 끝에서 그 사진을 두 손 높이 들어 보여주었다. 여기에, 이처럼 크고 뚜렷하게 이렇게 보인다면서 열심히 주석을 달았다. 우리는 차를 홀짝이며 사진 속의 후지를 쳐다보고 가만히 웃음을 날렸다. 참 좋은 후지 산을 보았다. 짙은 안개가 원망스럽지도 않았다.

다다음 날이었나, 이부세 씨가 미사카 고개에서 하산하게 되어 나도 고후까지 길동무를 했다. 고후에서 어느 아가씨와 맞선을 보기로 되어 있던 터였다. 이부세 씨를 따라 고후의 변두리에 있는 아가씨 집을 찾아갔다. 이부세 씨는 등산복 차림 그대로였다. 나는 여름 하오리[8]를 허리끈을 제대로 조여 맨 채로 걸치고 있었다. 아가씨네 집 정원에는 장미가 잔뜩 심겨 있었다. 모친께서 우리를 사랑방으로 맞아 인사를 나누는 동안에 아가씨도 안쪽에서 나왔다. 하지만 나는 그녀의 얼굴을 미처 보지 못했다. 이부세 씨와 모친과는 어른들끼리의 세상사 이야기를 나누었다. 문득 이부세 씨가, "어어, 후지 산이네." 하고 중얼거리듯 말하면서 내 뒤쪽 벽면을 쳐다보았다. 나도 몸을 틀어 뒷면을 올려다보았다. 후지 산 정상에 있는 대분화구의 조감도가 액자 속에 고즈넉이 담겨 있었다. 마치 새하얀 수련 꽃 같았다. 나는 이 사진을 쳐다보다가 다시 몸을 지그시 돌리면서 아가씨를 슬그머

---

8 기모노 위에 입는 짧은 겉옷.

니 처다보았다. 그래, 결정했다! 나는 다소의 곤란함이 있더라도 이 사람과 결혼하고 싶다고 다짐했다. 이 방의 후지 산이 적이 고마웠다.

이부세 씨는 그날로 귀경했고, 나는 다시 미사카로 돌아왔다. 그로부터 9월, 10월, 11월의 보름까지, 미사카의 찻집 2층에서 조금씩 작업을 해가며 별로 좋아하지도 않는 '후지 산 삼경 중 하나'와 지칠 때까지 대화를 나누었다.

언젠가 한번 크게 웃었던 적이 있다. 대학에서 강사인지 뭔지를 하고 있는 낭만파 친구 하나가 하이킹을 하던 도중에 내 숙소에 들렀을 때였다. 둘이서 2층 복도에 나가 후지 산을 바라다보면서, "어쩐지 속돼 뵈지 않아? '거룩한 후지 산'이라는 느낌이 안 든단 말이야.", "보고 있는 쪽이 도리어 부끄러울 지경이지 뭐야." 이런 건방진 소리를 내뱉으면서 담배를 연방 피우고 있는데 친구는 얼핏, "저 중 모양을 한 녀석은 누구지?" 하며 턱으로 저쪽을 가리켰다.

친구가 가리키는 쪽엔 낡고 까무잡잡한 승려 옷을 걸치고 긴 지팡이를 끌며 후지 산을 처다보고 또 처다보면서 오르고 있는 쉰 남짓한 몸집 작은 사내가 있었다.

"후지 산 나들이를 나온 사이교(西行)[9] 같기도 해. 모양새가 그럴듯하구먼." 나는 왠지 그 스님에게 끌렸다. "언젠가

---

9 12세기 일본 헤이안 시대의 나그네 시승(詩僧).

는 이름 떨치는 성승이 될 분 같군." 하고 덧붙였다.

"바보 같은 소리. 저건 다만 밥 빌어먹는 중이라고!" 친구는 냉담하게 잘라 말했다.

"아니야, 아니라고. 속세를 떠나 있는 참이라고. 걸음걸이만 해도 뭔가 다르잖아. 그 옛날 노인(能因) 법사[10]가 이 고갯마루에서 후지 산을 예찬한 노래를 지었다지 않아……."

내가 이렇게 말하고 있는 동안, 친구는 피식 웃기만 했다.

"저거 보라고. 아예 돼먹질 않았잖아."

그 '노인 법사'는 '하치'라고 하는 찻집 개가 짖어대자 안절부절 어찌할 바를 몰랐다. 그 모습은 꼴불견이라 할 만큼 어설펐다.

"내가 좀 지나쳤나……." 나는 좀 실망스러웠다.

그 걸승은 몹시도 당황해서 꼴불견일 정도로 우왕좌왕하다가 급기야는 지팡이마저 내던지고는 혼비백산 어찌할 바를 모르며 도망쳐버렸다. 실로 돼먹지 않은 몰골이었다. 후지 산도 속되고 법사도 저속하기 이를 데 없었다. 지금 그때 일을 생각해보아도 어처구니없는 일이었다.

'닛타(新田)'라고 하는 스물다섯 살의 온후한 청년이 산 끝자락에 있는 요시다(吉田)라는 길쭉한 마을의 우체국에 근무하고 있었다. 그는 우편물을 갈무리하다가 내가 여기 와 있

---

10 헤이안 시대 중기의 시승.

다는 것을 알게 되었다며 고갯마루 찻집을 찾아왔다. 2층의 내 방에서 잠깐 동안 얘기를 주고받았는데, 가까스로 사이가 편해지자 닛타는 웃으면서, 실은 두세 명의 친구와 같이 오려고 했는데 막상 가기로 하자 모두 머뭇거리더라, 다자이 씨는 무척이나 '데카당'이고, 게다가 '성격 파탄자'다, 라고 사토 하루오(佐藤春夫)[11] 선생의 소설에도 그렇게 쓰여 있다, 설마 이렇게도 단정하고 깔끔한 분이신 줄은 미처 모르고 해서 무리하여 친구들을 데리고 오지 못했다, 다음번에는 모두 데려오겠다, 괜찮으신지요? 했다.

"그건 괜찮지만……." 쓴웃음이 나오는 걸 금할 길이 없었다. "자네는 이를테면 필사적인 용기를 내어 친구들을 대표해서 나를 정탐하러 온 셈이로구먼."

"맞습니다. 결사대였지요." 닛타는 솔직했다. "간밤에도 사토 선생의 그 소설을 또 한 번 읽고는 여러 가지 각오를 하고 왔습니다."

나는 내 방 유리문 너머로 후지 산을 보고 있었다. 후지 산은 느긋하게 말없이 우뚝 서 있었다. 역시 후지 산은 훌륭하다고 새삼 느꼈다.

"멋지군. 후지 산은 역시 멋진 데가 있다니까. 제 구실을 잘하고 있어."

11 일본의 시인, 작가.

후지 산에는 당해낼 수가 없다고 새삼 느꼈다. 수시로 곧
잘 바뀌는 나 자신의 애증이 부끄러웠다. 후지 산은 과연 훌
륭하다. 제 역할을 참 잘하고 있다.

"후지 산이 제 구실을 다하고 있는 건가요?"

닛타에게는 내 말이 좀 이상했는지, 재치 있게 웃었다.

　닛타는 그 후 여러 젊은이들을 데리고 왔다. 모두가 차분
한 사람들이었다. 그들은 나를 '선생님'이라고 불렀다. 나
는 정중히 받아들였다. 내게는 자랑할 만한 것이 아무것도
없다. 학문도 없다. 재능도 없다. 육체는 더럽혀졌고 마음
도 가난하다. 그렇지만 이 젊은이들에게 선생이라고 불림받
았을 때 이에 걸맞게 대할 줄 아는 고뇌만큼은 지니고 있다.
다만 그것뿐이다. 그 하나만이 나의 자부심이다. 그나저나
이 자부심만은 확실히 지니고 싶다. 제멋대로인 철부지 아
이라고 불렸던 내 속의 숨은 고뇌를 도대체 몇 사람이나 알
고 있을까. 닛타, 단가(短歌)의 명수인 다나베(田辺), 이 둘은
이부세 씨 작품의 독자여서 안심이 되기도 하여 한결 더 친
해졌다. 한번은 요시다에 함께 갔다. 어쩐지 무서우리만큼
가늘고 기다란 마을이었다. 산기슭다운 느낌도 있었다. 후
지 산이 해도 바람도 막아버려서인지 기력 없이 자라난 줄
기마냥 어둡고 으스스하고 차가운 느낌의 마을이었다. 도
로를 따라 맑은 물이 흐르고 있었다. 산기슭 마을의 특징인
듯, 미시마(三島)에도 이렇게 마을을 누비며 맑은 물이 흐른

다. 후지 산의 눈이 녹아서 흐르고 있다고 이 고장 사람들은 순진하게 믿고 있다. 요시다의 물은 미시마의 물에 견주면 물의 양도 부족하고 좀 더럽다. 물을 쳐다보면서 나는 말을 꺼냈다.

"모파상의 소설에 어느 아가씨가 귀공자가 사는 곳에 매일 밤 강을 헤엄쳐 건너 만나러 갔다고 쓰여 있는데, 옷은 어떻게 했을까. 설마 알몸은 아니었을 테지."

"글쎄요." 젊은이들도 생각에 잠겼다. "수영복을 입지 않았을까요?"

"머리 위에 옷을 올려놓고 묶은 다음에 헤엄쳐 갔을까?"

젊은이들은 웃어댔다.

"아니면, 옷 입은 채로 가서 흠뻑 젖은 모습으로 귀공자를 만나 둘이서 난로에 옷을 말렸을까? 그러면 돌아갈 때엔 어떻게 하지? 애써 말려놓은 옷을 또다시 적시면서 헤엄치지 않으면 안 되니 말이야. 걱정되네. 귀공자가 헤엄쳐 가면 좋을 텐데. 사내니까 팬티 한 장 걸친 채로 헤엄쳐도 괜찮을 테니 말이야. 그 귀공자가 맥주병이었을까?"

"아니죠, 아가씨가 더 많이 반했기 때문이겠죠."

닛타는 사뭇 진지했다.

"하긴 그럴지도 몰라. 외국 이야기 속에 나오는 아가씨들은 용감하고 귀엽지. 좋아한다고 생각하면 강물을 헤엄쳐서라도 만나러 가는 거지. 일본에서는 그러지 못해. 그런 연극

20

이 있잖아. 가운데 강물이 흐르고, 양쪽 물기슭에서 사내와 귀족 아가씨가 하염없이 한탄한다는. 그 귀족 아가씨도 한탄만 할 게 아니었지. 헤엄쳐 갔으면 어땠을까? 그 연극을 보면 무척 좁은 시냇물이던데. 첨벙첨벙 건너갔으면 어땠을까. 그런 한탄이란 아무런 의미가 없다고. 동정할 수가 없어. 아사카오(朝顔)[12]에게 오이 강(大井川)은 큰 강이었고, 거기다 아사카오는 눈마저 먼 처지였으니, 그 정도면 다소 동정도 가지만. 그래도 헤엄쳐 가지 못할 것도 없는 거지. 오이 강 강변에 달라붙어 천도(天道) 님을 원망해보았댔자, 그건 의미가 없다고. 아, 한 사람 있다! 일본에도 용감한 녀석이 하나 있었다고. 그 녀석은 참 대단해. 누군지 알겠어?"

"누군데요?" 젊은이들도 눈이 휘둥그레졌다.

"기요히메(清姫)[13]라는 이가 있지. 안친(安珍)을 뒤따라서 히다카 강(日高川)을 헤엄쳤다고. 잽싸게 건너갔다니까, 대단하지. 어떤 책에서 본 건데, 기요히메는 그 당시 고작 열네 살이었다더군."

길을 거닐면서 바보스러운 얘기를 하며 다나베가 잘 아는 조용하고 낡은 여관에 이르렀다.

그곳에서 우리는 술을 마셨고, 그날 밤의 후지 산은 멋졌

---

12 연인을 찾아 헤매다 눈이 멀었다는 이야기의 주인공.
13 사랑하는 안친 스님이 떠나자 뱀이 되어 쫓아갔다는 전설의 여자.

다. 밤 10시쯤이 돼서야 젊은이들은 나를 혼자만 남겨둔 채 제각기 집으로 돌아갔다. 나는 잠이 오지 않아 도테라 차림으로 바깥에 나가보았다. 무섭도록 달 밝은 밤이었다. 후지 산이 고즈넉해 좋았다. 달빛을 받아 파르스름하게 투명하여 여우에 홀린 듯한 느낌이었다. 후지 산은 물의 요정처럼 파랬다. 인(燐)이 타오르는 듯도 했다. 도깨비불, 여우불, 반딧불, 억새풀, 칡덩굴. 나는 발이 없는 듯한 기분으로 밤길을 곧바로 걸었다. 게다짝 소리만이 내가 아닌 듯, 여느 생물의 발소리마냥 달그랑달그랑 투명하게 울려 퍼졌다. 살그머니 뒤돌아보니 후지 산이 있다. 파르스름하게 타오르며 하늘에 떠 있다. 나는 한숨을 쉬었다. 유신(維新) 때의 지사(志士)[14], 구라마 덴구(鞍馬天狗)[15]. 나는 스스로를 구라마 덴구인 양 생각했던 것 같다. 공연히 우쭐해 호주머니에 손을 넣고 걸어보았다. 내가 제법 멋있는 사나이처럼 여겨졌다. 한참 동안 걸었다. 지갑을 떨어뜨렸다. 50전짜리 은화 스무 개쯤이 들어 있어서 좀 무거워 주머니에서 슬쩍 떨어진 듯싶다. 나는 이상하게도 태연자약했다. 돈이 없다면 미사카까지 걸어가면 되는 거지 뭐. 그대로 걸어갔다. 문득 내가 걸어왔던 길을 그대로 다시 한 번 걷는다면 지갑은 꼭 있을 것이라는 걸

---

14 일본 메이지유신 때 유신을 찬성하던 일파로, '유신지사', '근왕파'라고도 함. 구체제를 지키려는 '좌막파(신선조)'와 대립함.

15 근왕파를 위기에서 구한 복면의 영웅.

깨달았다.

호주머니에 손을 넣은 채로 터벅터벅 되돌아왔다. 후지 산. 달밤. 유신의 지사. 떨어진 지갑. 이것은 흥미로운 로맨스다. 지갑은 길 한복판에서 빛나고 있었다. 으레 있게 마련인 것이다. 나는 지갑을 집어 들고는 숙소에 돌아와 잠을 청했다.

후지 산에 홀렸던 것이다. 그날 밤 나는 바보였다. 깡그리 멍청이였다. 지금 생각해도 묘하게 맥이 빠진다.

요시다에서 일박하고 이튿날 미사카에 돌아왔더니 찻집 아주머니가 히죽히죽 웃어댔고, 열다섯 꼬마 아가씨는 새침해 있었다. 나는 불결한 짓을 하고 오지 않았다는 것을 어쩐지 알리고 싶어, 어제 하루의 행동을 아무도 들으려 하지 않는데도 혼자서 너절하게 늘어놓았다. 묵었던 숙소의 이름, 요시다의 술맛, 달밤의 후지 산, 지갑을 떨어뜨린 것까지 모두. 그제야 꼬마 아가씨는 표정이 좋아졌다.

"손님 일어나서 저걸 보세요!" 어느 날 아침, 꼬마 아가씨가 찻집 바깥에서 큰 소리로 외치기에 부스스 일어나 복도로 나가보았다.

꼬마 아가씨는 흥분한 채 상기된 얼굴로 잠자코 하늘을 가리켰다. 고개를 들어보니 눈이다. 아! 후지 산에 눈이 내린 것이다. 산꼭대기가 새하얗게 빛나고 있었다. 미사카의 후지 산도 얕잡아볼 수 없다는 생각이 들었다.

"참 좋은데." 하고 감탄했더니 꼬마 아가씨는 득의양양한 듯, "정말이지 멋있지요?" 하고 공손히 묻더니, "미사카의 후지 산, 이래도 안 되나요?" 하고 움츠리며 되물었다. 내가 늘 이런 후지 산은 속돼서 글러먹었다고 했는데 꼬마 아가씨는 그것이 은근히 속상했던 모양이다.

"역시 후지 산은 눈이 내리지 않으면 별수 없는 거야."

나는 당연하다는 듯한 얼굴로 그렇게 고쳐 말했다.

나는 도테라 차림으로 산을 거닐다가 달맞이꽃 씨를 두 손 가득 담아 가지고 와서 찻집 뒷문 쪽에 뿌렸다.

"알겠니? 나의 달맞이꽃이니까 내년에 다시 와서 볼 거야. 그러니까 여기에 구정물 따윌 버리면 안 된다고."

꼬마 아가씨는 고개를 끄덕였다.

더군다나 내가 달맞이꽃을 선택한 까닭은 후지 산에는 달맞이꽃이 잘 어울린다고 여기게 된 사정이 있기 때문이다. 미사카 고개의 이 찻집은 이를테면 산속의 외딴집 같은 곳이어서 우편물이 배달되지 않는다. 고갯길 꼭대기에서 버스로 30분 남짓 내려가면 산기슭에 가와구치 호숫가에 자리한 '가와구치 마을'이라는 문자 그대로의 쓸쓸한 마을이 있는데, 그 가와구치 마을의 우체국에 내게 온 우편물이 쌓여 있어서 나는 사흘에 한 번쯤 그 우편물을 가지러 마을에 내려가야 한다. 날씨가 좋은 날을 택해 가곤 하는데, 이 마을 버스의 여자 차장은 유람객을 위해 별다르게 경치 설명을 하지 않는다. 그래도 이따금은 문득 생각난 듯이 지극히 산문 투로, 저것이 미쓰 고개이며 그 너머에는 가와구치 호가 있는데, 그 물 속 깊은 곳에는 병어가 서식하고 있다는 둥, 판에 박힌 듯이 중얼거리는 것 같은 설명을 들려줄 때도 있다.

가와구치 우체국에서 우편물을 받아가지고 버스 속에서 흔들리며 다시 고갯길 찻집으로 돌아가던 때였다. 내 바로 옆자리에 짙은 다갈색 두루마기를 걸친 창백하고 단정한 얼굴의 예순쯤 되어 보이는, 우리 어머니와도 닮은 노파가 앉아 있었다. 그때 버스의 여자 차장이 생각이 떠올랐다는 듯이, "여러분, 오늘은 후지 산이 잘도 보이네요." 하며 설명도 붙이지 않고 또한 혼잣말 같은 영탄조의 말을 불쑥 내뱉었다. 배낭을 멘 정장 차림의 젊은이와 재래식으로 큼지막하게 머리를 틀어 올리고는 손수건으로 얌전히 입을 가린 비단옷 차림의 게이샤 풍 여자들이 차창 바깥으로 일제히 고개를 내밀었다. 그들이 새삼스럽다는 듯이 대수로워 보이지도 않는 세모난 산을 쳐다보며 "어머나!"라든가 "야!"라고 어처구니없이 탄성을 내지르는 통에 차 안이 한동안 뒤숭숭해졌다. 그렇지만 내 옆자리의 의젓해 보이는 노부인은 가슴에 깊은 근심이라도 있는 것인지, 여느 유람객과는 달리 후지 산에는 전혀 눈길을 돌리지 않고 도리어 후지 산 반대편의 산길을 따라 줄지어 있는 단애(斷崖)를 물끄러미 쳐다보고만 있었다. 그 모습이 내게는 전율을 느낄 만큼의 통쾌감을 주었다. 나 또한 후지 산 따윈, 저런 속된 산 따윈 눈

여겨보고 싶지 않다는 이 고상한 허무의 마음을 노부인에게 보여주고 싶었다. 당신의 고뇌와 고독을 모두 다 잘 안다는 듯 노부인에게 안기듯이 슬그머니 다가갔다. 그녀가 무슨 동조를 바란 것도 아닌데 그녀와 똑같은 자세로 멍청하게 낭떠러지 쪽을 쳐다보았다.

노부인도 뭔지 모르게 내게서 안도감을 느끼는 듯 혼잣말로, "어어, 달맞이꽃이네."라며 가느다란 손가락으로 길가의 한쪽을 가리켰다. 그때 버스가 느닷없이 지나쳐 가버렸는데, 내 눈에는 얼핏 보았던 금빛 달맞이꽃 하나, 아니, 꽃잎 하나까지 지워지지 않고 뚜렷하게 지금껏 남아 있다.

3,778미터의 후지 산과 훌륭히 맞서면서도 조금도 흔들리지 않는 달맞이꽃은 뭐라고 할까, '금강력초(金剛力草)'라고 부르고 싶을 만큼 늠름하게도 올연했다. 딴은 후지 산에는 달맞이꽃이 정말이지 잘도 어울린다.

10월 중순이 지나서도 내 일은 지지부진했고 별반 진전이 없었다. 사람이 그리웠다. 저녁노을에 붉게 물든 뭉게구름. 2층 복도에서 홀로 담배를 피워 문 채 일부러 후지 산에는 눈을 돌리지 않고는, 그야말로 피맺힌 듯한 산의 단풍을 응시하고 있었다. 문득 찻집 앞에 쌓인 낙엽을 긁어모으고 있던 여주인을 발견하고 말을 걸었다.

"아주머니! 내일은 날씨가 좋을 듯싶어요!"

나 자신도 놀랄 만큼 사뭇 흥분된, 환성과도 같은 목소리였다. 여주인은 길바닥을 쓸던 손을 잠시 멈추고는 고개를 쳐들면서 의아하다는 듯 눈살을 찌푸렸다.

"아니, 내일 무슨 일이라도 있어요?"

그렇게 느닷없이 묻자 나는 어안이 벙벙해졌다.

"무슨 일은…… 아무 일 없어요."

그러자 여주인은 웃어댔다.

"쓸쓸하시죠. 산에라도 올라가시면 어때요?"

"산은 올라간다 해도 다시 또 내려와야만 하니까 쓰잘 데 없다고요. 어떤 산엘 가도 똑같이 후지 산만 보일 뿐이니, 그걸 생각하면 괜시리 맥이 빠진다고요."

내 말이 이상하게 들린 것일까, 여주인도 어설프게 고갯짓을 하고는 다시 낙엽을 긁어모았다.

잠들기 전에 방 안 커튼을 살그머니 걷어내고 유리창 너머로 후지 산을 또 바라보았다. 달이 있는 밤에는 후지 산은 창백하여 마치 물의 요정 같은 모습으로 서 있다. 나는 한숨을 내쉬었다.

"아아, 후지가 보인다. 별이 크기도 하구나. 내일은 날씨가 좋겠군." 하고 혼잣말을 하며 그것만이 어설픈 내 삶 속에서 즐거움이라고 여기고는 커튼을 살그머니 치고 그냥 잠들었다.

내일 날씨가 좋든 나쁘든 내게는 아무런 관계가 없는 건데…… 하는 생각에 이르자 우스꽝스러워지면서 이불 속에서 고소를 금치 못했다. 괴롭다. 일이…… 순수하게 집필하는 일의 괴로움보다도…… 아니, 집필은 도리어 나의 낙이기도 하지만, 그보다는 나의 세계관, 예술이라는 것, 내일의 문학이라고 하는 것 등, 이른바 새로운 것들에 대해서 아직은 우물쭈물, 깊이 괴로워하고 과장이 아니라 그야말로 몸부림을 치고 있다.

소박한 것, 자연적인 것, 따라서 간결하고 선명한 것, 그런 것들을 확 한 주먹에 움켜쥐어 그대로 종이 위에 옮겨놓는 일, 그것밖에는 다른 도리가 없다고 생각하자 눈앞의 후지 산의 모습도 뭔가 다른 의미를 지니고 있는 듯 눈에 비친다. 이 모습, 이 표현은 결국 내가 생각하고 있는 '단일 표현'의 아름다움일지도 모른다. 그렇게 여기며 조금은 후지 산과 타협을 꾀했지만 역시 어딘지 후지 산의 이 지나친 소박함에는 입을 다물 수밖에 없었다. 하지만, 이게 좋으면 호테이(布袋)[16] 장식물도 좋아질 수 있을까…… 하지만 호테이는 몰라도 그 장식물만은 도저히 참을 수 없다. 저런 것을…… 아무래도 좋은 표현이 떠오르지 않는다. 이 후지 산의 모습도 역시 어딘가가 잘못됐다. 이건 틀렸다…… 다시 생각이 오락가락해진다.

아침저녁으로 후지 산을 쳐다보면서 음울한 나날을 보내

---

16 칠복신의 하나로, 스님 차림으로 배가 굉장히 뚱뚱하며 항상 자루를 등에 지고 있음.

고 있었다. 10월 말경, 산기슭의 요시다 마을에서 유녀(遊女) 한 무리가 아마도 한 해에 한 번쯤 휴일인지 자동차 다섯 대에 나눠 타고 미사카 고개를 찾아왔다. 나는 2층에서 그 광경을 바라보고 있었다. 자동차에서 내린 형형색색의 여인들은 바구니에서 갓 꺼낸 우편용 비둘기들처럼 처음에는 가야 할 방향도 모르고 어리둥절 서로 엉켜서 침묵한 채 꾸물거리다가 차츰 야릇한 긴장이 풀렸는지 이윽고 제각기 건들건들 움직이기 시작했다. 찻집 앞에 늘어놓은 그림엽서를 조심스레 고르기도 하고 우뚝 서서 후지 산을 바라보기도 하는 그런 풍경은 칙칙하고 씁쓸하기도 하여 그냥 보고 넘기기 힘들었다. 2층 외로운 사나이의 안타까운 공감도, 이 여인들의 행복과는 아무런 관계도 없는 일이다. 나는 다만 지켜보고 있지 않으면 안 된다. 괴로워하는 자는 괴로워해야지. 떨어지는 자는 떨어져야지. 나와 관계되는 일은 아니다. 그게 이 세상이다. 그저 무리하게 냉정한 체하며 그들을 내려다보고 있지만 나는 왠지 가슴이 답답했다.

'후지 산에 부탁해야지.' 갑작스레 그런 생각이 떠올랐다. '이봐, 이런 녀석들을 잘 부탁한다구.' 하는 기분으로 되돌아보자 차가운 대기 속에 올연히 서 있는 후지 산, 그때의 후지 산은 도테라 차림으로 호주머니에 손을 넣은 채 오만하게 서 있는 우두머리라도 되는 듯 보였겠지만 나는 그렇게 후지에게 부탁하고나서야 크게 안심하면서 가뿐한 기분으로 찻집의 여섯 살짜리 사내아이와 하치라는 개를 데리고 여인네 무리를 아랑곳하지 않은 채 고개 근처의 터널 쪽으로 놀러 갈 수 있었다. 터널 입구 쪽에 서른쯤 된 야윈 유녀가 혼자서 뭔지 모를 하잘것없는 들꽃을 묵묵히 꺾어 모으고 있었다. 우리가 곁을 지나쳐 가도 뒤돌아보지 않은 채 열심히 풀꽃을 꺾고 있었다. 이 여인에 대해서도 덤으로 후지산에게 뒤돌아보며 부탁하고는 아이의 손을 이끌고 얼른 터널 속으로 들어갔다. 터널의 싸늘한 지하수를 볼과 목덜미에 뚝뚝 맞으면서 "내가 알 바 아니야."라고 씨부렁거리며 일부러 대담하게 걸어보았다.

그 무렵, 나의 결혼 이야기도 엉거주춤했다. 고향에서도 전혀 도움이 없으리라는 것을 확실히 알게 되어 나는 난처해졌다. 최소한 1백 엔쯤은 도와주리라고 넉살 좋게 혼자 생각했기에 보잘것없지만 엄숙한 결혼식을 거행한 다음 그 뒤에는 가정을 걸머질 비용은 내가 일을 해서 충당하리라고 마음먹고 있었다. 하지만 몇 차례 편지를 주고받는 동안에 고향에서의 도움이란 전혀 없을 것이란 사실이 분명해지자 퍽이나 막막해졌다. 그러니 혼담이 깨져도 하는 수 없다고 각오하고 어쨌든 상대에게 내 사정을 털어놓아보겠다고, 단신으로 고개를 내려가 고후의 아가씨 집에 들렀다. 다행스럽게도 아가씨가 집에 있었다. 나는 사랑방에서 아가씨와 모친 앞에서 모든 사정을 고백했다. 때로는 어설프게 연설

하는 조가 되기도 했다. 하지만 제법 솔직하게 제대로 말했던 것 같다. 아가씨는 차분한 목소리로, "그렇다면 댁에서는 반대인 건가요."라고 말하면서 고개를 갸우뚱했다.

"아, 아뇨, 반대가 아니라……." 나는 오른쪽 손바닥으로 탁자를 지그시 누르며, "너 혼자 알아서 해보라는 것으로 생각됩니다." 하고 얼버무렸다.

"알겠습니다." 모친은 품위 있게 웃으면서, "우리도 보다시피 부자는 아니므로 호화스러운 결혼식 따위는 도리어 당혹스럽지요. 다만 애정과 직업에 대한 열의만 있다면 그걸로 족하지요."라고 말을 이었다.

나는 인사드리는 것도 잊은 채 한동안 망연히 안뜰을 쳐다보기만 했다. 눈시울이 뜨거워지는 것을 의식했다. 이 모친께 꼭 효도하리라고 마음을 다졌다.

돌아갈 때엔 아가씨가 버스 정류장까지 배웅해주었다. 걸으면서, "어떻게 할까요. 좀 더 두고 교제해볼까요?" 이렇게 좀 어정쩡한 말을 꺼냈다.

"아, 아뇨. 이걸로 충분해요." 아가씨는 웃으며 말했다.

"뭔가 질문이라도 있으신가요?" 나는 점점 더 바보스러워졌다.

"네. 있어요."

그녀의 대답에 무엇이든 있는 그대로 답변해야겠다고 생각했다.

"후지 산에는 눈이 내렸을까요?"

나는 이런 질문에 고만 맥이 쏙 빠져버렸다.

"내렸지요. 산꼭대기쯤에는." 하고 말하고 문득 앞쪽을 바라다봤더니 후지 산이 보였다. 기분이 이상했다.

"아니, 이거…… 고후에서도 후지 산이 보이잖소. 나를 바보 취급 하는 건가요?" 나는 짜증스러워져서 이어 "방금 물은 건 우문(愚問)이에요. 나를 떠보려고 한 말이죠?"

아가씨는 싱겁게 웃어대며, "아, 아뇨, 미사카에 한동안 계셨으니까 후지 산에 대해서라도 묻지 않으면 안 될 것 같아서……."

참 재미있는 아가씨라는 생각이 뒤늦게 들었다.

고후에서 되돌아오니 호흡을 제대로 할 수 없을 만큼 어깨가 심하게 뭉쳐 있는 것이 느껴졌다.

"참 좋네요, 아주머니. 역시 미사카는 좋아요. 내 집에 돌아온 것 같은 느낌이에요."

저녁을 든 다음 찻집 여주인과 딸이 번갈아가며 내 어깨를 주물러주었다. 주인아주머니의 주먹은 깐깐하고 예민한데 반해 아가씨의 주먹은 보드라웠지만 별반 효험이 없었다. 좀 더 세게 좀 더 아프게, 하고 내가 재촉하자 그녀는 장작개비를 가져와 그것으로 마구 두들겨댔다. 그럴 정도로 하지 않으면 어깨가 풀리지 않을 만큼 나는 고후에서 바짝 긴장해 있었고 무척이나 애썼던 것이다.

고후에 다녀온 후 이삼일 동안은 아닌 게 아니라 사뭇 긴 장했던 탓으로 멍청해지기도 해서 일은 생각도 나지 않아 그냥 책상 앞에 주저앉아 부질없는 낙서나 끄적거리면서 담배를 연거푸 일고여덟 갑씩이나 피워댔고, 또한 하염없이 낮잠도 자면서 '금강석도 닦지 않으면'이란 창가를 다시, 또다시 되풀이해 흥얼거리기만 했다. 소설은 단 한 장도 쓸 수 없었다.

　"손님, 고후에 다녀오신 후 좀 나태해지셨네요."

　아침에 내가 책상에 팔을 괴고 앉은 채 눈을 감고는 오만 가지 생각에 잠겨 있는데 등 뒤에서 열다섯 살의 아가씨가 사뭇 화가 난 듯 다소 가시 돋친 듯한 말투로 투덜거렸다.

　"그래, 나빠졌나보지."

　아가씨는 마루를 닦던 손을 멈추고는, "그래요, 나빠졌어요. 요 며칠 동안 공부를 전혀 안 하시잖아요. 저는요, 아침마다 손님의 흐트러진 원고용지, 그걸 번호대로 정리하는 것이 무엇보다 즐거웠다고요. 잔뜩 써놓으셨을 때엔 정말 기분 좋았지요. 어제저녁도 2층에 슬그머니 동태를 보려고 올라갔는데…… 알고 계셨어요? 손님, 이불을 머리까지 뒤집어쓰고 주무시고 계셨잖아요."

　나는 고마운 행동이라고 생각했다. 좀 부풀려서 말하자면, 이는 인간이 삶을 이어가는 노력에 대한 순수한 성원이라고 하겠다. 아무런 보수도 생각하지 않는 그런 성원이다.

이 아가씨는 참 마음이 고운 사람이다.

10월 말경이 되자 산의 단풍이 거무튀튀하게 퇴색하더니 어느 날 하룻밤 사이 비바람이 몰아치자 산은 어느덧 시커먼 겨울 고목으로 바뀌어버렸다.

유람객도 이제는 거의 없어져 헤아릴 수 있을 정도로 줄었다. 찻집도 한가로워져서 이따금 여주인이 여섯 살 먹은 아들을 데리고 고개 산기슭의 후나쓰(船津)나 요시다로 물건을 팔러 나갔고, 남은 아가씨와 나 둘이서 손님도 없이 호젓하게 지내곤 했다. 2층에서 무료한 나머지 바깥을 서성거리다가 찻집 뒷문에서 빨래하는 아가씨 곁에 가서, "아이구, 지루해!" 하고 크게 소리 지르고는 싱겁게 웃어댔는데 아가씨는 고개를 숙이고만 있었다. 그녀 표정을 슬쩍 훔쳐보았더니 울먹이고 있어서 소스라치게 놀랐다. 겁에 질린 모습이었으니 말이다. 그래, 그럴 테지…… 허전한 마음으로 발걸음을 돌려 낙엽이 수북한 비좁은 산길을, 언짢은 마음을 달래며 거칠게 걸어갔다.

그 뒤로는 각별히 조심을 했다. 아가씨가 혼자일 때엔 되도록 2층 내 방에서 나가지 않기로 한 것이다. 찻집에 손님이라도 왔을 때에는 내가 소녀를 지킨다는 의미도 있어 위층에서 엉큼엉큼 내려와 가게 한 모퉁이에 엉거주춤 앉아 여유로운 듯이 차를 홀짝이기도 했다. 언젠가 예복 차림의 신부가 시중드는 두 할아버지를 거느리고 자동차를 타고 와

이 고갯마루 찻집에 쉬었다 간 적이 있다. 그때에도 아가씨 혼자만이 찻집에 있었으므로 나는 내려와서 구석 의자에 앉아 담배를 연방 피우며 지켜주었다. 새색시는 소맷자락이 긴 기모노에 금빛 비단 띠를 두르고는 쓰노카쿠시[17]를 쓴 당당한 예복 차림이었다. 전연 뜻밖의 손님이었기 때문에 아가씨도 어찌할 바를 모르고 허둥지둥 신부와 두 노인에게 고작 차만 따르고는 숨는 듯 슬그머니 내 등 뒤에 선 채로 바라보기만 했다. 일생에 단 하루뿐인 경사스러운 날, 고개 너머에서 반대쪽의 후나쓰나 요시다 마을로 시집가는 듯했는데, 도중에 이 고갯마루 위에서 잠시 쉬면서 후지 산을 바라다본다는 것은 누가 보더라도 간지러울 지경으로 로맨틱한 노릇이다. 새색시는 살그머니 찻집을 빠져나가 뜰 앞 낭떠러지 언덕배기에 서서 사뭇 느긋이 후지 산을 바라보았다.

다리를 X 자로 꼰 대담한 포즈였다. 어엿한, 여유로운 여인이구나! 하며 후지 산과 새색시를 감상하고 있는데, 창졸간에 새색시가 후지 산을 향한 채 하품을 크게 내쉬었다.

"어마나!" 하고, 내 등 뒤에서 가만한 외마디 소리가 들려왔다. 아가씨도 놓치지 않고 하품을 보았던 모양이다. 얼마 있다가 새색시 일행은 세워두었던 차를 타고 내려갔는데, 정말 잊을 수 없는 새색시였다.

---

17 혼례 때 신부가 머리에 쓰는 흰 비단 천.

"제법 익숙하더구먼. 아마도 두 번, 아니 세 번쯤은 했을 거야. 신랑이 산 아래에서 기다리고 있을 터인데, 자동차에서 내려 후지 산을 넋 놓고 바라보고 있다니, 처음 시집가는 길이라면 어림도 없는 일이지."

"그리 엄청난 하품을 내쉬다니요." 아가씨도 힘주어가며 맞장구를 쳐주었다. "큼지막한 입을 벌린 채 넉살맞게 하품을 내쉬다니, 뻔뻔스럽기도 하잖아요. 손님도 저런 능청스러운 여자를 얻어선 안 돼요."

나는 나잇값도 못하고 얼굴을 붉혔다.

나의 혼담도 차츰 호전되어갔다. 어느 선배 하나가 큰 도움을 주기도 했다. 결혼식도 그 선배 댁에서 가까운 두세 사람만 입회한 가운데 간소하면서도 엄숙하게 치렀다. 나는 새삼 사람의 정에 소년처럼 감복해마지않았다.

11월에 접어들자 미사카의 한기는 견디기 어려워졌다. 찻집에선 난로를 설치했다.

"손님, 2층은 춥지요? 일하실 땐 난로 곁에서 하시지요." 아주머니가 말했지만 나는 사람이 보는 앞에서는 작업을 못하는 체질이라 그건 사양했다. 아주머니는 사뭇 걱정을 하면서 산기슭의 요시다로 내려가 고타쓰 난로를 하나 사가지고 왔다. 2층 내 방에서 고타쓰에 파묻혀 지내면서 찻집 사람들의 친절에 마음 깊이 감사했다. 하지만 벌써 3분의 2만큼 눈을 뒤집어쓴 후지 산을 바라보며, 또한 근처 산들의 황량해진 나무들을 접하고보니, 이 고개에서 살을 에는 추위를 참고 견딘다는 것은 무의미하다고 여겨져 하산하기로 결심했다. 그 전날, 나는 도테라를 겹쳐 입고 찻집 의자에 걸터앉아 따뜻한 차를 마시고 있었는데, 겨울 외투를 걸친 타이피스트 같은 젊고 지적인 아가씨 둘이 터널 쪽에서 뭔가 킬킬거리며 걸어오다가 문득 눈앞에 새하얀 후지 산을 눈여겨보고는 물끄러미 멈춰 서서 뭔가 쑥덕댔다. 그중 안경을 쓴 안색이 흰 아가씨가 생글생글 웃으며 내 쪽으로 다가왔다.

"실례합니다. 셔터 좀 눌러주실래요?"

나는 당황했다. 기계에 대해서는 무식하기 이를 데 없고 사진 취미도 아예 없는 데다가 도테라를 두 겹으로 입고 있어 찻집 사람들에게조차 산적 같다고 웃음거리가 된 꾀죄죄한 몰골이었거늘……. 도쿄에서 온 듯싶은 화사한 아가씨로부터 이런 부탁을 받으리라고는 생각조차 못했으므로 내심 몹시도 어리둥절했다. 하지만 다시 마음을 고쳐먹고, 이런 모습을 하고 있어도 역시 수척은 하지만 카메라 셔터쯤은 누를 줄 아는 남자로 보일 일인지도 모를 일이다 여겼다. 어쩐지 좀 들뜬 마음이었지만 아무렇지도 않은 듯이 아가씨가 내민 카메라를 받아 들고는 무심한 말투로 셔터 누르는 요령을 물은 다음 와들와들 떨리는 마음으로 렌즈를 들여다보았다. 한가운데 후지 산, 그 아래에는 작은 양귀비 꽃 두 송이, 차츰 투명해지고 굳어져 보였다. 초점이 잘 안 맞왔다. 나는 두 사람의 모습을 렌즈 밖으로 추방하고서 다만 후지 산을 렌즈 가득히 채워 넣었다. 후지 산, 잘 있어요, 안녕. 여러 가지로 신세졌어요. 찰칵.

"네, 찍었어요."

"감사합니다."

두 사람이 아울러 인사를 했다. 집에 돌아가 현상을 해보았을 때엔 놀라리라. 후지 산만이 그야말로 큼직하게 찍혀 있고 두 사람의 모습은 어디에도 안 보일 테니 말이다.

그 이튿날에 하산했다. 먼저 고후의 여인숙에서 하룻밤을 지내고 그다음 날 아침, 여인숙 복도의 너저분한 난간에 기대서서 후지 산을 쳐다보았다. 고후의 후지는 주변 여러 산봉우리 뒤에서 3분의 1만큼 고개를 내밀고 있었다. 그 모습이 마치 꽈리 열매 같았다.

나태의 가루타 | 1939 |

懶 情 の 歌 留 多

* '가루타'는 일본 카드 게임을 일컬으며, 카드를 뜻하는 포르투갈어 카르타carta에서 유래함.

나의 숱한 악덕 가운데 가장 두드러진 악덕은 게으름이다. 내 나태는 이제 의심할 여지가 없다. 특별히 게으름에 관해서만큼은 나로서는 어김없는 진짜배기 본성이다. 설마 이것을 자만이라도 하고 있는 듯이 여길지도 모르지만 결코 그건 아니다. 이에 대해서는 나 자신도 어처구니없이 여기고 있으니 말이다. 이건 내 최대 결함이다. 마땅히 부끄러워해야 할 결함이다.

　아마도 게으름만큼 여러 가지로 변명할 수 있는 악덕도 드물 것이다. 와룡(臥龍). 나는 생각하기에 골몰하고 있다. 낮에도 켜놓은 등불. 면벽(面壁) 9년. 다시 생각을 짜고, 플랜을 구상하고는 엎드린다. 어진 자는 바야흐로 움직이려 하는데 필연코 어리석은 빛이 보인다. 깊은 생각, 지나친 결벽, 의심증, 나의 괴로움을 아는가. 선탈(仙脫). 무욕(無慾). 시절이 옛날만 같았어도……. 침묵은 금이란다. 경사스러운 것도 귀찮다. 구석의 기운이 아직 영글지 않았다. 나들이길은 닫혔다. 무봉천의(無縫天衣)[1]. 복숭아와 오얏은 말을 하지 않지만.[2] 절망. 돼지 목에 진주. 조석변이. 하루아침에 일이 일어나도 어처구니없다. 대기(大器)는 만성(晚成). 자긍자애(自矜自愛). 남겨진 자에게는 복이 있나니. 생각한들 무엇하랴. 사후(死後)의 명성. 그러니까 고급스러운 것이지. 천냥 어릿광대니까. 청경우독(晴耕雨讀)[3], 세 번 고사하고는 꼼짝 않는다. 갈매기, 그건 벙어리 새다. 하늘을 상대로 삼아라. '짓도[4]'는 부자겠지?

모든 것이 게으름뱅이의 핑계다. 실제로 부끄럽기 짝이 없다. 괴로움도 수치심도 없다. 도대체 왜 쓰려고 하지 않는 것이냐? 실은 몸뚱어리가 다소 이상해서 그렇다는 둥 엉뚱하고 어처구니없는 고백을 하기도 하는데, 하루에 엽궐련을 쉰 대나 피워 없애고, 술을 들이키려 들면 한 되 이상 거뜬히 목구멍으로 넘기고는 그다음에 차를 석 잔이나 마시다

---

1 꿰맨 자리 없는 천녀(天女)의 옷. 꾸민 데 없이 자연스럽고 아름다우며 완전한 문장을 이르는 말.
2 『사기(史記)』에 나오는 '도리불언하자성혜(桃李不言下自成蹊)'에서 유래한 말. 덕 있는 사람은 스스로 말하지 않아도 사람들이 따른다는 말.
3 날이 개면 논밭을 갈고 비가 오면 글을 읽는다. 즉, 부지런히 일하며 공부함을 이르는 말.
4 프랑스의 작가 앙드레 지드.

니, 도대체 이런 병신이 있는가……

　요컨대 나태한 것이다. 언제까지나 이렇게 허우적거린다면 나란 인간은 도저히 구원받을 수 없는, 가능성 없는 쓰레기다. 이렇게 치부하고 나 역시 가슴 아프긴 하지만 스스로를 더 이상 과보호해선 안 된다.

　괴롭다는 둥, 고매하다는 둥, 순결하다는 둥, 솔직하다는 둥 그 따위 말 같은 것은 아예 듣고 싶지도 않다. 무엇이고 써라. 라쿠고(落語)⁵라도 좋으니. 단 하나의 글발이라도 좋다. 안 쓴다고 하는 것은 어김없이 나태, 게으름 때문인 것이다. 어리석고, 또 어리석은 맹신이다. 본디 사람은 자기 이상의 일도 할 수 없고 또한 자기 이하의 일도 할 수 없는 법이다. 일하지 않는 자에겐 아무런 권리가 없다. 인간 실격이다. 그건 당연지사다.

　이렇게 생각하며 찌뿌둥한 얼굴로 책상 앞에 앉아보았으나, 글쎄 아무것도 할 엄두를 내지 못한다. 그저 팔꿈치 세우고 턱을 괴고는 멍청하게 있을 따름이다. 그렇다고 뭔가 심오한 생각에 잠겨 있는 것도 아니다. '악사천리(惡事千里)'라고나 할까 게으름뱅이의 공상 또한 찔끔찔끔 간단없이 흘러내린다, 달린다. 과연 무엇을 생각하고 있는 것일까, 이 사내는 지금 여행에 대해서 생각하고 있는 것 같다. 기차 여

5　재미있고 익살스러운 내용으로 사람들을 웃기는 일본의 전통 이야기 예술.

행은 지루하다. 비행기를 타는 게 좋다. 하지만 동요가 심하면 어떡하지. 비행기 안에서 담배를 피울 수는 있을지 모르겠다. 골프 바지를 입은 채 포도를 먹으면서 흔들거리고 가면 꼬락서니가 나쁘지는 않겠지……. 포도는…… 그건 씨가 있는 것인데 왜 씨를 빼내고 먹는 것일까……. 씨째 먹을 수는 없는 것일까……. 포도를 올바로 먹는 법을 알고 싶다. 이런 것이나 생각하는 것, 어쩐지 두렵다. 어처구니없다. 성급하게 책상 서랍을 확 열고 그 속을 마구 뒤적거려 슬그머니 귀이개를 꺼내 잔뜩 얼굴을 찡그린 채 귓속을 후비기 시작한다. 귀이개에는 하얀 토끼털 같은 것이 붙어 있어 이걸 구슬릴 때마다 눈이 가늘어진다. 귀 청소가 끝났다. 별로 할 말이 없다. 그러고는 또다시 책상 서랍을 마구 뒤적거린다. 그러다가 방한용 검정 마스크를 발견하고는 잽싸게 귀에 걸치고는 눈썹을 쫑긋 들어올렸다. 눈을 곤두세우고는 주위를 두리번거려보았다. 그러고는 이어 할 거리가 없다. 멋쩍게 마스크를 벗고는 서랍에 되넣고 쾅 닫아버렸다. 다시, 팔꿈치 세우고 턱 괴기. 옥수수는 천박한 먹거리다. 이걸 제대로 먹는 방법은 무엇일까. 옥수수 하나에 들러붙어 있는 모습은 마치 하모니카를 열심히 불고 있는 듯도 한데, 라는 둥 엉뚱한 생각을 문득 해본다. 어떤 지독한 '허무함'에도 끝까지 골몰하게 되는 것은 아마도 먹거리이리라. 더군다나 이 사나이는 미각을 제대로 모르는 녀석이다.

맛보다도 방법이 문제인 듯싶다. 거추장스러운 음식물은 아예 거들떠보지도 않는다. 꽁치도 먹어보면 그 나름대로 맛이 있을지도 모르지만 이 사나이는 그걸 싫어한다. 거추장스러운 게 싫은 모양이다. 생선도 가시 바르는 게 귀찮은 것이다. 제법 값비싼 생선인 점어(鮎魚)[6]의 소금구이 같은 것에도 전혀 아랑곳하지 않는다. 맛있는 걸 권하면 마지못해 젓가락질을 하며 끼적거리다가 그만둔다. 달걀 반숙은 좋아한다. 가시가 없기 때문이다. 두부는 좋아한다. 역시 먹기에 편하기 때문이다. 음료수는 제법 즐긴다. 우유, 수프, 갈아 마시는 것들도 곧잘 마신다. 맛있다 맛없다가 문제가 아닌 것이다. 그저 섭취하기가 편리하기 때문이다. 그러고보니 아마도 이 사나이는 덥다든가 춥다든가 하는 걸 잘 모르는 모양이다. 여름에 아무리 더워도 부채나 냉방기를 사용하려 들지 않는다. 귀찮기 때문이다.

오늘은 무척이나 더우니 이걸 쓰라며 부채를 내밀면, 아, 그래요, 오늘은 덥다, 이 말이지요, 하며 이제야 더위를 느꼈다는 듯 부채를 들고는 시원하다는 표정을 지으며 황급히 부쳐댄다. 그러다가 곧 지친 듯 손을 멈추고는 다시 멍청한 얼굴로 무릎 위에 부채를 놓고 함부로 만지작거리는 꼬락서니라니…… 더위만이 아니라 추위도 모르는 게 아닐까. 그

---

6 메기.

렇다. 누구라도 화덕에 불을 지펴주지 않으면 하루 종일 화기도 없는 화덕을 안은 채 꼼짝도 않는다. 잘 움직이지도 않고 머리 또한 그렇다. 다른 사람이 주위를 환기시키지 않으면 늦가을, 초겨울, 엄동설한에도 태연한 얼굴로 여름철의 얇은 흰옷을 아무렇지도 않은 듯 걸치고 산다.

팔을 길게 뻗어 옆에 있는 책장에서 어느 일본 작가의 단편집을 꺼내고는 입을 '∧[7]' 모양으로 다물었다. 마치 뭔가 현미경적인 연구라도 시작하려는 듯이 심각한 표정을 지으며 한 장 한 장 천천히 페이지를 뒤적거린다. 현재 이 작가는 거장으로 불리고 있다. 문장이 이상하긴 하지만 우선 읽기 쉽기 때문에 이처럼 울적할 적에는 꺼내 읽곤 하는 것이다. 그를 좋아하기도 하기 때문이리라. 수긍이 가는 얘기라고 여기는 듯한 표정을 짓다가도 갑자기 껄껄대고 웃어댄다. 이 사나이의 웃음소리는 뭔가 특색이 있다. 마치 말의 웃음소리 같다. 정말 어처구니가 없다. 그 작가 자신으로 여겨지기도 하는 주인공이 어정쩡한 표정으로 보자기를 들고 호숫가 별장에서 마을로 저녁 반찬을 장만하러 나서는 대목을 마침 묘사하고 있었는데, 갑자기 어처구니없어 실소하고야 말았다. 나잇살이나 먹은 멀쩡한 사나이가 여편네 분부대로 파 따위를 사러 가다니, 이건 좀 지나치다. 평소 게

---

7 '헤'라는 발음의 일본 히라가나 글자.

46

으름뱅이였음에 틀림없다. 이 따위 삶은 곤란하다, 안 된다. 오죽하면 아무 일도 안 하고 멍청하게 게으름 부리는 꼴을 보다못해 아내가 저녁거리나 좀 장만해 오라고 했겠는가. 그래, 다섯 단이라, 그러지 뭐, 하고 고개를 끄덕이는 바보 녀석, 허리띠를 다시 조이면서 자기가 할 일이 생겼다며 기쁜 표정으로 보자기를 들고 시장으로 발걸음을 옮기는 꼬락서니라니……. 어떻게 생각하면 애처롭다. 가엾기도 하다. 눈썹도 두껍고 면도 자국도 푸르스름…… 제법 잘생긴 그럴듯한 남정네가 아닌가……. 나는 머리가 좀 혼미해져 그만 책을 잽싸게 덮어버리고 책장에 던져버리고는 다시 턱을 괸 채 멍청하게 앉아 있었다. 게으른 녀석을 육지에 사는 동물 중에서 비유하자면 먼저 나이깨나 처먹은 병든 개라고나 할까……. 네 다리를 아무렇게나 던진 채 불그스레한 배때기를 벌떡이며 종일토록 볕만 쪼이고 있는 개 새끼, 사람들이 그 옆에 지나가도 짖기는커녕 거슴츠레하게 눈을 뜬 채 배웅하고는 곧 다시 눈을 감고 조는 꼴이라니! 참 어처구니없다. 추접하다. 바다에 사는 동물 중에서 비유하자면 해삼이겠지. 혐오스럽다. 정말 끔찍스럽다. 바위 같은 데 달싹붙어 꾸물거리는 꼬락서니라니, 징그럽다. 못 견디게 징글맞다고 소리 지르며 나는 맹렬히 벌떡 일어선다.

굳이 놀랄 건 없다. 변소에 가려고 일어선 것이다. 일을 마치고도 우뚝 선 채 조금 생각에 잠기다가 어슬렁어슬렁

옆방에 들어가서는,

"이봐, 뭔가 할 일 이젠 없나?"

옆방에 있던 여편네는 바느질을 하다 말고,

"있지요. 있고 말고요." 하고 반기듯 대답하더니 인두를 가리켰다. "이 인두를 뜨겁게 달궈 와요. 어서……."

"아, 그래, 좋지."

작은 인두를 집어 든 덩치 큰 사내는 화덕에 웅크린 채 인두를 불 속에 쑤셔 넣었다. 그러고는 뭔가 큰 역할을 마친 듯 대견한 표정으로 담배 한 대를 피워 물고는 의젓하게 연기를 뿜어댔다. 이 꼬락서니, 역시 아까 보자기 들고 파 사러 장에 가는 꼴과 다를 게 없다. 아니, 그보다 더 못하다.

점점 더 지친다. 어처구니없다. 밉기도 하다. 자기 자신을 죽이고 싶어진다. 아이고, 아이고머니나! 자포자기가 되어 마구 글을 갈겨댔다. 무슨 글을?

나태(懶怠)의 가루타.

문득문득 주섬주섬 뭔가를 생각하다가 적어가는 소견이라고나 할까.

い(이)[8], 사는 데 있어서도 조급하고, 느끼기에도 급급하다.

비너스는 바다의 물거품에서 태어나 서녘 바람에 인도되어 파도를 타고 표류하다가 사이프러스 섬[9] 포구에 이르렀다. 사지는 기품 있게 가느다랗고 길쭉하면서도 제법 육중하고 우윳빛 살갗이 돋보이는 구석구석, 그러니까 귓불, 얼굴의 두 볼, 손바닥…… 이런 데는 한결같이 엷은 장밋빛으로 물들어 요염히며, 작은 얼굴은 해맑디해맑아 청정(淸淨) 그 자체다. 몸 전체에서 짙은 레몬 향기가 물씬 풍긴다. 비너스의 이 같은 아름다움에 매료된 신들은 이 여인이야말로 사랑과 아름다움의 여신이라고 입을 모아 찬탄하며 우러러보았다. 하지만 그러면서도 마음 한구석에는 엉큼한 욕망을 품기도 했다.

비너스가 백조가 끄는 이륜차를 타고 숲과 과수원 사이를 달리고 있을 때였다. 엉큼한 욕망을 품은 수십 명의 신들이 달리는 수레바퀴에서 뿜어내는 먼지를 마다하지 않고 땀을 뻘뻘 흘리며 그 뒤를 쫓고 있었다.

놀기에 지친 비너스는 숲 속 깊숙이 있는 차가운 샘물에서 땀에 젖은 알몸을 살그머니 씻고 있었다. 신들은 그때를 놓치지 않고 무성한 풀숲에 숨어 나무와 풀숲 사이로 번들거리는 육욕의 눈빛을 보내고 있었다.

---

8 이제부터 나오는 '이, 로, 하, 니, 호, 헤, 토, 치, 리, 누, 루, 오, 와, 카, 요(い, ろ, は, に, ほ, へ, と, ち, り, ぬ, る, を, わ, か, よ)'는, 헤이안 시대를 전후로 해서 생겨난 7, 5조의 노래에서 따온 것. 헤이안 히라가나 47자를 한 글자씩 넣어서 읊은 노래로 글자 배치를 위해 쓰임. 다자이 오사무는 각 음으로 시작되는 문장과 그에 따른 이야기를 만듦.

9 키프로스 섬.

이를 눈치챈 비너스는 곰곰 생각해보았다. 이렇게 뭇 신들에게 날마다 추적을 당하는 귀찮은 꼴을 겪지 않기 위해서는 차라리 이 몸뚱어리를 바쳐버리는 게 어떨까……. 하나의 신, 그러니까 한 사나이에게 이 몸을 내던져버리는 게 어떨까…….

비너스는 1월 1일 아침 일찍, 신들의 부친인 주피터 궁전에 참배하러 가는 도중에 세 번째로 만나는 남성을 자기 생애의 지아비로 삼으리라고 결심했다. 아아, 주피터님이시여, 간절히 부탁드립니다. 좋은 남편을 점지해주시기 바랍니다.

정월 초하루 새 아침에 비너스는 새하얀 천으로 얼굴을 가리고 날 듯이 집을 나섰다. 그녀는 좁은 숲길에서 첫 번째 남성을 만났다. 얼핏 보기에도 지저분하기 이를 데 없는 털투성이 신이었다. 숲 출구의 자작나무 밑에서 두 번째 남성을 만났다. 비너스는 자기도 모르게 발걸음을 황급히 멈추고 우두커니 서서 그 의젓한 미남에게 시선을 모았다. 그는 아침 안개 속에서 팔짱을 낀 채, 비너스는 쳐다보지도 않은 채 천천히 걷고 있었다. "아아, 바로 이 사람이다! 두 번째는…… 두 번째는 이 자작나무이고……." 비너스는 그렇게 외치면서 한껏 넓은 그 남자의 가슴에 몸을 던졌다.

주어진 운명의 바람에 다만 몸을 맡기고, 그러고는 소중한 한 점으로 슬쩍 몸을 바꾸어 보다 높은 운명을 만드는 거다. 한 점의 인위적인 기술, 비너스의 결혼은 행복했다. 이 씩씩

한 대장부는 주피터님의 아들로 번개를 정복한 발칸[10] 바로 그였다. 그들 사이에 큐피드라는 예쁘디예쁜 아이도 점지되었다.

여러분이 20세기의 도시 가로(街路)에서 이와 같은 자기 나름의 점괘를 믿고 서슴없이 시도할 경우, 반드시 의리가 두터운 세 번째 사람을 택할 필요는 없으리라. 큐피드를 낳는 것은 꼭 보증할 수 없지만 발칸 님을 차지하는 것은 확실하다. 나를 믿으시라.

ᄒ(로), 감옥은 괴롭다.

어두운 것만이 아니다. 겨울에는 춥고 여름에는 후덥지근하고 냄새도 나며 1백만의 모기떼, 이걸 견디기란 좀처럼 쉬운 노릇이 아니다. 감옥은 이런 것들을 회피할 수 있게 만들어야 한다.

그러나 이따금 생각하는 일이긴 하지만 '수신, 제가, 치국, 평천하'라는 순서에는 굳이 신경 쓸 필요가 없다. 아직 수신이 안 되었고 일가를 채 다스리지도 않았지만 치국, 평천하를 해야 할 경우도 있는 것이니 말이다. 오히려 순서를 거꾸로 해본다면 유쾌한 노릇 아닌가. 평천하, 치국, 제가,

---

10 불의 신인 불카누스.

수신. 좋지 않은가, 기분 좋다.

나는 가와카미 하지메(河上肇)[11] 박사의 인품을 좋아한다.

は(하), 어머니여, 자식을 위해서라면 화를 내시라.

"아니야, 나로서는 도저히 믿을 수가 없어요. 나쁜 것은 당신네요. 우리 아이는 늘 약한 쪽을 감싸오곤 했어요. 이 아이는 바로 내 아이거든요……. 응, 내 새끼 울어선 안 돼, 알겠지?" 이런 어머니가 오신 다음부터는 손가락 하나 까딱 안 하게 되었다니까!

に(니), 미움받고 미움받으며 강해진다.

때로는 진솔한 소설을 쓰라고요. 당신, 요즈음에야 가까스로 세간의 평판이 나아졌는데 아직도 이런 어리석고 꾀죄죄한 '가루타' 놀이로 글자 맞추기를 하다니……. 이거 곤란하잖아, 안 돼, 안 된다고. 세상 사람들은 당신이 또 그놈의 병이 도졌다고 의심할지도 모른단 말이야.

---

11 마르크스 경제학자. 1916년 「오사카아사히신문」에 "가난 이야기"를 연재하여 일본에서 자본주의의 발전에 따라 나타나기 시작한 사회악, 빈곤 문제를 정면으로 다루어 큰 반향을 불러일으킴. 1932년 공산당에 입당해 지하활동을 하다가 이듬해 검거되어 5년 징역형을 선고받음. 1937년 석방되어 집필에 전념함.

친한 내 벗들은 이렇게 말하면서 걱정하는지도 모르지만 그것은 아무런 걱정거리가 아니다. 나는 아직은 노인이 되지 않았으니 말이다. 요즈음에야 이 같은 자각이 들었다. 별일 아니다. 모든 것이 이제부터다. 아직은 미숙하다. 문장 하나하나를 숙고하면서 쓰고 있다. 아직은 내 얘기만을 잔뜩 쓰고 있다. 화내고, 슬퍼하고, 웃기도 하다가 괴로워하면서 하루하루를 소일하고 있는 형편이다. 역시 서른한 살은 서른한 살만큼의 일밖에는 할 수 없는 거다, 하는 데 생각이 미치게 되었다. 당연한 것이지만 나는 이 자각이 몹시도 고마운 발견이라고 여기고 있다. 『전쟁과 평화』라든가 『카라마조프 가의 형제들』 같은 대작을 아직은 도저히 쓸 수 없는 노릇이다. 이 엄연한 사실을 이제 분명히 말할 수 있다. 아니, 절대로 쓸 수가 없다. 마음만은 그러고 싶지만 이를 감당할 역량이 내게는 없다. 그렇다고 굳이 서글퍼하지도 않는다. 나는 오래 살아볼 작정이니 말이다. 그러니까 어떻게든 두고두고 해볼 작정이다. 이런 각오도 요즘 겨우 생겨났다. 나는 문학을 좋아한다. 너무도 좋아한다. 이 점은 누구에게도 뒤지고 싶지 않다. 이를 차 마시며 노닥거리듯, 이른바 '다화(茶化)'해서는 결코 안 된다. 좋아하지 않는다면 결코 해서는 안 되는 거다.

신앙. 조금씩 그게 무언지 알게 되는 듯도 싶다. 덩치 큰 사내가 뭔가 골똘한 듯한 얼굴을 하고는 '이, 로, 하……'

어순에 따라 글짓기 놀이를 하고 있는 몰골이라니……. 그 건 마치 벤케이(弁慶)[12]가 색실을 가지고 놀고 있는 모습이라 고나 할까, 니호(仁王)[13]가 치요가미(千代紙)[14] 오리는 놀이를 하는 모습이라고나 할까……. 아니면 모세가 '새총'으로 참 새를 노리고 있는 꼴이라고 할까……. 아무튼 매우 요상하 게 보일 거라는 생각이 든다. 딴은 짐짓 알고는 있지만 그런 들 저런들 어쩌랴. 예술이란 바로 그런 것이다. 혼신을 다 하여 골몰하는 것이다. 그러고 싶으면 그렇게 하는 것이다.

물론 내가 이런 형식의 글을 쓰는 것만으로 흡족해하고 있는 것은 아니다. 이 따위 거추장스러운 형식은 나 역시 피 곤해서 싫다. 기성 소설 작법도 제대로 터득하고 있다. 내가 요즘 쓰고 있는 소설 속에도 재래식 작법을 군데군데 써먹 고 있다. 나도 글 팔아먹는 장사꾼이니까 그런 것쯤이야 다 알고 있다. 소위 점잖은 소설도 앞으로는 쓸 작정이다. 이 런 글 따위를 끼적거리면서 표정을 구겨봤자 쓸데없긴 하지 만 나와 가까운 친구들의 걱정을 덜어주기 위해서는 점잖은 소설도 더러는 써야겠다고 생각하곤 한다. 순수함을 좇느라 질식하는 것보다는 조금은 혼탁해지더라도 크게 되고 싶기 도 하다. 지금 당장은 그렇게 생각하고 있다. 아무런 변화도

---

12 무술에 뛰어났던 거구의 승려.
13 '금강역사(金剛力士)'라고도 하는 불교의 수호신.
14 일본 전통 무늬가 들어간 색종이.

없다. 한마디로 말할 수 있다. 나는 결코 누구에게도 지고 싶지 않다.

지금 쓰고 있는 이런 작품은 건강한 것인지, 건강하지 않은 것인지? 그것은 독자가 결정해주리라고 생각하지만 이 작품은 결코 어리석고 엉뚱한 게 아니다. 그러기는커녕 새롭다. 이렇게 열심히 고안해내고 있지 않은가. 서른한 살은 서른한 살 나름으로 여러 가지 모험을 해보는 것이 옳다고 나는 생각한다. 나는 아직 톨스토이의 『전쟁과 평화』정도를 쓸 능력이 없다. 앞으로 이것을 생각하다보면 방황하고 괴로워하리라. 파도는 으레 거칠게 마련이다. 결코 자기 도취는 하지 않으리라. 충분히, 소심하리만큼 조심하고 있다. 이 작품의 형식도 정감도 결국 서른한 살의 그것을 조금도 못 벗어난 것임에 틀림없다. 그렇지만 나는 거기에 자신감을 가져야만 한다. 서른한 살은 서른한 살답게 쓰는 것 이외에는 다른 뾰족한 수가 없지 않은가 말이다. 이렇게 쓰면서도 이상하게도 어쩐지 서글픈 생각이 든다. 이런 따위를 쓰고만 있다는 것은 부질없는 짓일지도 모른다. 하지만 가슴이 벅차도록 두근거려서 쓰지 않고는 견딜 수 없으니 어찌하랴. 요즘에는 그런대로 조심하고 또 조심하며 살얼음판을 건너는 기분으로 생활하고 있다. 꽤나 엉뚱한 소리들을 하고 있으니 말이다.

그렇지만 이젠 괜찮다. 나는 꼭 해내고야 말 테다. 아직은 좀 휘청거리지만 그러다가 제대로 자라겠지. 거짓 없는 삶은 결코 무너지지 않는다고! 나는 무엇보다 먼저 이것을 믿어야 한다. 믿지 않으면 안 된다.

그럼 우선 옛이야기 하나 말해볼까.

불운하다고 생각한다. 사람들은 모두가 그런대로 내가 운 좋은 사람이라고 평한다. 그럴 때마다 마음 약한 나는 그렇다고 수긍하곤 했다. 무엇이 모자라니까 버둥거리는 거겠지……. 좋다고 받아들이다보니 고생을 사서 하고 있는 셈이다. 인생과 생활의 딜레탕트[15]. 운이 너무 좋아서 우쭐대고 있는 것일까. 고생을 자초하는 녀석이라는 뒷소리가 들려오는 게 신경 쓰이긴 한다.

또는 아직 가인박명(佳人薄命), 회옥유죄(懷玉有罪) 따위의 문자를 그럴듯하게 씨부렁거리면서 내게 술을 마구 권하며 나를 어쩌지 못하게 하는 장난꾸러기도 있다.

그런가 하면 어느 날 밤엔가, 너는 참 불행한 사나이야, 하고 다소곳한 목소리로 말하던 사토 하루오(佐藤春夫) 같은 사람도 있다. 나는 이 말에 가슴에 쿵 소리가 날 만큼 실로 감동해서, 정말, 정말 그렇게 생각하세요? 하고 물었다. 그는 아무렇지도 않은 듯 아무런 표정도 짓지 않았고, 나는 '맞아' 하고 가만히 미소를 날리고만 싶은 기분이었다. 그

---

15 예술이나 학문을 직업이 아닌 취미로 하는 사람.

래, 난 불행하다. 역시 가볍게 수긍했다.

또 한 사람이 있다. 『문예춘추』라는 잡지사의 어두컴컴한 응접실에서 M.S 씨가 직언을 했다. 당신의 진정을 알고 좋아하는, 그런 편집인이 나타나지 않는 한, 당신은 언제까지나 불행한 작가일 수밖에 없다고 생각되네요. 한마디 한마디 잘라 말하듯 직언을 했다. S 씨의 여윈 몸에 가득찬 결의를 나는 귀한 뜻으로 새겨들었다.

대개 나는 남의 충언을 다만 쓴웃음 지으며 받아들이곤 했다. 많은 사람들이 나를 귀찮기도 하고 사뭇 건방지기까지 한 존재로 여기는 것 같다. 하지만 나는 그런 사람들을 조금이라도, 하다못해 한 시간이라도 편안하게 해주고 자신감을 지니게도 해주고 웃음을 머금게 해주고 싶은 생각이 앞섰다. 나는 도적이나 거지 흉내를 내기도 했다. 마음속 한구석에 도적을 품고 거지의 실감을 안고 고뇌 속에 나날을 전전하며 보내고 있는 나약하고 가난한 사람의 아들은 내 거동의 그늘에서 죄의 형(兄)을 발견하자 적이 안도하고, 산다는 것에 자부심을 갖게 되었다. 엉뚱한 생각들이 연거푸 떠오른다. 문득 타락의 구렁으로 빠지기도 한다. 심판의 가을. 나는 미움의 대상으로 화하기도 한다. 어느 중요한 선상에서 나는 분명히 우(愚)를 범했다. 게으름이었다. 일선은 무너지고 결하(決河)의 세력이 몰려온다. 나는 삶의 어두운 구렁에 빠질 극악무도한 인간으로 지목되기도 했다. 약하고 가난한 사람들의 원망과 한탄, 비웃음과 매도의 화염이 죄지은 형의 귓불을 태웠고, 이곳저곳에서 우스꽝스러운 비명이 들려오고, 우왕좌왕, 화롯가에 다가가면 도토리가 폭발, 물동이 물로 식히려 하니 게의 집게발에 기절초풍, 엉덩방아를 찧으면 엉덩이 밑에 어리호박벌의 벌집, 아뿔싸! 정원으로 줄행랑치니 지붕에서 데굴데굴 절구가 마중하고, 저 원숭이와 게의 싸움, 원숭이가 받은 형벌 그대로 팔방에 손이 있고, 숨이 곧 끊어질 듯, 마굴(魔窟)의 방 한 칸에 굴러 자빠진다.[16]

그날 밤의 일을 나는 잊을 수가 없다. 죽고도 싶었다. 하지만 속수무책이었다. 만취해 망토도 벗지 않은 채 누워버렸다.

"이봐, 옛날의 유명한 기생이란 말이지." 한 여편네가 곁에 와서 까르르 웃으면서 말을 했다. "어떤 녀석에게도 거리낌 없이 몸을 맡겼어. 물처럼 헝겊처럼 그대로 찰싹 몸뚱

---

16 원숭이와 게의 싸움(猿蟹合戰): 어느 날 주먹초밥을 갖고 걸어가던 게에게 영악한 원숭이가 그곳에서 주운 감씨와 교환하자고 제안했다. 게는 망설였지만 원숭이는 씨를 심으면 후에 많은 감이 열려 오랫동안 이익을 볼 수 있다고 설득했고, 게는 주먹밥과 감씨를 교환했다. 게가 "빨리 싹을 내라. 감씨여, 나오지 않으면 가위로 싹둑 잘라 버릴 테야."라고 노래 부르며 그 씨앗을 심자 감나무가 자라서 많은 감이 열렸다. 영악한 원숭이는 감을 딸 수 없는 게 대신 자기가 따주겠다며 나무에 올라가 감을 따서 먹기만 할 뿐 게에게는 전혀 주지 않았다. 게가 감을 빨리 달라고 재촉하자 원숭이는 파랗고 딱딱한 감을 게에게 던져 그 쇼크로 게는 아이를 낳다가 죽고 말았다. 그 자식들은 부모의 원수를 갚기 위해 밤, 벌, 절구, 소똥과 함께 원숭이의 집으로 밀어 닥친다. 그들 각자가 밤은 화로 속에, 벌은 물통에, 소똥은 봉당에, 절구는 지붕에 숨긴다. 집으로 돌아와 화롯불에 몸을 따뜻하게 하려던 원숭이는 튕겨 나온 밤을 맞고 화상을 입는다. 급히 물로 식히려 하자 벌에 쏘였고, 깜짝 놀라 집에서 도망치려 하는 찰나 소똥에 미끄러졌으며, 결국 절구가 지붕에서 떨어져 깔려 죽게 되었다. 게들은 멋지게 부모의 원수를 갚을 수 있었다.

어리를 맡겼단 말이야. 그러고 모나리자처럼 입술을 조금 벌리고 조용히 바라보면 남정네는 깡그리 미쳐버린다고. 그러고는 논밭을 마구 팔아 바친다니까. 알았어? 그놈의 몸뚱어리가 소중한 보배지. 옛날부터 명기(名妓)라고 불리는 여자는 모두 다 그랬어. 그렇다고 억지로 반지를 사달라고 보채서는 안 되는데. 언제까지나 묵묵히 흡족한 듯 기다려야 하는데. 예(藝)는 팔아도 되지만 몸을 팔아서는 명기가 아니고 여급이지. 몸을 사내에게 쉽사리 맡긴다면 명기가 아닌 거라고." 혼잣말을 중얼거려본다. 어설픈 얘기다. 사탄의 미학, 명기론(名妓論)의 일단이라고나 할까. 아무렇게나 씨부렁거리기도 하고 화를 내곤 하다가 잠이 들었다.

문득 눈을 떠보니 방은 칠흑 같은 어둠이었다. 머리를 슬그머니 돌리자 베갯머리 근처에 한 통의 새하얀 각봉투가 단정히 놓여 있다. 손을 내밀어 집으려고 했으나 잡히지를 않는다. 깜짝 놀랐다. 달빛 그림자였다. 마굴과도 같은 방의 커튼 사이로 달빛이 스며들어 내 베갯머리 언저리에 정사각형의 달그림자를…… 월인(月印)이었다. 의연한 느낌이었다. 달에게서 편지를 받다니. 뭔가 말로 표현할 수 없는 공포가 엄습했다.

참다못해 벌떡 일어났다. 커튼을 걷고 창문을 열었다. 달을 뚫어지게 쳐다보았다. 달은 타인의 얼굴을 하고 있었다. 달에게 뭔가 말을 걸어보려고 하다가 문득 숨을 돌렸다. 달은, 나는 아랑곳없다는 표정이었다. 혹냉(酷冷), 엄철(嚴徹), 토대(土台)……. 엉뚱한 말을 내뱉었다. 달은 인간의 문제 따위에는 아예 냉담한가. 평소의 달의 이미지는 깨졌다. 소리 지르고 싶었다. 이대로 오므라들고 싶었다.

어리광 부리기는 이제 질색이다. 자연 속에서 왜소하게 살아간다고 하는 것, 그리고 그렇게 살아가면서 느끼는 고독, 준엄함이 어떠하다는 것을 배운다. 번갯불에 집이 타버리고 남은 오이꽃, 그 쓰레기통 속의 오이꽃을 주워 소중하게, 강하게 길러보리라 생각을 해보았다.

ほ(호), 반딧불이의 빛, 창가의 눈(雪).

청창정궤(淸窓靜机), 맑은 창문, 깨끗한 책상. 나야말로 수재다. 책을 펴들고 단정하게 책상머리에 앉는다. 아아, 창문 밖에 들리는 신문 호외 외침 소리가 요란하다. 하지만 우리들은 공부하지 않으면 안 된다. 들어라, 금붕어도 사육하지 않고 풀어놓으면 한 달 남짓밖에 못 산다는 것을.

へ(헤), 군인을 보내고나면 울음보 터진다.

울면 안 되는 것일까. 아무리 참으려 해도 눈물이 나오는데, 이를 어쩌지. 용서하세요.

논(토), 그래봤자 이 세상은 전부 지옥이다.

불인(不忍)의 연못이라, 하고 어느 날 밤 중얼거리다가, 아니, 이거 참 우스꽝스러운 낱말을 뱉어냈다는 생각이 문득 들었다. 여기에는 필시 이러한 유래가 깃들어 있었을 거야. 그래, 그게 틀림없어.

확실한 연대는 잘 모르겠다. 에도 시대 하타모토(旗本)[17] 가문의 간무리 와카타로(冠若太郎)라는 열일곱 살 소년 이야기다. 벚꽃 잎처럼 아름다운 아이였다. 그의 사뭇 가까운 친구로 유라 쇼지로(由良小次郎)라는 열여덟 살 된 소년 무사가 있었다. 초승달처럼 예쁘장한 소년이었다. 겨울철, 구름이 잔뜩 낀 으슴푸레한 날, 두 소년은 말고삐를 쥐는 요령과 그것을 쓰는 법에 대해 의견 충돌이 있었다. 작은 입씨름이 큰 말다툼으로 바뀌었고, 그 결과 한 소년은 미소를 지었으나 다른 한 소년은 크게 분통을 터트리게 되었다.

"이제 끝자."

"그래 좋다. 용서하지 않겠다."

서로가 결투의 약속을 해버렸다.

그 약속의 날, 유라가 집을 막 나서려 하는데 찬비가 쏟아졌다. 급기야 집으로 들어가 우산을 들고 서둘러 떠났다. 약

---

17 에도 시대에 쇼군(将軍)을 만날 수 있는 자격이 있었던 무사.

속 장소는 우에노(上野)의 산이었다. 길을 가다가 우산이 없어 마을의 어느 집 처마 밑에서 성긴 빗줄기를 피하고 있는 간무리의 모습이 얼핏 보였다. 간무리는 축 늘어진 동백꽃처럼 어깨를 움츠리며 곤혹스러워했다.

"이거 봐!" 유라가 말을 걸었다.

간무리는 유라를 보자 멈칫했으나 억지로 웃어보였다. 유라도 덩달아 웃음을 머금었다.

"어서, 가자."

"응, 그래."

차가운 빗발을 헤치며 두 사람은 나란히 걸어갔다.

"준비는?"

"아무렴 다 됐지."

두 사람은 서로 칼을 빼들고 동시에 돌진했다. 결과는 간무리의 패배. 유라는 간무리의 목덜미에 칼을 한참 대고 있다가 찌르고야 말았다. 그는 칼에 묻은 피를 우에노의 연못에 씻었다.

"유한(遺恨)은 유한이다. 무사의 의지는 의지다. 약속을 굽힐 수는 없는 것이다."

그날 이후 사람들은 이 연못을 '불인지(不忍地)'라고 불렀다. 참 어처구니없는 게 세상사다.

ち(치), 짐승의 서러움.

옛날부터 축성(築城)의 대가는 성을 설계할 때 그 성이 만약 폐허가 될 경우의 모습을 가장 크게 고려하여 설계도를 작성했다고 한다. 폐허가 된 다음에도 올연한 모습으로 보이도록 설계해둔다는 것이다. 또 옛날의 불꽃놀이 화구를 만드는 명인은 하늘 높이 솟아 올라가 꽃잎 흩어지듯 폭발할 때의 소리에 가장 신경을 썼다고 한다. 불꽃놀이는 보는 것보다 듣는 것이라고 믿었던 것이다. 도자기는 손바닥 위에 올려놓았을 때의 무게가 가장 소중한 것이다. 예전부터 명장으로 불리는 사람들은 모두가 이 무게에 대해서 가장 고심했다고 한다.

이런 고사를 그럴싸하게 의젓한 표정을 지으면서 집안사람들에게 가르쳐주면, 모두들 심각하게 듣곤 한다. 뭔가, 모두가…… 어처구니없다. 엉터리다. 이런 어리석고 바보스러운 얘기는 또 어떤 책에도 쓰여 있지 않은데 말이다.

그래도 또 말해본다.

그리워지면 찾아와보렴. 시노다 숲 서러운 구즈노하(葛の葉)를[18]. 이 구절쯤은 누구나 알고 있다. 암컷 여우가 지었다는 노래다. '서러운 구즈노하'라는 부분은, 역시 뭇 짐승들

---

18 시노다 숲에 살던 여우가 자신의 목숨을 구해준 남자에 대한 보답으로 '구즈노하'라는 이름을 붙이고 그와 부부가 되어 아이를 낳았다는 이야기. 구즈노하는 어느 날 정체가 탄로나 미닫이문에 이런 노래를 남기고 떠났다. "어미가 그리우면 찾아와보렴. 이즈미 시노다 숲에서 서러워하는 구즈노하를."

의 풋풋한 연정이 깃들어 있어 하염없이 서글프다. 그 밑바닥의 밑바닥을 파고들면 뭔가 지독한, 아마도 이 세상의 것이 아닌 무서움, 두려움 같은 것이 느껴지는 그 무엇이 도사리고 있는 듯하다. 옛날 에도 시대에 후카가와(深川) 가문의 한 아낙이 요절했다. 어린 딸 하나를 남겨둔 채로. 어느 날 밤 그녀는 남편 베갯머리에 나타나 노래를 불렀다. "안개 짙은 밤, 풀내음 자욱한 산길을 따라가다 가나의 슬피 우는 소리에 길을 잃었네." '풀내음 자욱한 산길'은 저승에 있는 산의 이름일지도 모른다. '가나'는 남겨둔 딸의 이름일 것이다. 한 많은 아내가 유령으로 나타났던 것이다. 짤막하지만 정한(情恨) 어린 이야기다.

또 다른 이야기. 이것도 요괴가 만든 노래인데 사정은 좀 다르다. 전해오는 그 노래의 의미는 확실하진 않지만 역시 이 세상의 것이 아닌 처절함이 느껴진다. 사랑하는 여인을 그립도록 바라보면 청로(靑鷺)[19]로구나, 라고 노래가 시작된다.

사실 솔직하게 고백하자면 이상의 이야기나 노래는 모두가 나의 픽션이다. 픽션을 뇌까리게 된 모티브, 그 동기는 바로 작가의 애정이다. 나는 그렇게 믿고 있다. '사디즘'은 결코 아니다.

---

19 왜가리.

り(리), 용궁 대왕님은 바다 밑에 있다.

　노쇠해가는 몸뚱어리를 끌어안은 채 끝없는 꿈을 좇아 황
량한 바닷가를 헤매는 백발의 우라시마 타로(浦島太郎)[20] 같
은 방랑자는 아직도 이 세상에 적지 않다. 풍이 같은 해충을
상자 속에 마구 처넣고 그 몸부림치는 소리를 들으면서 눈
을 게슴츠레 뜬 채, 이건 나의 오르골이다, 하고 나불대는
이 꼬락서니라니, 처참하구나. 멀리는 독일 황제, 또는 에티
오피아 황제, 어제저녁에 나온 석간에 의하면 스페인 대통
령인 아사니아도 안간힘을 쓰고 버티다가 사임하고 말았다
는데, 하지만 그들은 의외로 물러난 후 한결 느긋했는지도
모른다. 벚꽃 만발한 정원을 팔아넘긴다고 해도 정원 밖 산
과 들에는 벚꽃 명소가 있지 않은가. 이런 명소가 마치 자기
집 앞마당인 것처럼 여기고 느긋하게 즐기는 거다. 옛 호걸
들은 그러했으리라. 하지만 나는 문득 이런 생각을 해본다.
쑹메이링(宋美齡)[21]은 도대체 어쩔 작정인지.

　ぬ(누), 늪의 혼불.

---

20 거북을 살려준 덕으로 용궁에 가서 호화롭게 지내다 돌아오니, 세월이 지나 친척이
　나 아는 사람은 모두 죽고 모르는 사람뿐이었다는 일본 전설 속의 주인공.
21 대만 총통 장제스의 아내.

북국의 여름밤은 유카타 윗도리 한 장으론 시리다. 그 무렵 내 나이 열여덟, 고등학교 1학년이었다. 여름방학을 맞아 고향 마을에 돌아왔는데, 마을 변두리에 있는 '곡신(穀神)'의 늪에서 매일 밤 대여섯 차례씩이나 혼불이 피어오른다는 소문이 들렸다.

달도 뜨지 않는 날 밤, 나는 자전거에 등을 달고 혼불을 보려고 나섰다. 폭이 한 자 남짓한 어설픈 들길을 이슬 맞은 풀섶에 미끄러질세라 비틀대는 자전거를 애써 가누며 달렸다.

길목마다 귀뚜라미 소리 번거롭고, 반딧불이들은 흩어지며 빛을 흩뿌리곤 했다.

곡신 신사의 도리문을 지나 옻나무 가로수 길을 달리면서 나는 쓸데없이 경종을 연거푸 눌러댔다.

이내 늪 기슭에 당도했다. 자전거 앞바퀴가 깡그리 젖어 있었다. 나는 자전거에서 내려 가만히 한숨을 날렸다. 혼불을 봤다.

늪 기슭 저쪽에 하나, 둘, 셋 불그레하고 둥그런 불이 가지런히 떠 피어오르고 있었다.

나는 자전거를 끌며 대안을 걷고 있었다. 둘레가 1백여 길 남짓한 작은 늪이었다.

가까이 가보니 다섯 촌로(村老)가 왕골 깔개를 깔고 한바탕 술판을 벌이고 있었다. 혼불은 늪 저쪽 기슭 버들가지에 걸려 있는 세 개의 등불이었다. 운동회 날에 쓰이는 일장기 등불이었다. 노인 양반들은 내 얼굴을 기억하고는 모두들 손뼉을 치고, 껄껄대며 나를 환대했다. 노인장 중 두 분과는 안면이 있었다. 한 분은 쌀가게를 하다 파산했고, 또 한 분은 좀 추접한 아낙네를 아내로 맞아들인 바람에 멍청이로 고향 사람들의 웃음거리가 되고 만 이다. 늪을 스쳐 지나는 바람결은 몹시도 냄새가 고약하다.

다섯 노인은 매일 밤 이렇게 한판 하이쿠 모임을 갖곤 한단다. 내 자전거의 등불을 보면서 "이것 때문에 혼불이 혼나가면 안 되는데……." 하며 모두들 낄낄거리며 한바탕 웃어댔다. 나는 먹다 남은 차가운 찌꺼기 술을 두세 잔 얻어 마시고는 그들 나름의 노랫가락 냄새를 짐짓 느껴봤다. 아무튼 사뭇 어설프기만 하다.

'참억새 그늘의 뼈만 앙상한 두개골' 같은 구절도 마구 읊어댔다. 나는 황급히 자전거를 타고 집으로 달려왔다.

'밝은 달아, 네 자리엔 잘난 얼굴도 안 뵈는구나.' 바쇼도 이런 요상한 구절을 읊어댔다.

る(루), 유전윤회(流轉輪廻).[22]

어느 제국대학 교수의 신상에 관한 얘기를 좀 써보고 싶

---

22 중생이 무명(無明)의 미혹으로 말미암아 생사의 미계(迷界)를 끊임없이 떠도는 일.

다. 하지만 그게 여간 힘들지 않다. 그 교수는 바로 사흘 전 기소를 당했다. '좌경 사상'이라는 혐의 때문이다. 이 교수는 오륙 년 전 우리가 학생일 때, 스스로 좌경 학생의 선도자로 자임하고 있었다. 그 무렵 그 교수의 학생 선도 언론 내용도 역시 이번 기소의 이유 중 하나로 거론되고 있다고 한다. 바로 이 문제가 매우 어려운 숙제다.

사오일쯤 여유가 있다면 나 역시 여러 가지를 참작해서 이 사건을 하나의 이야깃거리로 마무리지어 제대로 내놓고 싶다. 한데 오늘이 벌써 3월 2일이다. 이번 호 잡지는 3월 10일에 발매되기 때문에 오늘쯤은 원고를 넘겨야 한다. 나는 오늘 무슨 일이 있더라도 이 원고를 인쇄소에 넘겨야만 한다. 그렇게 하겠다고 잡지사에 약속을 했으니 말이다. 이런 어려움을 겪는 것은 평소의 내 게으름 탓이다.

이래서는 안 되겠다. 각오만 돼 있으면 무슨 소용이랴. 여전히 이렇게 게으름만 피우면 제대로 된 소설가가 될 수 없는 거다.

お(오), 오바스테 산(姥捨山)[23] 봉우리의 소나무 바람.

좀 더 스스로 경계해야겠다. 다시 한 번 이 따위 추태를 되풀이한다면 그야말로 나 역시 '오바스테 산' 감이다. 나태의 가루타 놀이. 문자 그대로 이 놀이는 '나태의 가루타'가

되고야 말았구나! 처음부터 뻔한 것이 아니었을까? 아니야, 이제 그런 헛소리 따위는 그만하겠다.

わ(와), 내가 산을 향하여 눈을 들리라.[24]

か(카), 하층 백성(下民)답게 사는 것이 편하다. 상천(上天)을 속이기는 너무나 어렵다.

よ(요), 밤 다음에는 반드시 아침이 오게 마련이다.

---

23 일본 나가노 현에 있는 산 이름. 늙은 숙모를 봉양하던 사람이 아내의 강권에 못 이겨 숙모를 내다버렸다가 다시 찾아왔다는 전설에서 이름을 따옴. 노인이나 정년이 된 사람을 멀리하여 데려다두는 곳을 뜻함.

24 『성경』시편 121장 1절.

팔십팔야 | 1939 |

八 十 八 夜

체념할지어다, 내 마음이여. 짐승 같은 잠을 자라. (C.B)

가사이 하지메(笠井肇) 씨는 작가다. 그는 매우 가난하다. 요즘 공들여서 통속소설을 쓰고 있다. 하지만 여유롭지는 않다. 괴롭다. 몸부림치며 안간힘을 써보지만 지쳐 떨어지고 만다. 망연한 채 지금은 아무것도 모른다. 그렇게 말해도 가사이 씨의 경우, 전혀 과장이 아니다. 그런 가운데에도 단 한 가지만은 알고 있다. 바로 한 치 앞에 칠흑 같은 어둠이 도사리고 있다는 것. 그것 하나는 짐짓 알고 있다. 그다음은 아무것도 모른다. 어쩌다 문득 정신을 차린다 해도 오리무중의 산속인지, 들판인지, 길거리인지…… 그것조차도 모른다. 다만 자기 주변에 뭔가 게슴츠레한 살기가 돌고 있다는 느낌으로 으스스하다. 아무튼 이건 넘어가야 할, 아니, 넘겨야 할 일이다. 한 치 앞만은 알아야 한다. 조심스럽게 살그머니 전진해야 한다. 물론 아무것도 모르고 있겠지만 말이다. 지지 말고 악착스레 나아가야 한다. 아무것도 모르지만 나아가야 한다. 두려움을 몰아내고 무리하게라도 거친 몸놀림으로 한 치 또 한 치 발걸음을 내디뎌야 한다. 여기가 어디일까, 아무런 소리도 들리지 않는다. 이 같은 무한한 고요, 그 칠흑 같은 어둠 속에 가사이 씨는 지금 내동댕이쳐져 있다.

앞으로 나아가야 한다. 아무것도 모르더라도 끊임없이 한 걸음, 아니, 반걸음이라도 좋으니 움직이며 나아가야 한다. 팔짱을 끼고 머리를 축 늘어뜨린 채 멍청하게 서 있기만 한다면, 비록 한순간이라 할지라도 회의와 권태에 몸을 맡긴다면, 그 순간 쇠망치로 꽝 하고 머리를 가차 없이 얻어맞으리라. 그러면 주위의 살기가 일시에 밀려와 가사이 씨의 몸뚱어리는 벌집처럼 되고 말 것이다. 이건 어쩔 수 없다. 그러니까 가사이 씨는 단단히 마음먹고 칠흑 속을 한 치 한 치 전진해 나아가야 한다. 열흘, 석 달, 한 해, 두 해, 이렇게 지루한 세월을 가사이 씨는 그런대로 잘 나아갔다. 그는 암흑 속에서 버텨가며 살아왔다. 전진해야만 한다. 죽어버릴 것인가, 그게 싫다면 나아가야 한다. 정말 난센스 같은 얘기다. 가사이 씨도 이제 진절머리가 났을 것이다. 사방팔방이 꽁꽁 막혀버렸다? 아니, 그건 거짓말이다. 전진할 여지는 충분히 있다. 살 수 있다. 칠흑 같은 어둠 속에서도 한 치 앞은 보이게 마련이다. 한 발 한 발 나아가야 한다. 위험은 없다. 한 치라도 내디디면 그건 틀림없는 전진이고 진전이다. 이것은 절대로 확실한 진리다. 그렇지만 어찌할 수 없어 보인다. 암흑 일색의 풍경은 끝이 안 보이니 말이다. 칠흑의 암흑은 조금도 변함이 없다. 빛은 물론 폭풍우조차 일지 않는다. 가사이 씨는 어둠 속을 더듬거리고 또 더듬거리며 한 치, 또 한 치를 마치 벌레 새끼처럼 꿈틀거리며 기어가고 있다. 그러는 사이 서서히 광기를 의식하기 시작했다. 이래서는 안 된다. 자칫 잘못하면 이건 단두대로 향하는 길이다. 이렇게 꿈틀거리며 나아가는 것은 처참한 자멸의 계곡으로 향하는 게 아닐까. 아아, 한껏 소리라도 질러볼까. 하지만 애처롭게도 가사이 씨는 너무나도 오랫동안 비굴하게 살았던 탓으로 어느 사이엔가 스스로의 언어를 잊어버렸다. 목소리가 전혀 나오지 않는다! 달려볼까? 누가 나를 죽인다 해도 상관없다. 사람은 왜 꼭 살아야만 하는 것일까? 이런 소박한 명제가 문득 떠오르면서 이제 고만 암흑 속 발걸음에 지쳐버렸다. 그래서 5월 초에 있는 돈을 다 털어서 여행길에 올랐다. '바로 이 탈주가 잘못된 것이라면 나를 죽여다오. 누가 나를 죽이더라도 나는 미소 지으며 떠나리다. 이제 여기서 인종(忍從)의 쇠사슬을 끊자. 그 때문에 어떤 비참한 지옥에 떨어지는 한이 있더라도 나는 후회하지 않으리

라. 이제 모든 게 글렀다. 더 이상은 나 자신을 비굴하게 만들고 싶지 않다. 자유!'

이렇게 내심 선언하며 가사이 씨는 여행길에 나선 것이다.

그는 신슈(信州)로 떠났다. 왜 신슈를 택했는지는 분명치 않다. 신슈에 한 사람, 유가와라(湯河原)에 또 한 사람, 이렇게 가사이 씨가 알고 있는 여인이 있었다. 알고 있는 여자라지만 함께 잠자리를 한 사이는 아니다. 기껏 이름을 알고 있는 정도의 사이다. 둘 다 여관의 여종업원들이다. 둘 다 재치 있고 제법 눈치가 빨라서 머리가 잘 안 돌아가는 가사이 씨에게는 고마운 일들이 많았다.

유가와라는 3년 만이다. 그러니까 여관에서 그이가 여전히 일하고 있을지는 의문이다. 없다면 어쩌지? 신슈의 가미스와(上諏訪) 온천에는 작년 가을에도 하찮은 일을 마무리하기 위해 갔을 때 오륙일 신세를 졌던 일이 있다. 틀림없이 그 숙소에서 일하고 있을 것이라는 생각이 들었다.

엉뚱한 짓을 하고 싶다. 마음 단단히 먹고 엉뚱한 일을 저지르고 싶다. 내게도 아직은 로맨티시즘이 남아 있을 것이다. 가사이 씨는 올해로 서른다섯 살. 하지만 머리숱도 적고 이도 많이 빠져서 마흔은 넘어 보인다. 처자식을 먹여 살리기 위해서, 그리고 조금은 세속의 체면을 세우기 위해서, 무엇 때문인지는 모르지만 다만 열심히 글을 쓰고 돈을 벌어왔다. 그러는 사이에 어느덧 이렇게 하염없이 나이를 먹고

겉늙어버렸다. 문단 친구들은 가사이 씨를 품행이 바른 신사라고 평가하고 있다. 딴은 가사이 씨는 좋은 남편이고 좋은 아버지다. 태생적으로 겁이 많기도 하고 과도한 책임감이 그를 그런 가장으로 만들었다. 말이 서툴고 행동이 너무도 둔중하다. 이 점은 가사이 씨 자신도 어쩔 수 없는 노릇이라고 체념하고 있다. 하지만 누에 같은 자신에 지쳐 폭발하듯 뛰쳐나온 나그네 길에서 그는 제법 엉뚱한 결심을 하고 있었다. 뭔가 빛을…….

그는 시모스와(下諏訪)까지 가는 기차표를 끊었다. 집을 나와 가미스와까지 곧장 가서 뒤도 돌아보지 않고 여관에 달려가 그 여자, 그 여자가 있느냐고 요란을 떨고 싶지는 않아서 일부러 가미스와의 한 정거장 전인 시모스와까지 가는 표를 끊은 것이다.

가사이 씨는 시모스와에는 아직 한 번도 가본 적이 없다. 하지만 거기 내린 후에 괜찮으면 그곳에서 일박한 후 다소간의 우여곡절이 있더라도 가미스와의 여관을 찾아갈 작정이었다.

기차를 탔다. 들도, 밭도, 모두가 푸르름 일색이었다. 마치 갓 따온 바나나와도 같이 상큼하다. 봄이 한껏 무르익어 짙푸르게 녹아내려 너저분하게 넘쳐흐르고 있었다. 대체로 이 계절에는 뭔가 끈적끈적하고 퀴퀴한 체취가 풍긴다.

기차 안의 가사이 씨는 이상하게도 슬픈 기색이 역력했

다. 내게 구원의 손길이 뻗치기를! 부르짖듯 속삭이며 중얼 거렸다. 주머니 속에는 50엔 남짓이 있었다.

"안드레아 델 사르토[1]의……."

돌연 엉뚱하게도 크게 소리를 지르는 사람이 있어 가사이 씨는 슬쩍 뒤돌아보았다. 등산복 차림의 두 청년과 같은 또래의 소녀 세 사람이었다. 소리를 지른 녀석은 이 그룹의 리더 격인 듯했는데 베레모를 쓴 아름다운 청년이었다. 좀 가무잡잡하게 탄 얼굴에 제법 멋을 부리고 있었으나 품위가 없어 보였다.

안드레아 델 사르토. 그 이름을 마음속으로 되뇌어보았지만 가사이 씨는 누구인지 짐작이 가지 않는다. 아무리 머리를 쥐어짜도 얼핏 떠오르지 않는다. 알고는 있는 듯한데 도무지 생각이 안 난다. 잊어버린 이름이다. 언젠가, 언제였던가, 그 이름을 놓고 친구들과 함께 밤새도록 토론을 한 것 같은데…… 까마득한 일처럼 느껴진다. 문제의 인물이었다고는 어렴풋이 짐작되지만 전혀 생각나질 않는다. 기억이 되살아나질 않는다. 이건 너무하다는 자책도 하게 된다. 이렇게도 깨끗하게, 까마득하게 잊어버리다니……. 어이가 없다. 안드레아 델 사르토. 아무래도 떠오르지 않는다. 도대체 어떤 자일까? 아무래도 알 수가 없다. 가사이 씨는 언

---

1 이탈리아 르네상스 전성기의 피렌체파 화가.

제, 언제였던가, 그 사람에 대해서 분명히 수필을 썼던 것임에 틀림없다. 다만 잊어버린 것이다. 브라우닝. ……뮈세. ……어떻게 해서든 기억의 끈을 더듬어나가다가, 아아, 그래, 그 사람이지…… 하고 짐짓 알게 되도록 안간힘을 써보지만 소용이 없다. 그 사람이 어느 나라 사람이고, 어느 시대의 사람인지에 대해서 이제는 떠오르지 않아도 좋다. 언젠가, 옛날, 그때, 그 사람에게서 얻은 공감을, 자못 그것만이라도 지금 실감으로 곧이 파악하고 싶다. 하지만 이 역시 아무리 애써도 불가능했다. 우라시마 타로. 이렇게 문득 떠올렸을 때엔 이미 백발의 노인이 되어 있었다. 까마득하구나. 안드레아 델 사르토란. 어쩔 수 없다. 이제 그는 지평선 저 멀리 사라져버렸다. 이른바 '운연모호(雲煙摸湖)'다.

"앙리 베크[2]의……."

등 뒤의 청년이 또 말을 이었다. 가사이 씨는 이 이름을 듣자 또 얼굴을 붉혔다. 뭔지 알 수 없으니 말이다.

앙리 베크…… 누구였을까. 확실히 가사이 씨는 일찍이 그 이름을 알고 있었고, 그에 대해 쓴 일도 있다는 생각이 들었다. 그런데도 지금은 모르겠다.

포르토리슈. 제랄디. 아니야, 틀렸어. 앙리 베크……. 어떤 사나이였을까? 소설가였던가? 화가였던가? 혹 벨라스케

---

2 프랑스의 극작가.

스? 그것도 아니야. 벨라스케스가 다 뭐야. 엉뚱하잖아. 그런 자가 관연 있었던가? 아마 화가지. 정말일까? 어쩐지 불안해진다. 앙리 베크? 모르겠다. 예렌부르크와는 다른가? 장난치지 마. 알렉세프야. 러시아 사람이 아니라구. 얼토당토 않은 소리야. 네르발. 케라. 슈토름. 메러디스. 뭐라고? 아아, 그래, 뒤르페. 아니야. 뒤르페가 누구란 말이야?

이제 아무것도 모르겠다. 엉망진창이다. 그야말로 칠화팔렬(七化八裂)이다. 숱한 이름들이 아무런 연관도 없이 문득문득 머리에 떠오르다가 흩어지면서 놀아난다. 하지만 가사이 씨는 그 많은 이름들의 실체를 하나로 뭉뚱그려서 선명하게 생각해낼 수가 없다. 이제는 안드레아 델 사르토와 앙리 베크라는 두 이름의 소동이 아니다. 아무것도 모르겠다. 그 옛날 교사들의 이름일까……. 아아, 모든 게 냄새도 맛도 색채도 없다. 가사이 씨로서는 언젠가 들었던 것 같은 이름이고 그게 누구일까를 되풀이해서 생각할 따름이다. 도대체 요 2, 3년간 당신은 무엇을 했던 것일까. 그저 살아는 왔다. 그건 알고 있다. 아무튼 그것만으로도 벅찼다. 생활해가는 일은 조금 익혔다. 하루하루 생활의 영위에 대한 노력은 구부러진 못을 제대로 펴내는 일과도 너무나 닮았다. 작은 못이니까 힘을 주어 한껏 두들겨 펴내지는 못하지만 구부려진 것을 편다는 것은 강한 압력을 가해야 하므로 제대로 못 펴더라도 사뭇 어려운 작업이다. 가사이 씨는 그런대로 자기

나름의 역량을 쏟아 심히 신통치 않다고 여겨지는 소설을 연이어 써왔다. 그리하여 깡그리 문학이라는 걸 잊어왔다. 멍청이가 되어버린 것이다. 다만 틈틈이 체호프의 작품만은 읽곤 했다. 구부러진 못이 서서히 펴지듯이 빚도 조금씩 줄어들었다. 그런 형편이 되자 가사이 씨는 '될 대로 되라!' 하며 이제까지의 부단한 노력을 울면서 내던져버리고는 답답한 집을 뛰쳐나와 목숨을 걸고 여행길에 나선 것이다. 이제는 더 이상 모든 게 싫다. 참는 것도 한계가 있다. 더 이상은 참을 수 없다고 여긴 것이다. 그러고보면 가사이 씨는 곤란한 사람이다.

"야아, 야쓰가타케(八が嶽)[3]다. 야쓰가타케."

뒷칸의 무리 가운데서 조금 전에 크게 떠들던 목소리가 들려왔다.

"대단하다."

"정말 장엄하네."

떼거리들은 너 나 할 것 없이 고마가타케(駒が嶽)[4]의 위용을 보며 찬탄을 아끼지 않았다.

가사이 씨는 그 봉우리는 야쓰가타케가 아니라 고마가타케가 맞는데, 하며 조금 숨통이 트이는 것 같았다. 앙리 베

---

3 일본 나가노 현 스와 지역. 사쿠 지역에 있는 명산.
4 일본 나가노 현의 명산.

크를 몰라도 좋고, 안드레아 델 사르토를 기억하지 못해도 좋다. 가사이 씨는 이 삼각형으로 뾰족한 은색의 산봉우리, 이제 막 석양을 한 몸에 안고 장밋빛으로 번쩍거리고 있는 산 이름만은 알고 있다. 저 산봉우리는 고마가타케다. 절대 야쓰가타케가 아니다. 초라한 무지에서 오는 자긍이었지만, 그래도 가사이 씨는 역시 잔잔한 우월감을 느끼며 마음이 안정되었다. 녀석들에게 제대로 가르쳐줄까, 하고 마음먹었다가도, 아니야, 굳이 그럴 필요는 없어, 하며 자제했다. 어쩌면 녀석들이 잡지사나 신문사 직원일지도 모른다고 생각했기 때문이다. 그들이 주고받는 얘기의 내용으로 보아 아무래도 문학에 무관심한 녀석들은 아니다. 아니면 극단적인 관계자일지도 모른다. 또는 고급 독자들일는지도 모른다. 어쨌든 가사이 씨의 이름쯤은 알고 있을 듯한 사람들이다. 그런 사람들 앞에 어슬렁어슬렁 나아가는 것은 뭔가 별 볼일 없는 스스로의 이름을 팔러 가는 것 같으니 할 짓이 아니다. 틀림없이 경멸당할 것이다. 신중해야 한다.

가사이 씨는 한숨을 길게 내쉬며 차창 밖에 올연한 고마가타케를 쳐다보았다. 역시 어쩐지 화가 치밀어 오른다. 쳇! 꼴좋다. 앙리 베크니 안드레아 델 사르토니 하며 건방진 소리를 나불거리고 있지만 고마가타케를 보고 '야, 야쓰가타케다', '장엄하다' 하며 어쩌고저쩌고 하다니……. 야쓰가타케는 말이야, 시나노(信濃)에 들어가야만 그 반대쪽에 바라다보이는 거라고. 웃기지 말라고. 바로 눈앞에 보이는 고마가타케의 별명은 가이코마(甲斐駒)이고 높이는 해발 2,966미터다. 이렇게 가사이 씨는 마음속으로 씨부렁거리며 우쭐대보았지만, 왠지 멋쩍다. 속되고 가난뱅이 넋두리 같아 조금도 문학적인 고상함이 풍겨나질 않는구나. 이상한데. 그러면서 가사이 씨는 쓴웃음을 날렸다.

가사이 씨는 5, 6년 전만 하더라도 새로운 작풍을 지니고 있는 작가로 몇몇 선배들의 지지를 한 몸에 받았다. 독자들도 가사이 씨를 반역적인 '하이칼라 작가'라 일컬으며 갈채를 보냈는데 지금은 형편이 말이 아니다. 그런 헛모험적인 하이칼라 작품은 이제 낯부끄럽고 싫증이 나버린 것이다. 내용이 튀지도 않는다. 그런 데다가 어쩌면 비양심적이고 그때만의 안이한 작품을 마구 내놓아 장수 늘리기에 급급하며 살아왔다. 예술적인 양심은 없고 허영의 배설뿐, 차갑고, 무모하고, 에고이즘 덩어리다. 생활을 위한 작업에만 골몰한다. 매우 난폭한 엉터리 작품을 눈을 감은 채 내갈기며 발표했다. 굳이 매끄럽게 말한다면 '생활에의 순애(殉愛)'라고도 얼버무리지만, 요즘은 그렇지도 않다. 당신은 결국 저열해졌어. 간교해졌다고. 뒤에서 이런 목소리가 귀에 들려오면서 가사이 씨는 이제 진지해지고야 말았다. 예술의 존엄, 자아에의 충성, 그와 같은 언어의 가열(苛烈)이 조금씩 조금씩 머리에 떠오르는데, 도대체 이건 어찌된 일일까······.

물론 한마디로 말할 수 있는 얘기는 아니다. 아무튼 요즘 가사이 씨는 통속소설조차도 제대로 쓰지 못하고 있다.

기차는 느릿느릿 걷고 있다. 산의 오르막길에 접어들었기 때문이다. 차라리 기차에서 내려 걷는 편이 빠르겠다는 생각마저 들었다. 정말이지 너무 느리다. 서서히 야쓰가타케의 전체 모습이, 열차의 북쪽에 여덟 개의 봉우리를 죽 늘어놓으며 나타났다. 가사이 씨는 눈을 크게 뜬 채 그 풍광을 쳐다보았다. 역시 좋은 산이다. 어느덧 해 질 무렵이다. 저녁노을에 비친 산봉우리가 아득히 밝아 능선의 기복도 완만하게 흘러내리는 듯 인생과 같이 부드러웠다. 후지 산의 황량한 뾰족함과 견주어 한결, 아니, 몇 배나 준초한 산봉우리라고 가사이 씨는 새삼 느꼈다. 2,899미터. 가사이 씨는 요즘 산의 높이나 도시의 인구나 도미의 가격 등에 대해 묘하게도 신경을 쓰게 되었고, 그 수치를 잘도 기억하고 있다. 그는 지금까지 그와 같은 조사 기록이나 사실(寫實)의 숫자를 매우 경멸하며 꽃 이름, 새 이름, 나무 이름조차도 속된 일로 여기고 숫제 무관심했다. 뭐랄까, 오로지 플라토닉하다고나 할까……. 사뭇 소외된 스스로의 모습을 호젓하게 사랑하는 게 고상한 것이라고 생각하곤 했다. 한동안 너무 달짝지근한 자존심에 젖어 있었던 것인데, 그랬던 그가 전혀 달라졌다. 식탁 위에 오르는 생선 값을 아내에게 일일이 묻기도 하고, 신문의 정치란을 골똘히 읽기도 하고, 때로는 중국 지도를 펼쳐 들고 뭔가를 자세하게 검토하면서 혼자서 고개를 끄덕이기도 한다. 또한 앞뜰에 토마토를 심기도 하고, 나팔꽃을 심은 화분을 이리저리 옮기기도 한다. 그러다가 꽃 그림책, 동물도감, 일본지리풍속대계 등을 틈틈이 펼쳐 보는가 하면, 들꽃 이름, 정원에 날아와 노니는 작은 새들의 이름, 더 나아가 일본의 명소, 유적지 등을 아무런 의미도 없이 조사하다가 아무 일 없었다는 듯이 멍청히 앉아 있다. 방자하거나 건방진 모습 또한 조금도 찾아볼 수 없게 되었다. 용기도 이젠 없다. 뭔가를 의아하게 여기지도 않는다. 상노인의 모습이 되어버렸다. 완전히 세상을 피해 숨어 사는 노인과 다름없어졌다.

그래서 지금도 가사이 씨는 야쓰가타케의 위용을 다만 하염없이 멍청하게 쳐다보고만 있는 것이다. 아아, 정말 좋은 산봉우리구나. 그저 기운 없는 소리로 속삭이듯 내뱉으며 등을 잔뜩 굽히고 턱을 내밀고는 뭔가 서글픈 듯이 눈썹을 추켜올리며 물끄러미 바라다보고만 있다. 애달픈 모습이라고나 할까. 그의 눈앞에 펼쳐지는 한낱 평범한 풍경을 바라보며 뭔가 도움을 청하는 기도라도 드리는 듯한 그런 모습이다. 게와 비슷한 모습이라고나 할까. 사오 년 전까지만 해도 가사이 씨는 전혀 이런 사람이 아니었다. 온갖 자연 풍경을 나름대로 가려 취사선택하곤 했다. 결코 거기에 빠지지 않은 채 이른바 '기성개념적(旣成槪念的)'인 정서를, 장미를,

제비꽃을, 곤충 소리를, 바람 소리 등을 그저 가만히 웃어 날리면서 경원해왔다. 오로지, "나는 사람일 따름이다. 인간 만사를 듣거나 보면 좋은 일이건 나쁜 일이건 간에 상관없다고 여기지를 않고 어쩐지 나 자신의 일처럼 가슴이 뛴다." 하는 마음가짐으로 사람의 마음속을 둔감한 듯하면서도 사자분신하는 그런 위인이었다. 그런데 지금은 전혀 그렇지가 않다. 멍해졌다. 아니, 멍청해졌다.

산보다 여느 다른 곳에……. 왜, 어찌하여……. 이런 구시대의 바보 같은 감개에 푹 빠져서 찔끔찔끔 눈물 따위를 흘리면서, 칠칠치 못하게. 잠시일지라도 입을 딱 벌린 채 야쓰가타케 봉우리를 물끄러미 바라보다가 가사이 씨도 가까스로 자신의 어설픈 몰골을 느끼게 된 듯 혼자서 쓴웃음을 지었다. 빡빡 뒤통수를 마구 긁어대며 외쳐댔다. 이게 뭐야, 이 꼴이 뭐야. 일상의 괴로움을 한꺼번에 흩날리려고 왔는데……. 뭔가 나쁜 일을, 죽도록 강렬한 로맨티시즘을…… 헉헉거리며 동경을 찾아 여행길에 나섰는데! 내가 굳이 산을 쳐다보려고 떠나온 건 아니야. 바보 천치 같으니라고. 이건 터무니없는 로맨스다.

그러자 뒤편이 떠들썩하다. 젊은 청년과 소녀들의 무리가 차에서 내릴 준비를 하고 있었다. 곧 열차는 멈추고 그들은 후지미(富士見) 역에서 하차해버렸다. 가사이 씨는 그제야 마음이 조금 놓였다. 역시 우쭐거림이 조금은 있었던 것이다. 가사이 씨는 그렇게 유명한 작가는 아니지만 그래도 누군가가 어디에선가 보고 있다는 생각 때문에 군중 속에 들어가 있을 때에는 담배 피우는 자세부터 뭔가 좀 달라진다. 더군다나 조금이라도 소설에 관심이 있는 듯한 사람들이 가까이에 있을 경우에는, 아무도 그에게 주의를 기울이지 않는데도, 그런데도 마치 꽁꽁 얼어붙은 듯 고개를 돌리기조차 힘들어한다. 이전에는 훨씬 더했다. 너무나 신경을 써서 질식할 듯 숨 가빠하기도 하고 어지러워 쓰러질 듯 혼미해지기도 한다. 너무나도 가엾은 나쁜 버릇이다.

가사이 씨는 본시 겁이 좀 많다. 그러니까 마음이 무척 약한 성격이다. 혹시 정신박약증이라는 병에 걸렸는지도 모른다. 뒤쪽의 '안드레아 델 사르토'들이 차에서 다 내려버렸으니 이제는 한결 홀가분해졌다. 게다짝을 벗어 내려놓고 양다리를 훌쩍 곧게 펴 앞좌석에 걸치고는 주머니에서 책 한 권을 꺼냈다. 가사이 씨는 좀처럼 이러지 않았다. 사뭇 기묘했다. 문인이면서도 좀처럼 문학책을 읽지 않는 그였다. 옛날엔 그럴 정도는 아니었지만, 요 이삼 년 전부터 달라진 것이다. 엉뚱하게 『라쿠고 전집』을 계속 읽고 있다. 아내가 읽는 여성 잡지를 슬쩍 훔쳐보기도 한다.

금방 주머니에서 꺼낸 책은 라로슈푸코[5]가 쓴 잠언집이

---

5 프랑스의 고전 작가.

다. 그런대로 괜찮은 독서를 하려는 듯싶다. 가사이 씨도 뭔가를 찾으려고 여행 중인 만큼 '라쿠고' 따위의 통속물은 좀 참아야 한다. 좀 고급스러운 책을 주위에 보란 듯 내보이고 싶은 것이다. 흔히 여학생들이 읽지도 못하는 프랑스어로 된 시집을 보란 듯이 손에 들고 다니는 것과도 매우 비슷하다. 참 너무나도 애처로운 아저씨다. 책장을 잽싸게 넘기다가 문득, "너 만일 스스로의 마음을 제대로 다스릴 자신이 없어, 다른 곳에서 얻어보려 든다면 이는 부질없는 한낱 도로(徒勞)에 그치고 말지니……" 하는, 마치 유령의 소리 같은 한 구절을 발견하고는 언짢아졌다. 나쁜 점괘라도 나온 듯싶었다. 그러니까 이번 여행은 실패할 것이란 말인가?

열차가 가미스와에 가까워질 무렵에는 어둠이 한결 짙어졌다. 이윽고 남쪽에 호수가 보였다. 호면은 그 옛날의 거울처럼 허옇고 차갑게 펼쳐져 있다. 마치 금방 해빙이라도 된 듯 둔중한 빛이 호수의 희끄무레한 살갗을 차갑게 비춘다. 호반의 억새풀도 까맣게 시든 채 꼼짝도 않고 머쓱한 채 무성하다. 황량하고 처참한 풍경이다. 이름하여 스와 호(諏訪湖)다. 작년 가을에 왔을 때에는 이보다는 좀 밝은 인상이었는데…… 신슈는 봄철이 안 좋은가보다, 하고 불안해했다. 드디어 시모스와 역. 힘없이 차에서 내렸다. 역 개찰구를 나와 호주머니에 손을 집어넣은 채 마을 쪽으로 서서히 발걸음을 옮겼다. 역전에는 여관에서 나온 일고여덟 명의 너저분한 녀석들이 머쓱하게 서 있었으나 가사이 씨에게는 가까이 가지도 않고 부르려 하지도 않았다. 그런 행동이 무리는 아니었다. 모자도 쓰지 않았고 꾀죄죄한 목면 기모노를 걸친 데다가 신은 게다짝도 낡았으니 말이다. 짐도 전혀 없다. 하룻밤 근사한 방을 얻어 몰래 뭔가를 해보려는 손님으로 보이지 않고 시골뜨기처럼 보였기 때문이리라. 새삼 가사이 씨는 외롭고 쓸쓸해졌다. 갑자기 비마저 세차게 흩뿌리기 시작했다. 그는 서둘러 마을을 향해 발걸음을 재촉했다. 그런데 시모스와라는 마을은 왜 이다지도 음침하고 지저분한 고장일까. 아니라고? 태마(駄馬)가 목덜미에 방울이라도 달고 비틀비틀 걸어 다니기에 맞춤한 고장이다. 골목길은 좁고 집들은 꾀죄죄하고 낡은 데다가 지붕은 한결 낮고 집 안이고 거리고 할 것 없이 전등은 으슴푸레하다. 램프나 회중전등을 켜놓은 듯한 데다가 길바닥에는 큼지막한 돌들이 마구 뒹굴고 있고, 말똥도 곳곳에 널려 있다. 이따금 녹슨 구닥다리 버스가 둔중한 몸집을 취한 듯 비실거리며 지나간다. 기소지(木曽路)라. 이름 그대로다. 온천 마을다운 아늑함이란 그 어느 곳에서도, 눈을 씻고 보아도 찾아볼 수 없다. 어느 곳을, 어디를 가보아도 마찬가지다. 가사이 씨는 크게 한숨을 내쉬며 길 한가운데에서 짜증스레 우뚝 서 있었다. 비가 조금씩 조금씩 강하게 흩뿌리기 시작했다. 마음이 좁아지고 가늘어졌다. 울부짖고 싶을 만큼 가늘어지고 처량해졌다. 가사이 씨는 드디어 결심했다. 이 마을을 떠나야겠다고. 성긴 빗발을 헤치고 역전까지 되돌아왔다. 자동차 하나를 발견하고는 가미스와의 그 여관으로 급히 가자고 보챘다. 거의 울먹거리는 듯한 목소리로 운전사에게 부탁하며 차에 몸을 던졌다. 실패다. 이번 여행은, 완전히 실패다. 어찌할 바를 모를 만큼 후회가 모든 생각을 눌렀다.

그 사람이 아직도 그곳에 있을까? 문득 생각이 떠오르자 불안해졌다. 택시는 스와 호반을 달리고 있었다. 안개 자욱한 호수는 납덩어리마냥 꼼짝도 않는다. 물고기 한 마리, 조개 한 개도 이 물 속에서는 살 수 없을 것 같다. 답답하다. 가사이 씨는 애써 그런 호수에 눈을 돌리지 않으려 했으나, 펼쳐진 시야 그 어딘가에 황량함과 비참함이 도사리고 있어 한껏 쏟아내거나 아니면 쾅 하고 권총 한 발을 목구멍 속에 쏘아붙이고 싶기도 하고, 어디에도 의지할 곳 없는, 그러니까 뭔가 못 견딜 것 같은 그런 기분이었다. 그 사람이 있을까? 그 사람이 그곳에 있어야 해. 어머니가 위독하다는 소식을 듣고 달려갈 때는 이런 기분일까? 아아, 나는 아둔하다, 어리석다, 나는 눈멀었다. 아하하. 웃어라 마구 웃어라. 나는, 나는 몰락이다. 아무것도 모르겠다. 혼돈의 소용돌이다. 진흙탕이다. 졌다. 깡그리 져버렸다. 난 그 누구에게라도 뒤졌다. 고뇌 그리고 또 고뇌, 그 고뇌조차 나는 알 수 없다. 막다른 골목. 헛소리가 아니다. 괴로운 마음 털어놓을

힘도 없다. 농담하지 말라고! 이렇게 마구 중얼거리는 동안에 택시는 호숫가를 빙그르 돌아 이윽고 가미스와 마을의 불빛이 초롱초롱 흩어져 보이기 시작했다. 그렇게나 퍼붓던 비도 그친 모양이다.

다키노야(滝の屋)는 가미스와 마을에서는 가장 오래된 일급 숙박업소다. 차에서 내려 현관에 들어섰다.

"어서 오십시오."

언제나처럼 단정한 옷을 아플 만큼 꼭 조여 입은 마흔 남짓한 여주인이 창백한 얼굴을 내밀고는 차갑게 의례적인 인사를 건넸다.

"주무시고 가실 건가요?"

여주인은 가사이 씨를 기억하지 못하는 듯했다.

"네, 그렇게 부탁합니다." 가사이 씨는 어설프게 웃음 지으며 가볍게 인사를 했다.

"28호 방으로." 여주인은 작은 웃음조차 띄우지 않고 사무적으로 작은 목소리로 여종업원에게 지시했다.

"네." 열대여섯쯤 되어 보이는 소녀가 겸손히 대답했다.

그때였다. 그 여자, 바로 그 사람이 나타났다.

"아니, 별관 3호 방으로."

그런 거친 말투로 소녀를 가로막고는 스스로 앞장서서 방을 안내했다. 여관에서는 '유키'로 통했다.

"잘 오셨네요. 참 잘 오셨어요."

두 번씩이나 되풀이해서 반기더니, 총총걸음을 잠시 멈추고는, "한데 조금 살이 찌셨네요." 했다.

유키 씨는 언제나 가사이 씨를 마치 동생처럼 여기고 있었다. 그녀의 나이는 스물여섯, 그러니까 가사이 씨보다는 아홉 살이나 연하인데도 그보다는 훨씬 착실하고 침착한 데가 있다. 얼굴은 옛 덴표(天平) 시대[6]의 여인 같다. 몸은 불룩하리만큼 통통하고 눈은 가늘며 피부는 눈에 띄게 하얗다. 검은색의 점잖은 기모노를 입고 있다. 이 여관의 종업원장쯤 된다. 여학교를 3년 다니고 그만두었다고 하며 도쿄 태생이다.

가사이 씨는 유키 씨의 안내를 받아 으레 그렇듯이 오른쪽 어깨를 부자연스럽게 추켜올리며 주춤주춤 발걸음을 옮기면서 아까 여주인이 말했던 28호 방이 어디 있나 하고 두리번거렸다. 찾지는 못했지만 그 방은 계단 바로 밑쯤에 있는 세모꼴을 한 볼품없는 객실일 게다. 틀림없어. 이 여관에서 최하위의 방임에 틀림없을 거야. 내 옷이 허술하니 그럴 수밖에 없지. 게다짝은 더럽고, 그래, 복장 탓이다. 가사이 씨는 혼자서 중얼거리며 새침해졌다. 계단을 올라가, 2층.

"이 방을 늘 좋아하셨지요."

유키 씨는 방의 장지문 미닫이를 열며 보란 듯이 우쭐했다.

---

6 일본 역사상 나라 도읍 시대(729~749). '나라 시대'라고도 함.

가사이 씨는 호젓한 웃음을 머금었다. 이 방은 별채로 되어 있어서 침실 외에 따로 객실 같은 방이 붙어 있는 이른바 최상급의 방이었다. 베란다도 있고 여관 정원도 보인다. 지난해 가을, 이 정원에는 질경이 꽃이 이상하리만큼 만발해 있었다. 정원 넘어 아득히 호수가 파르스름하게 보였다. 참 좋은 방이다. 가사이 씨는 지난해 가을 이곳에서 오륙일 작업을 했다.

"오늘은 그냥 놀러 왔어. 죽도록 술을 마시고 싶기도 하고. 그러니까 방 같은 건 아무래도 상관없어." 가사이 씨는 조금 기분이 좋아진 듯 쾌활한 말투였다.

여관 잠옷으로 바꿔 입고 탁자를 사이에 놓은 채 유키 씨와 단정하게 마주 앉고나서야 가사이 씨는 비로소 마음속으로부터 우러나오는 미소를 지었다.

"이제야……." 가사이 씨는 이 한마디를 하면서 문득 크게 안도의 한숨을 쉬었다.

"이제야?" 유키 씨도 다소곳하게 웃으면서 반문했다.

"아아, 그래, 이제야, 이제야…… 뭐라고 하면 좋을까. 일본어는 참 불편하단 말이야. 어렵기도 하고. 아무튼 고맙소. 당신이 여기 잘 있어주어서. 이제 마음이 놓이네. 눈물이 나올 지경이야……."

"참 잘 모르겠네요. 내 얘기를 하는 건 아니지요?"

"음, 그럴까? 그럴지도 몰라. 온천, 스와 호, 일본. 아니

살아 있다는 것. 그 모두가 그립다고요. 이유라곤 아무것도 없지. 모두에게 고마운 거요. 아니, 한순간만의 기분일는지도 모르고…….”

신경 쓰일 말만을 뇌까리다보니 가사이 씨는 좀 쑥스러워졌다.

“그래서, 잊어버리고 말 게 되나요? 이상도 해라. 우선 차라도 한잔 드세요.”

“나는, 언제고 잊어본 적이 없어. 당신은 아직 내 마음을 모르는구먼. 아무튼 목욕부터 해야지. 곧 사케 부탁해요.”

잔뜩 별렀지만 술은 그다지 많이 마시지 못했다. 유키도 그날 밤은 바쁜 일이 있었는지, 술을 갖다놓고는 곧 다른 곳으로 가버렸고, 다른 종업원이 대신 오지도 않아서 가사이 씨는 혼자서 자작하며 단숨에 꿀꺽꿀꺽 들이켰다. 세 번째로 주문한 술은 마시지도 못했다. 이미 곤드레해져서 방에 있는 전화로 무작정 전화를 걸었다.

“여보세요, 여봐요, 오늘 밤도 다들 바쁜 모양이군요. 아무도 시중들러 오지 않으니…… 그렇다면 게이샤(芸者)를 부르지, 뭐. 서른 살 이상의 게이샤를 한 사람 불러줘요.”

조금 지난 다음 또 전화를 걸었다.

“여보세요, 게이샤는 아직 멀었나요? 이런 외딴 방에서 혼자 취하고 있다는 건 어설프니, 우선 맥주를 보내줘요. 사케가 아니라, 이번에는 맥주를 마실 참이라고요. 여봐요, 댁의 목소리는 참 곱네요."

정말 고운 목소리다. "네, 네." 하고 다소곳이 응답해주는 누군지도 모를 그 여인의 약간의 웃음마저 섞인 목소리가 취한 가사이 씨의 귀에는 너무나도 달콤하게 울려왔다.

유키가 맥주를 들고 왔다.

"기생을 부르셨다고요. 그러지 마세요. 그건 부질없는 짓이에요."

"아무도 안 와주는데 어떻게 해."

"오늘은 왠지 바쁘군요. 자, 이제 이쯤 해두고…… 봐요, 기분 좋게 취했잖아요? 그러니 이대로 주무시라고요."

가사이 씨는 또 전화를 걸었다.

"여봐요. 유키예요? 게이샤를 부르는 건 부질없는 짓이라고 했으니 그건 그만두고…… 그러면 담배를, 그것도 스리캐슬로 갖다줘. 좀 사치를 부리고 싶거든. 미안해요. 당신 목소리 참 예쁜데." 또 칭찬했다.

곧 유키가 와서 잠자리를 마련해줘서 곧 잠들었다. 잠들자마자 이내 구역질을 했다. 유키가 허겁지겁 찾아와 시트를 교환해주었다. 그러고는 푹 잠들었다.

이튿날 아침에는 신음할 정도로 불편했다. 눈을 뜨기가 무섭게 엊저녁의 어정쩡함과 무기력함이 죽을 지경으로 부끄러웠다. 엉뚱했다. 이런 게 로맨티시즘이란 말인가. 토하기까지 했으니…… 분노마저 느끼며 이불을 박차고 일어나

욕실로 들어갔다. 넓은 욕조에서 마구 헤엄치며 돌아다녔다. 할 짓이 못 된다고 생각하면서도 배영까지 감행했으나 속상함은 좀처럼 가시지를 않았다. 일부러 발소리를 요란하게 쾅쾅거리며 방으로 돌아와보니, 열일곱이나 열여덟 살쯤 되어 보이고 몸이 날씬하게 쭉 뻗은 낯선 여종업원이 하얀 앞치마를 걸치고 방 안을 청소하고 있었다.

그녀는 가사이 씨를 보자 다정스레 웃음 짓더니 조심스레 물었다.

"어제저녁에 취하셨나보군요. 지금 기분은 어떠신가요?"

문득 생각이 떠올랐다.

"아, 그래, 네 목소리 알고 있어. 알고 있다고."

가사이 씨가 감격하듯 억양을 높이자 그녀는 어깨를 둥그렇게 움츠리며 미소 지었다. 그러고는 청소를 계속했다. 가사이 씨도 한결 기분이 좋아진 듯 방 입구에 서서 여유 있게 담배를 피워 물었다.

그녀는 청소하다 되돌아보며,

"아아, 향긋한 이 냄새! 어제저녁에 주문한 외제 담배지요? 나 이 냄새가 정말 좋아요. 요 냄새 어디로 도망가지 않게 해야지." 그녀는 걸레를 내동댕이치고 벌떡 일어나더니 잽싸게 복도의 미닫이와 베란다로 통하는 문, 방 사이의 장지문도 모두 꼭꼭 닫아버렸다. 문을 모두 닫고나니 두 사람은 움찔했다. 이상한 일이었다. 가사이 씨가 우쭐댄 건 아니었다. 아니, 우쭐대기만 했는지도 모르겠다. 말괄량이. 악행이 이렇게 자연스레 이루어지다니. 가사이 씨는 예상치도 못했던 일에 흐뭇했다. 촌티가 나는, 그래도 순진무구한 새하얀 접시꽃을 발견한 것만 같았다.

그때였다. 미닫이가 활짝 열리더니,

"아니……." 유키는 소리 지르듯 중얼거리더니 이윽고 금세 말을 삼켰다. 분명히 5, 6초는 지났을 거다. 유키는 말을 잇지 못했다.

보이고야 말았다. 지구 끝자락의 더럽고 냄새나는 시커먼 마구간에 한순간 꽝 하고 내동댕이쳐졌다. 다만 검은 담배 연기만이 자욱하고, 수치와 후회가 밀려오고…… 죽을 지경이었다. 가사이 씨는 축 늘어진 채 서 있었다.

"몇 시 기차로 떠나실는지." 유키는 제법 안정을 되찾은 듯, 마치 아무 일도 없었다는 듯이 태연하게 말을 이어갔다.

"그럼." 여종업원은 이상하리만큼 태연자약했다. 가사이 씨는 그런 그녀의 태도가 대견스러웠다. 그러고는 여자란 참 이해하기 힘든 존재라는 생각이 문득 들었다.

"음, 곧 가야지. 식사도 필요 없어. 계산부터 해줘요." 가사이 씨는 눈을 지그시 감은 채로 말했다. 두렵기도 하고 눈부시기도 하여 눈을 바로 뜰 수가 없었다. 이대로 선 채로 돌이 되고 싶기도 했다.

"알았습니다." 유키 씨는 조금도 싫은 표정을 짓지 않은 채 나가버렸다.

"들키고 말았네. 빼도 박도 못하겠어."

"괜찮아요." 그녀는 태연한 채 해맑은 눈을 반짝거렸다. "정말이지 바로 떠나세요?"

"가야지." 가사이 씨는 여관집 겉옷을 벗어던지고는 떠날 채비를 차렸다. 어쭙잖게 참고 미적미적하는 것보다는 어차피 실태를 보인 거니 한시라도 잽싸게 탈주하는 게 도리어 상책이며 솔직한 태도일 거라고 여긴 것이다.

몹시도 견디기 힘든 기분이었다. 이젠 이것으로 말할 수 없이 추태 부린 사내놈이 돼버린 것이다. 한 점의 깨끗함도 이젠 없다. 추접하고 더럽고…… 아아, 이젠 나는 영원히 베르테르가 될 수 없는 거다! 지옥에 풍덩 빠진 거다. 내 행위에 대한 자책도 없다. 운이 나빴다. 흉측하다. 이젠 틀렸다. 아까 그 순간, 나는 낭만적인 것으로부터 완전히 추방된 거다! 실로 무서운 한순간이었다. 보이고야 말았다. 하고많은 사람 중에 유키에게 이 꼴을 보이다니. 가사이 씨는 해괴하고도 기묘한 표정을 지으면서 불덩이가 이글거리는 가슴을 부여안고 얼떨결에 계산을 서둘러 마치며 5엔짜리 팁을 놓기가 무섭게 신발을 챙기면서,

"안녕, 잘 있어요. 다음에 여유 있게 있다 갈게요. 다시 올게요." 분하여 울먹이며 말했다.

여관 현관에는 창백한 얼굴의 여주인을 비롯하여 유키와,

그 여종업원도 나와 나란히 섰다. 그들은 한결같이 느긋하고 부드러운 미소를 지으면서 정중하게 가사이 씨를 배웅했다.

가사이 씨는 달랐다. 온 길거리를 헤매며 고래고래 소리를 지르기도 하고 번갯불처럼 마구 달리고 싶은 심정이었다. 나는 이제 글렀다. 셸리, 클라이스트, 아아, 푸시킨까지도 안녕히. 나는 이제부턴 당신네들의 친구가 아니다. 당신들은 아름다웠다. 모두들 나처럼 흉측한 패배자는 아니었지. 나는 흉한 꼴을 보였고, 쓰레기 같은 리얼리즘에 빠져버렸구나. 웃을 일이 아니야. 십만억토[7]의 나락으로 빠져들었다고. 씻고 또 씻어낸다고 한들 나는 결코 옛날의 내가 아니라고. 한순간에 나는 이처럼 무참하게 낭떠러지로 빠져버린 거라고. 꿈만 같구나. 아아, 차라리 꿈이라면 얼마나 좋을까. 한데 결코 꿈은 아니야. 유키는 확실히 그때 말도 못 하고, 아니, 말을 삼키고 말았다. 너무나도 놀란 것이다. 혀를 깨물고 죽고 싶다. 35년, 사람이 여기까지 떨어지지 않으면 안 되나. 그다음에 무엇이 있단 말인가. 나는 이제 영원히 신사가 아니다. 개만도 못하다. 거짓말쟁이, 개와 '동일(同一)'이다.

아무리 발광을 해도 기분이 가라앉지를 않았다. 가사이 씨는 역으로 가서 2등석 기차표를 샀다. 그러자 후련해졌

---

7 시바 세계와 극락 사이에 있는 많은 불토(佛土).

다. 거의 10년 만에 2등석 기차를 타보게 되는 것이다. 당돌한 생각을 해보았다. 다만 작품뿐. ……세상의 끝자락으로 쫓겨난다 하더라도 이른바 작업하는 일만이 중대하다는 것을 명확히 깨달은 듯싶었다. 어떻게든 스스로의 활로를 개척하고 싶어졌다.

암흑왕이여, 네 멋대로 해봐라.

곧장 집으로 돌아왔다. 돈은 반 이상 남아 있었다. 요컨대 괜찮은, 아니, 좋은 여행이었다. 빈정거리는 게 아니다. 앞으로 좀 더 나은 작품을 쓰게 될는지도 모른다.

축견담 | 1939 |

畜 犬 談

나는 개에 대해서는 자신이 있다. 어느 날엔가는 반드시 물리게 된다는 그런 자신이다. 꼭 물릴 것임에 틀림없다. 그건 딱 자신이 있다. 용케도 오늘날까지 물리지 않고 무사히 지내왔다는 게 이상하게 생각되기도 한다. 제군, 개는 맹수다. 말을 죽이기도 하고 이따금 사자와 싸워서도 정복한다지 않은가. 충분히 그럴 수 있다고 나는 혼자서 씁쓸하게 수긍하고 있는 터다. 개의 날카로운 이빨을 보게 되면 짐짓 느낄 것이다. 예사롭지가 않다. 지금은 저렇게 길거리에서 무심한 척 가장한 채 하잘것없는 존재처럼 자기를 비하하며 쓰레기통을 뒤적거리고 있지만 본시 개는 말을 쓰러트릴 만큼의 맹수인 것이다. 언제, 어디서 화가 치밀어 올라 그 본성을 드러낼지 아무도 알 길이 없다. 그러니까 개는 반드시 쇠사슬로 꽁꽁 묶어두어야 한다. 조금도 마음을 놓아서는 안 된다. 세상의 많은 개 사육자는 스스로 무서운 맹수를 기르고 개에게 남은 밥을 주고 있다는 이유만으로 깡그리 이 맹수에게 마음을 놓아버리고는 이름까지 붙여 그 이름을 귀여운 듯이 부르면서 마치 가족의 일원처럼 가까이한다. 아끼는 세 살배기 제 새끼로 하여금 그 맹수의 귀를 마구 잡아당기게 하여 대소하며 박수치는 꼴이라니, 전율 그 자체다. 차마 눈뜨고는 보기 힘든 몰골이다. 갑작스레 멍멍하며 물어뜯으면 어쩔 건가! 정말 조심해야 한다. 사육하는 주인이니까 물어뜯길 염려가 없다는 보증은 있을 수 없다. (주인이니까 절대로 안 물린다고 하는 것은 어리석기 짝이 없는 미신에 불과하다. 그 무서운 이빨이 있는 이상 언젠가는 반드시 물게 된다. 결코 물리지 않는다고 하는 것은 과학적으로 증명될 리가 없는 노릇이다.) 그런 맹수를 풀어놓고 거리를 함부로 배회하도록 내버려두면 어떤 꼴이 되겠는가……

지난해 늦가을, 내 친구가 드디어 고스란히 피해를 당했다. 참혹한 희생자가 된 것이다. 친구의 말에 의하면, 친구가 손을 호주머니에 처박은 채 별생각 없이 집 근처 거리를 어슬렁어슬렁 거닐고 있었는데, 길바닥에 개가 얌전히 앉아 있었다 한다. 친구는 역시 무심코 개의 옆을 지나쳐 갔다. 개는 그때 짜증 나는 듯한 눈초리였단다. 아무렇지도 않게 지나쳤는데 순간, 개가 왕 짓더니 친구의 오른쪽 다리를 물고 늘어졌다는 것이다. 청천벽력의 재난이었다. 지극히 한순간의 일이었다. 친구는 망연자실했다고 한다. 그러고는 분에 못 이겨 눈물을 펑펑 쏟았다는 것이다. 있을 수 있는 일이라고 나는 씁쓸하게 이를 수긍했다. 그런 일이 벌어졌다면 정말 어쩔 수 없는 일이 아닌가. 친구는 부랴부랴 물린 아픈 다리를 가까스로 끌고 병원에 가서 치료를 받았다. 그 후 21일간이나 병원엘 다녀야 했다. 자그마치 3주 동안이다. 다리의 상처가 나은 다음에도 체내에 공수병이라는 무섭고 끔찍한 병균이 주입되었는지도 몰라 끊임없이 방독 주사를 맞아야만 했다. 개 주인과 담판을 한다는 것은 마음 약한 친구로서는 어려운 일이었다. 꾹 참고 스스로의 불운으로 여기고 참을 뿐이었다. 더군다나 공수병 예방주사는 결코 값싼 게 아니었다. 별로 여유도 없는 친구인데 어이없는 재난이었다. 대재난. 자칫 주사 맞는 것을 게을리하면 공수병이라고 하는, 미칠 듯 발광하게 되고 끝내는 몰골이 개처럼 되어 네 다리로 기어 다니게 되고 멍멍 짓게도 된다는 처참한 병에 걸릴지도 모른다니 말이다. 주사를 꼬박꼬박 맞았지만 친구의 우려와 불안은 어떠했으랴. 친구는 꼼꼼한 녀석이므로 얌전히 스무하루 동안 병원에 다니며 주사를 잘 맞았고 이제는 건강하게 일하고 있지만, 만일 그가 나였다면 그놈의 개 새끼를 결코 살려두지 않았을 것이다. 나는 남보다 세 배, 아니, 네 배나 더 복수심이 강한 남자이고, 정말 그런 꼴을 당했다면 남의 다섯 배나 여섯 배쯤 더 잔인성을 발휘할 사내이니 말이다. 그놈의 개 새끼 머리통을 박살내고 눈동자를 마구 끄집어내어 질겅질겅 씹어서 아무렇게나 내뱉어버릴 것이다. 그것으로도 분이 풀리지 않아 근방에 있는 개 새끼들을 모조리 독살시켜버릴 것이다. 이쪽이 아무것도 하지 않고 있는데 갑자기 달려들어 물어뜯는다는 것은 너무나도 광폭하다. 도저히 있을 수 없는 노릇이다. 아무리 짐승이라 할지라도 용서가 안 된다. 짐승이니까 불쌍한 존재가 아니냐고 너그럽게 봐줘서는 안 된다. 용서 없이, 가차 없이 가혹하게 처형해야 한다. 지난해 가을 친구의 재난 소식을 듣고는 개라는 짐승에 대한 평소의 증오심이 그 극점에 이르고야 말았다. 시퍼런 불꽃이 마구 타오르는 그런 끔찍한 증오가 용솟음쳤다.

올해 정월, 야마나시 현 고후 변두리에 여덟 평, 세 평, 그리고 한 평짜리 암자를 빌려 남몰래 숨어 살면서 싸구려 소설을 써나가고 있었는데, 이 고후라는 도시에는 그 어디를 가도 개가 있다. 아니, 득실거린다. 거리마다 쭈그리고 앉아 있기도 하고 잠자고 있는 게 예사다. 혹은 마구 뛰어다니기도 하고 이빨을 번쩍이며 짖어대기도 한다. 빈터가 조금이라도 있으면 으레 들개들의 소굴이 있어 서로가 우릉대고 있다. 밤이면 사람이 뜸한 거리를 바람처럼, 좀도둑처럼 무리 지어 종횡무진 뛰어다닌다. 고후의 집집마다 적어도 두 마리씩은 기르고 있지 않나 하고 여길 정도로 엄청나게 많은 개 새끼들이 설치고 있다. 야마나시 현은 본시 카이견[1]의 산지로 알려져 있는 고장인데, 길거리에서 마주치는 개 새끼들은 결코 그런 순혈종이 아니다. 붉은색을 비롯하여 털투성이 개들도 많다. 어쩔 수 없는 똥개들이다. 원래 나는 개에 대해 일가견이 있었지만 친구의 조난 이후부터는 혐오하는 생각이 머리까지 뻗쳐 경계를 게을리하지 않고 있었다. 하지만, 이렇게도 개가 득실거리고 있어서야! 아무 데서나 뛰놀고, 뱀처럼 도사리고 태연히 잠자고 있으니 마음을 놓을 수가 없다. 나는 무척이나 고심했다. 가능하다면 철모와 철갑을 두르고 거리를 걸어야겠다고 생각했다. 하지만 그런 꼬락서니는 우스꽝스러울 것이고 풍기상으로도 결코 용납될 수 없는 노릇이니 다른 수단을 강구할 수밖에 없다. 나는 곰곰, 그리고 열심히 대책을 연구했다. 우선 개들의 심리를 연구하기 시작했다. 인간에 대해서는 얼핏 순종적이지만 개의 심리를 제대로 안다는 것은 대단히 어렵다. 사람의 말이, 개와 사람과의 감정 교류에 얼마만큼 도움이 되는 것인지, 그것이 첫 번째 난제였다. 말이라는 게 도움이 안 된다면 서로의 몸짓이나 표정을 읽을 도리밖에 없다. 꼬리의

---

1 중형 일본개로 사지가 튼튼하고 귀를 빳빳하게 세우는 것이 특징임.

움직임은 매우 중대하다. 그렇지만 꼬리 흔드는 것도 주의 깊게 살펴보면 매우 복잡해서 좀처럼 판독하기 힘들다. 생각이 여기에 이르자 나는 거의 절망하고야 말았다. 그러다가 매우 졸렬하고도 무능하기 이를 데 없는 방법을 하나 고안해냈다. 어설픈 궁여지책이다. 어쨌든 개를 만나면 만면에 미소를 띄워 해치지 않겠다는 뜻을 전하는 것이다. 밤에는 미소가 안 보일 테니, 동요라도 흥얼거리면서 내가 사납지 않은 부드러운 인간임을 알리는 거다. 이게 다소 효과가 있어 보였다. 개들이 내게는 으르렁거리지도 않고 덤비지도 않았다. 하지만 어디까지나 안심은 금물이다. 개 앞을 지날 때에는 비록 두렵더라도 절대로 달려가면 안 된다. 빙그레 웃어야 한다. 비굴하지만 이른바 추종의 웃음을 짓고는 무관심하기라도 한 듯 고개를 살짝 돌리며 천천히 걸어가야 한다. 등 위에 모충 10여 마리가 득실거려 못 견딜 지경이라도 천천히, 조용히 사뿐사뿐 걸어가야 한다. 이럴 때면 자신이 비굴함이 절실하여 울고 싶을 만큼 자기혐오를 느끼지만 그렇게 하지 않으면 금방이라도 물릴 것 같은 기분이 들어 나는 모든 개를 대할 때마다 처량하게 인사를 하곤 한다. 머리가 너무 길면 수상한 자로 오인하고 짖어댈지도 몰라서 그처럼 가기 싫어하는 이발소에도 자주 들렀다. 지팡이 같은 것을 들고 다니면 개 쪽에서 위협적인 무기로 보고 반항심을 일으키게 될지도 모르니까 지팡이는 영원히 폐기하기로 마음먹었다. 개의 심리를 헤아리며 되도록 비위를 맞추기에 급급하고 있는 동안에 의외의 현상이 일어났다. 내가 개의 호감을 산 것이다. 꼬리를 흔들어대며 곧잘 나를 따라온다. 나는 사뭇 싫은데 말이다. 이건 정말이지 아이러니다. 정말 싫다. 최근에는 증오의 극점에까지 이르고 있다. 그따위 개 새끼들에게 사랑받다니, 차라리 낙타가 나를 좋아하는 게 더 낫다는 생각이 들 정도다. 가령 어떤 악녀(惡女)에게라도 관심을 받으면 기분 나쁠 리가 없다. 하지만 그건 천박한 상정(想定)이다. 내 자존심이 용서치 않는 경우가 있다. 참을 수 없는 것이다. 나는 다시 말하거니와 개를 무척 싫어한다. 일찍이 그 맹폭성을 간파해서 기피하고 있다. 고작 하루에 한두 차례 남은 밥을 얻어먹고 있다고 해서 친구를 팔고 아내와 헤어져, 그저 혼자 그 집 처마 밑에 늘어져 앉아 충성스러운 꼬락서니로 벗에게 짖어대고, 부모 형제도 깡그리 잊은 채 오로지 주인의 눈치만을 살피면서 아부하고 추종하는 꼬락서니라니…… 주인이 야단쳐도 꼬랑지를 내리는 그 정신 상태의 비열함, 추악함, 망측함이라니. 개 새끼라는 말이 꼭 어울린다. 하루에 10리를 거뜬히 주파할 수 있는 다부진 다리, 사자조차도 넘어뜨릴 수 있는 날카로운 이빨을 지니고 있는데도 아부하고 나태하며 썩어빠진 근성을 조금도 버리지 못한 채, 단 한 푼의 긍지도 없이 인간계에 굴복하고 예속되어 동족과도 적대시하며 만나기만 하면

서로 으르렁대고 물어뜯기도 해서 인간의 비위를 맞추려고
드는 녀석 같으니! 참새를 보라! 무기 하나도 지니고 있지
않은 작은 날짐승인데도 자유를 굳건히 확보하여 인간계와
는 전혀 다른 별개의 작은 사회를 영위하며 저희끼리 서로
아끼고 사랑하고 있지 않은가. 비록 힘들고 가난하지만 노
래하고 즐기면서 살고 있지 않은가 말이다. 생각하면 생각
할수록 개란 놈은 불결하기 짝이 없다. 개는 질색이다. 어쩐
지 나와 비슷하다는 생각조차 들어서 점점 싫어진다. 못 견
딜 만큼 싫다. 그런데 개가 나를 특히 좋아해 꼬리를 흔들며
다정함을 표명하기에 이르렀으니 황당하다고 할까, 어처구
니없다고 할까. 뭐라고 말할 수조차 없다. 개의 맹수성을 너
무나 외경하다보니 절도 없이 미태를 억지로 부리며 지나쳤
고, 그러다보니 개란 놈은 도리어 마치 친구라도 얻은 듯 나
를 오해하고 있는데, 어쩌다 이런 어처구니없는 꼴이 되어
버렸단 말인가. 아무튼 매사에는 무엇보다 절도라는 게 있
어야 한다. 나는 도대체 절도라는 것을 몰랐던 것이다.

　이른 봄의 일이다. 저녁밥을 먹기에 앞서 바로 근처에 있
는 49연대 훈련장에서 산책을 했는데 개 두세 마리가 내 뒤
를 졸졸 따라와서 불안하고 죽을 것만 같았다. 늘 그러했듯
이 무심평정을 가장했으나 기실 토끼마냥 껑충 뛰어 도망가
고 싶은 충동을 가까스로 억제하며 느릿느릿 걸었다. 개놈
들은 뒤따라오면서 서로 으르렁거리며 싸움질을 시작했다.

나는 일부러 뒤돌아보지도 않고 모른 체하며 걷고 있었으나 내심 조마조마했다. 권총이라도 있었다면 주저할 것 없이 탕탕 쏴버리고 싶은 심정이었다. 개란 놈들은 내게 이 같은 외면어보살(外面如菩薩) 내심여야차(內心如夜叉)[2] 같은 간교한 해심(害心)이 있는지도 모르고 계속 따라오고만 있다. 연병장을 한 바퀴 돌고는 개들의 호위를 받으며 집으로 돌아왔다. 집에 도착할 때까지 뒤따라오던 개들이 으레 그랬듯이 어딘가로 운산무소(雲散霧消)하리라고 생각했으나 그날만은 매우 집요하게도 무척 따르는 놈이 한 마리 있었다. 시커먼 녀석으로 볼품없는 작은 개 새끼였다. 무척이나 작아 보였다. 몸뚱어리의 길이가 고작 다섯 치나 되려나. 하지만 작다고 해서 마음을 놓아서는 안 된다. 날카로운 이빨은 제대로 갖추고 있을 테니 말이다. 만약 물린다면 3, 7은 21, 자그마치 3주 동안은 병원에 다녀야 한다. 거기에다 이런 어린놈에게는 상식이라는 게 없으니까 막무가내일 테니 더욱 조심해야 한다. 그놈의 개 새끼는 앞서거니 뒤서거니 하며 나를 마냥 쳐다봤다. 드디어 집 현관에 들어섰다.

"어이, 이상한 것이 따라왔는데……."

"아이. 귀여워라."

---

2 외면은 보살 같으나 내심은 야차(사람을 괴롭히거나 해친다는 사나운 귀신)와 같다. 외모가 아름다운 여인이 그 정신은 사악하다는 뜻.

"뭐가 귀엽다는 거야? 쫓아버려. 거칠게 굴면 물지도 모르니까 과자라도 주고 달랜 다음에……."

늘 쓰던 나의 연약한 외교다. 하지만 그놈의 개 새끼는 내 외포(畏怖)의 정을 짐짓 알아차린 듯 능글맞게 어리광을 부리며 내 집에 둥지를 틀고야 말았다. 그리하여 이 개 새끼는 3월, 4월, 5월, 6, 7, 8월까지, 그렇게 지내다가 가을바람이 불기 시작하는 오늘에 이르기까지 내 집에 살고 있다. 나는 이 개 새끼 때문에 몇 번이나 울먹거렸다. 도리가 없었다. 할 수 없이 이 개를 '포치'라고 이름 붙여 부르고는 있지만서도, 반년 남짓 같이 살고 있는데, 나는 아직껏 이놈을 우리 집 개로 여기질 않고 있다. 남의 집 개 같기만 하다. 서로 다정하게 굴지도 않는다. 상호 간에 눈치를 챈 탓일까. 서로 석연히 웃음 지을 수가 없는 것이다.

이 개가 처음으로 우리 집에 왔을 때만 해도 아직 새끼여서 기어 다니는 개를 조심스레 관찰했는데, 사마귀를 보고 지레 겁먹고 비명을 질러 실소를 금할 수 없기도 했다. 밉기도 했지만 신이 배려하여 우리 집에 살게 했을지도 모른다는 생각이 문득 들어 집을 마련해주었다. 먹거리도 새끼니까 단단하지 않은, 되도록 부드러운 것을 주었고, 몸에 소독제도 뿌려주었다. 하지만 한 달쯤 지나자 점점 똥개의 본성을 드러내기 시작했다. 이상하다. 본시 이 개 새끼는 연병장 한구석에 버려진 채 자라온 놈 같다. 내가 산책하는 도중에 내게 달라붙었을 때만 해도 꾀죄죄하고 털이 많이 빠져 있었으며 궁둥이 쪽은 숫제 털이 하나도 없이 깡말라 있었다. 못마땅했지만 내 딴에는 이따금 과자도 주었고 죽을 끓여주기도 했으며 거친 말도 하지 않고 점잖게 대해주었다. 아마 누구라도 발길질이라도 해서 벌써 내쫓았을 텐데 말이다. 그렇다고 개에게 친절하지도 않았고 내심 애정 같은 것은 더군다나 없었다. 개에 대한 선천적인 증오와 공포 탓이기도 하지만, 아무튼 내 덕분에 이 포치는 털갈이도 하고 어엿한 수캐로 자라났다. 은혜를 자랑삼을 마음은 눈곱만치도 없지만 역시 버려진 개는 어쩔 수 없는 것 같다. 밥을 처먹고는 운동 삼아 하는 짓인지는 모르지만 신발짝을 장난감 삼아 마구 물어대고 찢는가 하면 마당에 널어놓은 세탁물을 함부로 끄집어 내려 물어다 진흙탕에 내버리기도 한다.

"이 따위 투정을 굳이 하고 싶지는 않아. 처치곤란이야. 누가 너한테 이렇게 하라고 부탁하기라도 했느냐고." 하고 스스로를 달래보기도 하지만, 개란 놈은 눈깔을 말똥말똥 움직이며 무슨 주책을 떠느냐는 듯이 물끄러미 쳐다보고만 있으니, 이 무슨 철면피냔 말이다. 질렸다. 경멸한다. 이제 이 개 새끼가 드디어 무능함을 스스로 폭로한 것이다. 첫째로 생겨먹은 게 꼴불견이다. 그래도 어릴 적엔 그런대로 다듬어져 있어서, 혹시 순종의 괜찮은 피가 섞여 있는지도 모른다고 여겼는데, 그건 어림없는 기대에 불과했다. 몸뚱어리는 길쭉하게 늘어났지만 네 다리는 너무나도 짧다. 마치 거북이 같다. 정말 꼴불견이다. 그런 몰골을 하고도 내가 외출할 때면 꼭 그림자처럼 나를 따라다닌다. 길거리에서 마주친 소년, 소녀들까지도, 아, 이거 뭐야. 이상한 개도 다 있네! 하고 손가락질하며 깔깔거리니 아무리 겉치장 좋아하는 나라도 견디기 어렵다. 아무렇지도 않은 듯하기도 힘들다. 내 개가 아닌 양 거리를 두려고 좀 잽싸게 걸어봐도 포치는 금방 따라붙어 내 얼굴을 이리저리 쳐다보며 앞서거니 뒤서거니 달라붙듯 따라온다. 그러니 누가 봐도 내 개로 보일 수밖에. 잘 어울리는 주종 관계로밖에는 보이지 않는다. 그 때문에 나는 외출할 때마다 한결 울적하고 어두운 마음이었다. 좋은 수행이 된 셈이다. 그저 그렇게 따라다니는 것이라면 그래도 괜찮다. 그러는 동안에 이 개 새끼도 드디어 숨겨져 있던 맹수의 본성을 드러내기 시작했다. 싸움질을 차츰 즐기게 된 것이다. 나를 따라다니면서 마주치는 개마다 으르렁 짖으며 알은 체를 하고는 닥치는 대로 싸움을 걸곤 했다. 포치는 다리도 짧고 아직 어리지만 싸움질은 제법 잘한다. 빈터의 개 소굴에 뛰어 들어가 한꺼번에 다섯 마리와 싸울 적엔 아찔하게 위험해 보였지만 거뜬히 해치우고 나왔다. 그러면서 점점 더 자신감을 갖고 어떤 개에게도 덤벼들었다. 이따금 세가 불리하여 마구 짖어대며 퇴각하기도 한다. 그럴 때면 짖는 소리도 비명에 가까워지며 시커

먼 얼굴이 검푸르죽죽해진다. 한번은 포치가 송아지 크기
만 한 셰퍼드에게 덤벼들었다. 나는 그때 아찔할 만큼 질렸
다. 단숨에 끝장날 뻔했다. 셰퍼드가 포치를 놀잇감처럼 다
루면서 제대로 상대해주지 않았기 때문에 목숨을 건지기는
했다. 포치는 그 후부터는 매우 의기소침해진 듯했다. 눈치
를 보아 상대가 안 될 듯싶으면 눈길을 돌리고는 싸움을 피
하려 들었다. 거기에다 나는 싸움질은 질색일 뿐만 아니라
맹수를 거리에 방치시키고 있는 것은 문명국가로서 큰 수치
라고 여기고 있는 터이므로 귀를 쫑긋한 채 멍멍 짖어대는
야만스러운 개 새끼 따위는 마구 죽여도 눈 하나 까딱 안 할
만큼 요즘도 분노와 증오에 차 있다. 나는 포치를 눈곱만치
도 좋아하지 않는다. 두렵기도 하고 몹시 미워한다. 나를 졸
졸 따라오니 주인으로서의 최소한의 의무를 다할 따름이다.
그래도 무모하게 짖어대는 맹수의 주인으로서 나는 늘 공
포에 떨고 있다. 자동차를 잽싸게 불러 타고 문짝을 꽝 닫은
채 어디론가 사라지고 싶은 심정이다. 개 새끼들끼리 싸우
는 것은 그렇다고 치자. 행여 상대방의 개 새끼가 앙심을 품
고 포치의 주인인 내게 덤벼든다면 어찌한단 말인가. 그런
일이 없으리라 누가 장담하랴. 개란 놈은 피에 굶주린 맹수
가 아니냐. 언제 어떻게 변할지 모를 일이다. 나는 무참히도
물리고 찢겨 3, 7은 21, 즉 3주 동안 병원 신세를 져야만 한
다. 개 새끼들의 싸움은 지옥이다. 나는 기회가 있을 때마다

포치에게 주의를 주곤 한다.

"이 녀석아, 싸움질하면 절대 안 된다! 싸움질하려면 나로부터 멀찌감치 떨어져서 해라. 나는 너를 좋아하지 않고 있단 말이다. 알겠니!"

포치도 뭔가를 알아듣는 듯 시무룩한 표정을 지었다. 개는 잔인하면서도 음침한 동물이다. 되풀이되는 내 충고가 조금은 효력이 있었는지, 아니면 지난번 셰퍼드와의 싸움에서 참패했던 탓이었는지 포치는 비굴할 만큼 나약한 태도를 취하기 시작했다. 나와 함께 길을 걷다가 여느 개가 포치에게 짖어댈 때면, 포치란 놈은,

"아아, 싫다구, 싫다니까, 야만스러운 짓 따위는 이제 싫단 말이야." 하고 말하는 듯, 오로지 내 비위에 맞추려는 것처럼 얌전하기만 하다. 이따금 몸서리치듯 떨기도 하고 상대 개 새끼를 보고, 어쩔 수 없는 녀석, 불쌍하기 이를 데 없구나, 하고 가엾다는 듯이 게슴츠레하게 눈길을 보내면서 내 안색을 쳐다보며, 힛힛, 햇햇, 하듯 비굴하게 앞으로도 추종하겠다며 아양 떨 듯 웃는 꼴이 별로 못마땅하지는 않았다.

"한 군데도 좋은 구석이라곤 없다니까, 저렇게 남의 눈치만 보잖아……."

"당신이 너무 이상하게 다루니까 그렇죠." 아내는 투정을 했다. 아내는 처음부터 포치에게 무관심했다. 빨랫감 같은

것을 더렵혔을 때에는 무척이나 투덜거리기도 했으나, 이내 잊어버리고는 "포치, 포치." 하고 다소곳이 불러들여 밥을 먹이곤 하면서, "이 녀석 성격 파탄이 된 거 아니야?" 하며 호들갑스레 웃기도 했다.

"주인 닮아가는 모양이지." 나는 멋쩍게 웃었다.

7월에 접어들자, 이변이 생겼다. 우리는 가까스로 도쿄의 미타카(三鷹) 마을에 마침 건축 중인 조그마한 집을 발견하여 그 집이 채 완성되기 전이라도 좋으니 한 달에 20엔씩만 내고 임대하기로 집주인과 선약하고, 계약서도 교환한 후 서서히 이사 준비를 시작했다. 건축물이 완성되면 집주인이 속달로 통지를 주기로 되어 있었다. 포치는 물론 버리고 갈 작정이었다.

"데려가도 좋을 텐데……." 아내는 역시 포치를 별로 골칫거리로 여기지 않는다. 어떻게 하든 상관없다는 태도다.

"안 돼. 나는 말이야, 귀여워서 기르고 있는 게 아니라고. 개가 복수할까봐 그게 두려워서 하는 수 없이 길렀던 거야, 알겠어?"

"그래도 잠시라도 포치가 안 보이기라도 하면 포치가 어디 갔느냐고 야단이면서 뭐……."

"없어지면 더 불길해지고 불안해지니까 그러는 거지. 나 몰래 동지를 규합하고 있는지도 모를 일이니 말이야. 그놈은 내게 경멸당하고 있다는 것을 알고 있는 거야. 복수심이 강한 동물이라고, 개는 말이야."

이제야 절호의 기회가 왔다고 생각했다. 이 녀석을 이대로 잊어버린 체하고 여기에 놓아두고는 훌쩍 기차를 타버리고 도쿄에 가버린다면, 설마 개가 사사고 고개(笹子峠)를 넘어서 미타카 마을까지 쫓아오지는 않을 테지. 우리는 결코 포치를 버린 게 아니라고. 어쩌다가 깜빡해서 데리고 가는 것을 잊어버린 탓이지. 그게 죄가 될 수는 없어. 암, 없고 말고. 포치에게 원망받을 일도 아니야. 복수당할 일은 더더욱 아닌 거라고…… 하고 자위했다.

"괜찮을 거야. 그냥 두고 가더라도 설마 굶어 죽지는 않겠지. 사령(死靈)의 앙갚음, 아니, 재앙 같은 게 있다잖아."

"본시 버려진 개였으니까, 뭐……." 아내도 조금은 불안해진 모양이다.

"그렇지? 굶어 죽을 리야 없겠지. 어떻게든 되겠지. 설마……. 잘되겠지. 저런 개를 도쿄로 데리고 간다면 창피한 노릇일 거야. 몸뚱어리가 턱없이 길어. 못생기기도 했고. 안 그래?"

우리는 역시 포치를 놓아두고 가기로 확정했다. 그런데 또 이변이 생겼다. 포치가 난데없이 피부병에 걸린 것이다. 그것도 대단했다. 형용할 수조차 없었다. 애써 한마디로 말한다면 처참, 바로 그런 상태였다. 차마 눈뜨고 쳐다볼 수 없는 지경이었다. 평소의 염열(炎熱)과 함께 코를 찌르는 악

118

취까지 났다. 이번에는 아내가 지쳐버렸다.

"이 근처에서…… 나쁜 일이지만 죽여버리세요!" 여자는 이렇게 남자보다도 냉혹하고 담력이 좋다.

"아니, 죽이라고?" 나는 호들갑스레 놀라며 말을 잇지 못하다가 간신히 말을 이었다. "조금만 더 참아보자고."

우리는 미타카 마을 집주인의 속달을 간절히 기다리고 있었다. 7월 말경에는 마무리될 거라는 집주인의 말도 있었고, 이제 7월도 거의 다 지나가고 있고, 오늘일까 내일일까 이삿짐도 다 꾸려놓고 대기하고 있는 판국인데, 좀처럼 통지가 오지 않았다. 문의하는 편지를 보내는 둥 자못 서두르고 있는데, 기다렸다는 듯이 포치가 피부병에 걸렸다. 보면 볼수록 처절하기 짝이 없다. 포치도 이젠 자기의 추한 꼴이 부끄러운 듯 어둠침침한 데서 웅크리곤 했다. 이따금 현관 앞 볕이 잘 드는 곳에 움츠리고 있다가도, 내가 발견하고는 곧,

"아이고, 이 지독한 냄새……." 하고 언짢아하면 성큼 일어나 고개를 떨어뜨리면서 낑낑대지도 않고 조용히 나무 그늘에 숨어버린다.

그래도 내가 외출할 때에는 어디선가 슬그머니 나타나 내 뒤를 쫓아오려 든다. 이런 귀신 같은 몰골을 데리고 다니다니, 그럴 순 없지. 나는 속으로 중얼거리며 잠자코 포치를 쳐다보았다. 비웃는 듯한 표정을 지으면서 포치를 노려보았다. 다행히 이것이 효과가 있었다. 포치는 스스로의 추태를

떠올린 듯 고개를 깊이 떨구고 꼬리를 축 늘어뜨린 채 어딘가로 모습을 감춰버렸다.

"정말 못 참겠네요. 나까지 간지럽고 아프기도 하고……." 아내는 이따금 푸념을 늘어놓았다. "되도록 보지 않으려고 애쓰는데도 어쩌다 한 번 보게 되면 이건 끝장이라고요. 하다못해 꿈속에라도 나타나서 괴롭힌다니까요."

"뭐 조금만 참고 견디자고." 이렇게 달랠 수밖에 없었다. 비록 지금은 병들어 있지만 상대방은 어쩔 수 없는 맹수다. 섣불리 접근하면 어김없이 물어뜯을 거다.

"내일쯤에는 미타카에서 답장이 올 거야. 이사해버리면 그것으로 끝나는 거야. 안 그래?"

미타카 마을의 집주인으로부터 답장이 왔다. 급히 읽어보고는 그만 실망하고야 말았다. 비가 계속해서 오는 바람에 벽이 마르지 않고 또한 인부도 부족하여 앞으로 열흘은 더 있어야 집이 완성될 것 같다는 것이다. 어처구니가 없었다. 예정이 빗나간 것도 속상하지만 포치로부터 도망가기 위해서라도 빨리 이사하고 싶었는데 이게 뭐란 말인가! 이상한 초조함으로 일도 손에 잡히지를 않았다. 그저 잡지를 뒤적거리거나 술을 시도 때도 없이 벌컥벌컥 들이켰다. 포치의 피부병은 날이 갈수록 점점 더 심해져갔다. 내 피부도 덩달아 쑤시기 시작했다. 이슥한 밤이면 가려움과 통증에 못 이겨 펄떡펄떡 엎치락뒤치락 날뛰는 포치의 몸부림 소리가 몇 번이나 있었는지. 정말 견디기 힘든 노릇이었다. 덩달아 나도 이따금 난폭하게 발작하기도 했다. 미타카의 집주인으로부터 또다시 20일 더 기다려달라는 편지가 날아왔다. 이 참을 수 없는 일 모두가 가까이 있는 이놈의 포치 탓이라고 여겨졌고, 이상하게도 포치를 저주하고, 어느 날 밤, 내 침구에 개의 벼룩이 두루 퍼져 있는 것을 확인하기에 이르자 이제까지 간신히 참아왔던 분함이 드디어 폭발하여 나는 속으로 중대한 결심을 하였다.

죽여버리자. 그렇게 다짐하기에 이른 것이다. 상대는 무서운 맹수다. 보통 때의 나라면 이런 난폭하고 잔인한 짓을 꿈에라도 생각할 수 없겠지만 이 고장 분지(盆地) 특유의 무더위 때문에 머리가 조금 이상해진 탓도 있고, 매일 아무 일도 하지 않고 다만 멍청하게 앉아 집주인의 속달만 기다리다보니 죽도록 답답하기도 했다. 더군다나 불면증까지 가세해서 폭발 전야의 발광 상태에 놓여 있으니 정말 견딜 수 없었다. 그 개의 이들이 이부자리에 득실거리는 것을 발견했던 날 밤, 곧 아내를 불러 쇠고기 한 덩어리를 사오라 보내고는 약국에서 살충제를 샀다. 이것으로 준비는 끝났다. 아내는 적이 흥분해 있었다. 우리 '귀신 부부'는 그날 밤 머리를 맞대고 소곤소곤 의논을 했다.

나는 이튿날 4시에 일어났다. 자명종 시계를 맞추어놓았으나 자명종이 울리기 전에 눈을 뜬 것이다. 조금씩 먼동이 트고 있었다. 으스스하게 추웠다. 나는 날카롭게 자른 죽창을 들고 바깥으로 나왔다.

"끝까지 지켜보고 있지는 말아요. 끝내고는 곧 돌아와요."
아내가 현관에 선 채 배웅했다. 제법 침착한 모습이었다.

"알았어. 포치, 이리와!"

포치는 멋도 모른 채 꼬리를 흔들며 나무 그늘에서 나타났다.

"이리 와, 이리!" 나는 재빨리 앞장 서 걸어 나갔다. 오늘은 짓궂은 포치를 자세히 관찰할 필요가 없다. 포치도 스스로의 취약함을 괘념치 않는 듯 부랴부랴 나를 따라왔다. 그날따라 안개가 유난히도 짙었다. 거리는 죽은 듯이 잠들어 있었다. 나는 연병장으로 발걸음을 재촉했다. 가는 도중에 끔찍하게 큰 짙노란 색 털의 개가 포치를 향해 마구 짖어댔다. 포치는 요즘 늘 그렇듯이 제법 의젓한 태도를 보이며 멋대로 떠들어보라는 듯 경멸 어린 눈초리로 잠시 쳐다본 후 유유히 그 녀석 앞을 지나쳐 갔다. 누렁개는 비열했다. 포치의 등 뒤로부터 바람처럼 잽싸게 덮치며 처진 불알을 노렸다. 그 순간 포치는 돌아섰다. 조금은 주저하는 표정을 지으면서 내 얼굴을 쳐다봤다.

"까짓것, 덤벼!" 나는 명령을 내렸다. "비열하기 짝이 없는 개 새끼다! 네 멋대로 해."

주인의 단호한 엄명이 떨어지자 포치는 몸뚱어리를 부르

르 떨더니 마치 탄환처럼 누렁이의 배때기를 향해 돌진했다. 멍멍, 깽깽, 마구 물고 뜯으며 대격투가 벌어졌다. 누렁이는 포치보다 몸통이 배 이상 길고 뚱뚱했으나 어림도 없었다. 순간 깽깽, 마치 강아지 새끼 같은 비명을 지르면서 꼬리를 내린 채 도망가버렸다. 그 바람에 포치의 피부병까지 전염되었을지도 모를 일이다. 멍청한 개 새끼 같으니라고.

싸움질은 끝났다. 나는 한숨을 몰아쉬었다. 문자 그대로 손에 땀을 쥐고 관전하며 조마조마했던 것이다. 한때는 두 개 새끼의 치열한 격투에 말려들어 나 역시 사투하는 듯한 기분이 들기도 했다. 나쯤이야 물려 죽어도 좋다! 포치야, 네 마음껏 싸워 이겨야 한다! 마음속으로 절규하며 몸에 불끈 힘을 주었다. 포치는 도망치는 누렁이 뒤를 조금 쫓아가다가 멈칫 서더니 내 쪽을 뒤돌아보며 내 안색을 살폈다. 그러고는 미안하다는 듯이 실죽 고개를 떨구고 조심스레 가까이 다가왔다.

"좋아! 잘했어. 넌 정말 센 놈이구나." 칭찬을 해주고는 서서히 걸음을 옮겨 발소리도 크게 내며 나무다리를 건너 연병장에 이르렀다.

그 옛날 포치는 바로 이 연병장에 버려졌다. 그러니까 지금, 또 이 연병장으로 되돌아온 것이다. 그래, 네 고향에서 죽는 게 좋겠지.

나는 걸음을 멈추고 어제 산 쇠고깃덩어리를 철썩 떨어뜨

리면서,

"포치야, 이거 먹어라." 하고는 포치를 쳐다보지 않았다. 아니, 차마 보기가 싫었다. 멍청하게 선 채로 말했다. "포치야, 어서 먹으라고."

내 발밑에 떨어진 고깃덩어리를 포치가 꿀꺽꿀꺽 쳐먹는 소리가 들려왔다. 채 1분이 되기도 전에 뒈질 것이다.

나는 고양이처럼 등을 웅크리고 느릿느릿 발걸음을 옮겼다. 안개가 너무나도 짙다. 주변이 온통 뿌옇다. 근처에 있는 산도 거무스레한 채 아스라이 보인다. 남녘 알프스 연봉도, 그리고 그 연봉에 이어 솟아 있을 후지 산도 전혀 안 보인다. 아침 이슬에 게다짝이 흠뻑 젖어 무겁다. 나는 등짝을 고양이 모양으로 한층 푸욱 엎드리듯 구부리며 흐느적흐느적 느릿느릿 집으로 향했다. 다리를 다시 건너 중학교 앞에까지 와서야 뒤를 돌아보았다. 아니? 포치가 어엿이 서 있다! 마치 면목이라도 없다는 듯이 고개를 떨구더니, 흘깃 내 눈치를 보고는 시선을 돌렸다. 살짝 외면하듯이.

나는 대장부다. 이젠 값싼 낭만 같은 것을 지닐 겨를도 없다. 순간 나는 이 사태를 곧 감지했다. 약품이 효과가 없는 것이다. 고개를 끄덕이며 나는 백지로 환원해야겠다고 마음먹었다. 집으로 돌아오자마자,

"틀렸어, 약효가 전혀 없었다고. 용서해주라고. 그놈은 죄가 없었으니까. 예술가는 으레 약자의 편이니까 말이야."

나는 돌아오는 길에 생각해왔던 것을 그대로 털어놓았다.
"그래, 약자의 친구인 거야, 예술가는. 나만이 아니라 모두
가 그걸 잊고 있는 거지. 나는 포치를 도쿄에 데리고 갈 거
야. 혹시라도 친구들이 포치의 꼬락서니를 보고 빈정대면
때려주고 말 거야. 암 그렇고말고. 계란 있나?"

"에에?" 아내는 어안이 벙벙한 얼굴로 나를 쳐다보았다.

"포치에게 줘버려. 두 알 남아 있으니까 둘 다 줘버려요.
그리고 당신도 이젠 좀 참아요. 피부병 같은 것, 나을 거니
까 말이야."

"에에?" 아내는 역시 어안이 벙벙한 채로 서 있었다.

멋쟁이 아이 | 1939 |

おしゃれ童子

소년은 어렸을 때부터 멋을 부렸다. 소학교 시절, 매년 3월
의 수업식 때에는 으레 모범생으로 뽑혀 교장 선생님으로부
터 상을 받곤 했다. 교장 선생님이 단상에서 상을 하사할 때
면 소년은 교단 아래에서 두 손을 공손히 내민다. 사뭇 엄숙
한 순간이다. 그때 이 소년은 무엇보다도 자기가 내미는 양
팔의 모양새에 온통 주의를 쏟는다. 소년은 가스리[1] 옷 밑에
순백의 플란넬 셔츠를 걸쳤는데, 옷자락으로부터 살짝 보이
는 그 새하얀 셔츠가 유난히도 눈부시다. 마치 자신이 천사
라도 되는 것처럼 소년은 자기도취에 빠지고 만다.
　이번 학기 수업식 전날 밤이었다. 소년은 으레 그러했듯

1　붓으로 살짝 스친 것 같은 잔무늬가 있는 천.

이 하카마^{2}와 예복, 하얀 플란넬 셔츠를 머리맡에 가지런히 놓고 잠을 청했다. 좀처럼 잠이 오지 않았다. 두세 차례나 슬쩍 고개를 쳐들고는 머리맡에 챙겨놓은 옷가지들을 눈여겨보고는 했다. 등잔불을 켜놓았기 때문에 방 안이 으슴푸레했지만, 그래도 플란넬 셔츠는 순백으로 빛나 마치 불타고 있는 것처럼 보였다. 먼동이 트고 수업식 날 아침, 소년은 일어나자마자 재빨리 혼자서 셔츠를 걸쳐봤다. 전에는 청소 아줌마에게 셔츠 단추는 물론 여러 군데를 조금이라도 단정하게, 또한 멋있게 매무새를 다듬어보라고 부탁하곤 했다. 상을 받을 때 셔츠 소매가 살짝 보이면서 예쁜 소매 단추 서너 개도 덩달아 반짝거리도록 고안했던 터였다. 집을 나와 학교에 가는 도중에도 슬그머니 두 팔을 앞으로 내밀며 상을 받는 시늉을 하며 셔츠 소매가 너무 많이도 적게도 안 나오고 꼭 알맞게 내보이도록 하기 위해 이리저리 시도해보기도 한다.

그 누구도 모를 것이다. 이런 어설픈, 아니, 씁쓸한 멋 부리기의 고충을. 한 해 내내 꼬박 신경을 쓰게 되는데도 말이다. 마을 소학교를 졸업하고 흔들리는 마차를 타고 역에 가서, 다시 기차를 타고 10리쯤 떨어진 현의 청사 소재지인 소도시로 중학교 입학시험을 보러 떠났을 때, 소년의 복장은 가엽게도 진묘하기 이를 데 없었다. 하얀 플란넬 셔츠는

---

2   일본의 전통 의상으로 겉에 입는 바지의 일종.

픽이나 마음에 들었는지 역시 그때에도 입고 있었다. 더군다나 그 당시에는 나비 날개 모양처럼 생긴 커다란 옷깃이었다. 그 옷깃을 여름철에 벌려 입는 셔츠 옷깃처럼 해서 안의 옷 옷깃에 덧씌우면 마치 똑같은 양식이 겹친 듯 멋들어져 보인다. 그래도 소년은 조금 슬픈 표정으로 긴장하면서 분명 자신이 귀공자처럼 보일 거라고 내심 자위했다. 거기에다 하얀 줄무늬가 있는 구루메가스리[3]와 짤막한 하카마를 걸치고 긴 양말을 신은 다음, 비까번쩍한 검은 편상화, 그다음으로는 망토. 이렇게 세심하게 치장을 했다. 아버지는 이미 작고하셨고 어머니가 와병 중이어서 소년의 옷치장 일체는 상냥한 형수님 몫이었다.

소년은 형수에게 때로는 아양도 떨고 보채기도 하면서 무리한 요구를 곧잘 한다. 한번은 셔츠 깃을 억지로 크게 만들어 달라고 떼를 썼다. 형수가 어이없다는 듯, 그러면서도 빙긋 웃자, 소년은 마구 화를 내면서 "내 미학이 이렇게도 통하지 않아서야!" 하며 눈물이 나올 정도로 분해하기도 했다. '산뜻하게, 전아(典雅)하게.' 소년의 미학 일체는 이것이 전부였다. 아니, 산다는 것 일체가, 인생 목적 전부가 그것뿐이었다.

망토에는 일부러 단추를 달지 않았다. 좁은 어깨를 위태

---

3 규슈 구루메(久留米) 지방에서 나는 무명천.

롭게 감싼 어설픔이 조밀하면서도 시원스러워 보이는 묘술이라고 소년은 믿고 있었다. 어디에서, 누구에게서 그런 것을 배웠을까……. 멋 부림의 본능이라는 것은 어떤 교과서에도 없는 것이므로, 멋은 아마도 스스로 발명하는 묘술일는지도 모르겠다.

태어난 후 거의 처음으로 도시에 발을 딛는 셈이니까, 소년으로서는 예삿일이 아니었다. 사뭇 긴장했다. 긴장하다 못해 흥분한 나머지 일본에서 가장 큰 섬인 혼슈(本州) 북단의 소도시에 도착했을 때엔 소년다운 말씨까지 바꿔버리려고 했을 정도로 신경을 썼다. 일찍이 소년 잡지를 통해 배워왔던 도쿄 말씨로 말하려고 애썼다. 숙소를 정하고 방 안에서 안정을 되찾자 여관 종업원들의 말씨를 꼼꼼히 귀담아들었다. 그러고는 여기도 역시 태어났던 고향과 별반 다를게 없다는 생각이 들었다. 그동안 쓰가루(津輕) 사투리를 써왔지만 말이다. 하긴 고향과 이 소도시와는 기껏해야 10리 남짓밖에 떨어져 있지 않은 가까운 거리다.

중학교에 들어가면서부터는 학교의 교칙이 엄해서 멋 부리기가 여간 힘든 게 아니었다. 너무 신경질이 나서 바지 주름도 세우지 않고 구두도 닦지 않은 채 일부러 너절하게 입고, 일부러 고양이마냥 등을 잔뜩 구부리고 다녔다. 이 무렵의 이 자세가 버릇이 돼서 15년이나 지난 지금에 이르러서도 그 자세가 좀처럼 교정되질 않는다. 그 시절은 멋 부림의 암흑시대라고 말할 수 있다.

이 소도시에서 다시 10리쯤 떨어진 어느 성곽 도시의 고등학교에 들어가면서부터는 소년의 멋 부림도 급기야 발전을 거듭해나갔다. 너무 빨리 발전해간 나머지 역시 예전처럼 진귀하고 묘한 모습이 되었다. 망토식 윗도리는 세 종류나 만들었다. 하나는 네이비블루 빛 천으로 만든, 종을 매단 꼴의 망토였다. 그러니까 겉옷이 질질 끌릴 정도로 길게 늘어뜨려진 옷이었다. 소년도 키가 훤칠하게 뻗어서 다섯 척 일곱 치 가까이 되었지만 이 망토는 질질 끌릴 정도였다. 이걸 걸치면 마치 악마의 날개처럼 보여 제법 기이하고 멋스러운 효과를 낼 수 있었다. 이 망토를 걸칠 때에는 모자를 쓰지 않았다. 마법사에게 흰 줄을 두른 교모는 도무지 어울리지 않는다고 여겼기 때문이다. '오페라의 괴인(怪人)', 당시 친구들로부터 이런 별명으로 불려 좀 언짢은 척했지만 내심 싫지는 않았다. 또 한 벌의 망토는 '프린스 오브 웨일즈'였다. 군함을 탄 해군 장교의 모습이 우아하고 멋지다고 여겨 그 제복을 본떠 만들게 했다. 군데군데 소년의 독창성도 가미되어 있었다. 첫 번째 독창성은 깃에서 찾아볼 수 있다. 유난히 크고도 넓은 깃이었다. 어찌된 일인지 소년은 이전부터 널찍한 깃을 좋아했다. 그 깃에는 검은 벨벳 천을 붙여 넣었다. 가슴에는 더블 버튼, 금단추로 각각 일곱 개씩 성글게 달아놓았다. 단추의 배열이 끝나는 곳에는 허리가 가늘게 보이도록 조이고, 반면 옆에 자리할 소매는 훨씬 넓혔다. 지극히 절묘한 강약의 흐름을 보여줄 필요가 있었기 때문이다. 이를 위해 소년은 양복점에 세 차례나 수정을 지시했다.

급기야는 소매도 좀 좁혀 조그마한 금단추를 네 개씩 가로로 촘촘히 달았다. 검고 두꺼운 양복천으로 소매를 만들었다. 이런 망토를 겨울철 외투 겸용으로 입고 다녔다. 이 외투에는 흰 선이 둘러진 학생모를 써도 어울렸다. 아마도 영국의 해군 장교처럼 보일 것이라고 그는 적이 자신감을 가진 듯했다. 검은 망토에 어울리도록 하얀 캐시미어 장갑을 꼈고, 겨울철에는 역시 새하얀 비단 숄을 둘렀다. 추워서 얼어 죽는 한이 있더라도 두꺼운 털실 목도리는 절대 두르지 않겠다고 결심한 모양이다. 그렇지만 그 외투는 친구들 사이에서 웃음거리가 되어버렸다. 특히 크고 널찍한 깃을 보고는 애들 침 받는 턱받이 같다고 놀려댔다. 이 옷은 실패였다. "꼭 다이코쿠사마[4] 같구먼, 아이고머니나…… 허허…… 하하하." 하며 비웃음 반, 농담 반으로 말하던 친구도 한 사람 있었다. 북방의 해군 장교처럼 보이려고 했는데……. 소년은 푸념하면서 그 외투를 입지 않기로 했다.

---

4 다이코쿠텐(大黑天). 인도에서 건너온 신이 일본 민간 신앙과 융합하여 생겨난 신. 주로 사업운과 금전운을 주관한다고 함.

다시 또 한 벌을 만들었다. 이번에는 검정 나사(羅紗) 천을 멀리하고 코발트 빛 서지(serge) 천을 가려 뽑아 다시 해군 장교 외투를 시도해보았다. 그야말로 건곤일척(乾坤一擲)으로 목숨을 걸기라도 한 듯이 몰두했다. 깃은 과감하게 작게 하고 전체를 다시 줄여 화사하게 했으며, 허리 부분은 견디기 힘들 만큼 꽉 조여 이 외투를 입을 때에는 몰래 셔츠를 한 장 벗어야만 가까스로 입을 수 있겠다는 생각마저 하면서 과감하게 외투를 줄여버렸다. 이렇게 마무리된 외투에 대해서는 아무도 토를 달지 않았다. 친구들도 종전과는 달리 비웃지도 않고 다만 이상하리만큼 진지한 표정을 짓다가 곧 고개를 돌려버리곤 했다. 소년도 이 비까번쩍한 외투를 입어보면서 왠지 모를 고독감에 울컥 눈물을 글썽이기까지 했다. 이처럼 소년은 사치스럽기는 했지만 마음은 여리디여렸다. 갖은 고심 끝에 고안한 이 외투를 그는 끝내는 폐기시키고야 말았다. 그러고는 중학교 시절부터 걸쳐온 너덜너덜한 망토를 머리에 뒤집어쓰고 다방에 들러 포도주 따위를 들이켜곤 했다.

다방 같은 데서 포도주 잔을 비우는 정도는 그래도 괜찮았지만 차츰 술집에까지 들러 게이샤들과 함께 식사를 같이하는 일도 즐기기에 이르렀다. 소년은 그게 그렇게 어울리지 않는 짓이라고는 생각하지 않았다. 그보다는 건달이나 한량 같은 시늉은 도리어 가장 고상한 취미라고 믿고 있었다. 옛 성이 있는 마을의 조용하고 오래된 술집에서 두세 차례 그런 식사를 나눈 다음부터 소년은 사치 본능이 도지기 시작했다. 이번에는 그야말로 크게 비약해버렸다. 그는 문득 연극에서 본 솔개 날개 모양의 옷을 입고 패싸움질 하는 녀석의 복장을 하고 게이샤들과 희롱이라도 하고 싶어졌다. 술집 안마당 너머에 있는 사랑채에서 게이샤 무릎이라도 베고 큰 대(大) 자로 누워, "누나, 나는 오늘 말이야, 어쩐지…… ." 하며 응석 부리고픈 마음에 그는 서둘러 그런 솔개 날개 모양의 어깨선이 있는 옷을 준비하기 시작했다. 진한 남색 허리띠는 곧 구할 수 있었다. 그 허리띠에 덧붙일 작은 주머니에 고풍스러운 지갑을 보일 듯 말 듯 넣고 다니면 영락없는 한량으로 보일 거라고 소년은 흐뭇해했다. 덩달아 각대도 구했다. 꼭 조여 매면 소리가 나는 유명한 하카타 지방의 허리띠다. 단출하고 잘빠진 무명 옷 하나를 옷가게에 부탁하여 잘 뽑아냈다. 한데 결과는 솔개 옷인지, 얼간이 옷인지, 기성품인지…… 도무지 분간할 수 없는 어정쩡한 복장이 되고야 말았다. 한결같지도 않고 통일감도 균형감도 없는 국적불명의 옷이었다. 어쨌든 평상복이 아닌 무대 같은 데서나 입음 직한 옷으로 보인다면 소년은 그것으로 만족이었다. 때는 초여름이어서 소년은 맨발에 예스러운 삼베 조리를 살짝 걸쳤다. 거기까지는 괜찮았으나 소년은 또 문득 묘한 생각이 떠올랐다. 모모히키[5]를 입고 싶었다.

감색(紺色) 목면 천으로 만들어 꼭 끼는, 통이 좁아 가까스로 입은 듯한 바지를 연극 중에 한 광대가 입었는데 그게 그렇게 멋져 보였던 것이다. 효토쿠 가면[6]을 쓰고 옷자락을 잽싸게 젖히고는 뒤돌아서더니 궁둥이를 살짝 까 보인다. 그때 감색 모모히키가 눈에 띄도록 고안한 것이다. 바지 하나만으로는 부족하다. 소년은 이 모모히키를 구하기 위해 마을을 샅샅이 뒤지며 마땅한 옷감을 구하러 다녔으나 도로에 그치고야 말았다.

"저 말이죠, 미장 가게 사내가 걸치고 있었나, 딱 그런 감색 모모히키, 그런 것이 어디 없을까요?"

옷감 가게마다 가서 열심히 설명했으나 웃음거리가 되곤 했다. 지치고 지쳐서 나가 뒹굴 만큼 피곤해졌을 때 어느 옷가게 주인이 '그런 걸 구하려면 소방용구 전문점에라도 가보라'고 넌지시 일러주었다. 소년은 문득, 그래, 소방서야! 솔개 모양의 옷을 걸친 배우는 옛 소방수 역이었어! 하고 무릎을 치고는 소방용구 가게로 뛰어 들어갔다. 가게에는 크고 작은 소화 펌프가 나란히 늘어서 있었다. 마토이[7]도 있다. 어쩐지 불안했지만 그럼에도 용기를 내서, 모모히키 있을까요, 하고 찾았다. 있습니다, 하고 즉시에 대답이 돌아

<hr />

5 통이 좁은 남자 바지.
6 짝짝이 눈에 입이 괴상하게 비틀린 우스꽝스러운 얼굴 가면.
7 에도 시대 소방대의 반(班) 표시기.

왔는데, 감색 목면 모모히키와는 거리가 있었지만 모모히키의 양 측면에 소방을 표시하는 붉은 십자가 무늬가 너무나 선명해서 전혀 쓸모가 없었다. 역시 이것을 입고 걸을 용기가 없다, 소년은 냉엄하게 모모히키를 포기하는 수밖에 도리가 없었다.

스스로 입을 복장이 처음 이상적으로 꿈꾸었던 것처럼 이루어지지 않으면 자포자기가 될 만큼 마음이 혼란스러워지는 나쁜 버릇을 이 소년은 지니고 있었다. 잔뜩 꿈꾸었던 감색 모모히키를 구하는 것에 실패한 소년은 눈에 띄는 복장을 갖출 수 없게 되었다. 감색 배두렁이에 도장[8] 홑옷에 각대, 삼베 조리. 이런 복장을 하고도 흰 선을 두른 학생모를 쓰고 거리를 활보하였으니, 도대체 어디서 배워먹은 미학이란 말인가. 이런 이상한 패션은 어떤 무대에서도 찾아볼 수 없는 것들이었다. 새 패션은 일단 포기했다지만 소년은 속상해서 견딜 수가 없었다. 그는 하얀 캐시미어 장갑을 다시 끼고 다녔다. 늘 하던 장식, 도장, 각대, 감색 배두렁이, 흰 선 두른 학생모를 쓰고 흰 장갑을 끼고 다시 거리를 활보하기 시작했다. 수습불가였다. 이 같은 이상한 시대가 일생 동안 한 번은 누구나 있게 마련인 것일까……. 뭐라고 할까,

---

8 감색 바탕에 빨강, 연노랑의 세로 줄무늬를 넣은 무명 직물. 에도 시대 초기에 네덜란드 사람들에 의해 수입됨.

몽유병에 걸린 것도 같다. 숱한 장식을 몸에 부착해야만 직성이 풀리는 모양이다.

흰 캐시미어 장갑이 찢어졌다. 소년은 새것을 사려고 했으나, 하고 많은 흰 장갑 중에 캐시미어로 만든 것은 전혀 없었다. 하는 수 없이 군용 장갑을 샀다. 투박한 작업용 흰 장갑이었다. 자꾸만 계획이 빗나가고 엉망이었다. 소년은 희한한 복장을 한 채 술집에 들러 이즈미 교카(泉鏡花)의 소설에서 본 말장난을 마구 씨부렁댔다. 열심히 몇 차례고 되풀이했다. 게이샤들이 어떻게 생각하든 아랑곳하지 않았다. 다만 스스로 낭만적인 모습을 제대로 보이게 하는 것이 문제일 따름이었다.

이윽고 소년은 꿈에서 깨어났다. 그 무렵 좌익사상이 학생들을 흥분시켰고 그중 숱한 학생들이 창백해질 정도로 사뭇 긴장하고들 있었다. 이 무렵에 소년은 상경하여 대학에 입학했다. 하지만 그는 대학 강의에는 한 번도 출석하지 않았다. 비가 올 때는 물론이고 햇빛이 쨍쨍한 날에도 진한 빛깔의 레인코트를 걸치고 긴 고무장화를 신은 채 대학가를 그냥 휘젓고 다녔다. 멋쟁이의 호황기는 막을 내리고, 바야흐로 사치의 암흑시대가 이때부터 오랫동안 계속되었다. 그리하여, 이윽고 소년은 유행하던 좌익사상마저 배반하기에 이른다. 세상을 겉돌았다. 비열한 놈이란 낙인을 스스로 자기 이마에 찍은 것이다. 사치의 암흑시대라기보다는 마음의 암흑시대가 10년 후인 지금까지 계속되고 있다. 소년도 이제는 수염을 면도질하면 퍼렇게 자국이 나는 어른이 되었고, 데카당 소설에 나오는 주인공으로 오해받기도 한다. 하지만 자기 자신은 결코 그렇지 않다고 믿고 있으며, 눈물이 찔끔 나올 그런 소설 따위를 쓰며 아슬아슬하게 처세를 하고 있다. 작년에 가난한 연인이 생겨 이따금 만나고 있는데, 데이트할 때마다 문득 그 옛날의 사치 본능이 되살아나곤 했다. 하지만 요즈음 와서는 자상한 형수에게 부탁할 수 없는 처지라 원하는 대로 복장을 제대로 갖추는 것이 도저히 불가능했다. 평상복 한 벌이 있을 뿐, 다른 것이라곤 버선쪽 하나뿐인 꼴이었다. 남에게 어지간히 영락하고 곤궁하게 보일 것이다. 원래 사치스럽기도 했지만, 빨지 않은 듯한 유카타에다 누더기처럼 조각난 군용 띠를 두른 채 연인을 만나러 가는 망나니이니 차라리 죽어버리는 게 낫겠다고 생각하다가 문득 결심했다. 빌려 입자. 돈을 빌리는 것보다 옷을 빌려 입는 것이 열 배나 더 괴롭다는 걸 그 누가 알랴. 얼굴에서 불이 난다는 말은 이런 경우를 두고 하는 말일 게다. 정말 실감난다. 의복뿐만 아니라 허리띠도 신발짝도 빌려야 직성이 풀리니…… 이거야 원! 게다가 연인까지 속이려는 속셈인가. 아무리 절약을 해도 낭만의 세계에 몰입하여 사치 본능이 고개를 쳐들면 말라빠져 오그라든 그의 가슴팍에선 야릇한 의식이 용솟음 친다. 이런 체질의 인간은 일흔

이 되어도 마찬가지야. 여든이 되어도 또 화려한 격자무늬 헌팅캡 같은 것을 뒤집어쓰고 싶어 하지 않겠는가······. 산뜻하고 전아한 외면만을 현세의 유일의 '목숨'으로 여겨 남몰래 신앙처럼 믿고 있는 것은 아닐까······. 지난해 옷까지 빌려 입고 연인을 만나러 갔을 때의 심정을 두세 편의 센류[9]로 소개함으로써 이 끔찍이도 놀라운 멋쟁이를 소개하는 이야기를 끝맺기로 한다.

"도망자의 빌린 옷은 시원스레 걸맞누나. 이 몸에 걸친 최신 유행하는 빌린 옷. 소매를 푸느라 허둥거린다. 빌린 옷 걸쳐보니 사람들 모두 다 그렇게 보이는구나." 씹을수록 가련한 광구(狂句)다.

---

9 일본의 익살을 주로 한 5, 7, 5조의 짧은 시.

세속 천사 | 1940 |

俗　天　使

저녁밥을 먹다가 밥그릇과 젓가락을 든 채 멍청하게 한눈만 팔고 있었다. 집사람이 "왜 그러세요?" 하고 물어서 "정신 좀 차려, 짜증 난다고. 밥 먹는 것도 그렇고……." 하고투정을 부렸다. 나는 그 밖에도 짜증 나는 일이 많았다. 그래서 밥 먹기도 싫고 바보처럼 멍청해진 것이었지만, 그 사연을 집사람에게 털어놓기가 귀찮기도 하여, "이제 그만 먹고 남기고 싶은데…… 괜찮겠지?" 하고 머뭇거렸다. 그러자 아내는, "괜찮아요." 하고 가볍게 대답하고 밥상을 치웠다. 내 밥상 옆에는 미켈란젤로의 명화인 〈최후의 심판〉의큼지막한 사진판이 펼쳐져 있었는데, 나는 그것만을 쳐다보며 젓가락질을 하고 있었다. 그림 중앙에는 왕자처럼 의젓한 젊은 예수 그리스도가 거의 알몸으로, 소용돌이치는 하계(下界)의 망자(亡子)들에게 무엇인가를 던지고 있는 것 같은 대범하고 침착한 모습이 그려져 있다. 작고 젊은 처녀 그대로의 청초한 어머니가 의젓하고 당당한 알몸의 아들에게 다소곳이 다가서서 마음으로부터의 신뢰를 나타내면서 살그머니 엎드려 그윽이 바라보고 있는 듯한 모습이 나의 조촐한 밥상을 끝내 중단시키고야 말았다. 자세히 살펴보면 이처럼 의젓하고, 마치 옛 전설에 나오는 모모타로(桃太郎)[1]처럼 영롱한 예수 그리스도의 몸에, 특히 복부와 쳐든 손등과 발에 검푸른 큼직한 상처가 처참하고 생생하게 그려져 있다. 알 만한 사람은 이해하겠지만 나는 도무지 견딜 수가 없었다. 그리고 그 어머니의 모습은 또 얼마나 가련해 보이는지. 나는 어렸을 때, 긴타로(金太郎)[2]보다도 긴타로와 둘이서 산속에 숨어 살던 젊고 아름다운 야마우바(山姥)에게 더 끌리곤 했다. 또한 말을 탄 잔 다르크도 잊을 수 없다. 젊은 시절의 나이팅게일 사진에도 흠뻑 빠졌다. 하지만 내 눈앞에 있는 이 처녀 그대로의 젊은 어머니와는 도저히 비교가 되지도 않는다. 이 어머니는 매우 영특한 계집종과도 같다. 청초하면서도 좀 냉담한 간호원을 닮은 것도 같다. 이러쿵저러쿵 간에 그렇게 간단히 형용해서는 안 될 일이다. 한

---

1 일본 전설의 영웅.
2 일본의 전설적인 장사.

146

낱 간호원 같은 데 견주다니 한심하기 짝이 없다. 이 모습을 함부로 가볍게 운위해서는 안 될 듯만 싶다. 그 누구에게도, 아무에게도 보이지 않고 영원히 다소곳이 숨겨놓고 싶은 그런 모습인 것이다. '성모자(聖母子)'. 나는 이 말의 참뜻과 실상을 이제야 비로소 알게 되었다. 그건 확실히 무상(無上)의 것임에 틀림없다. 레오나르도 다빈치는 어리석게도 지극히 사소한 괴로움과 쓰라림을 맛보고는 조콘다를 완성했으나 그것은 신품(神品)이랄 수는 없는 것이었다. 아니, 신과 다툼을 한 죄의 결과다. 그래서 결국 마품(魔品)이 되고야 만 것이리라. 미켈란젤로는 비굴하리만큼 울부짖으며 그렸고, 그 노력 때문에 그가 비록 무지했지만 신의 존재를 익히 알아냈다. 어느 쪽이 더 괴로웠는지 나는 잘 모른다. 하지만 미켈란젤로의 이 작품에는 그 어디엔가 신의 도움이 깃든 것만 같다. 사람의 작품인 것 같지 않으니 말이다. 아마 미켈란젤로 자신도 자신의 작품이 지닌 신비스럽고도 이상한 진솔함을 알지 못했을 것이다. 미켈란젤로는 열등생이었으므로 신이 도와주어서 그려낸 것이다. 그러니까 이 그림은 미켈란젤로의 작품이 아닌 것이다.

　이렇게도 훌륭한 작품을 보고 내가 식사를 중단하다니. 나는 문득 방 안을 두리번거렸다. 집사람이 웅크린 채 밥을 먹고 있었다. 나는 〈최후의 심판〉 사진판을 접고는 옆방으로 옮겨 가 책상 앞에 앉았다. 하지만 도무지 자신이 없었다. 아무것도 쓰고 싶지 않았다. 늦어도 모레까지 잡지 『신조(新潮)』에 20매 분량의 단편소설을 보내야만 하는데 말이다. 저녁을 마쳤으니 이제부터 밤일이라도 해서 써나가야 할 텐데, 지금 나는 그저 멍청할 따름이다. 복안은 이미 되어 있으므로 제대로 끝마무리만 지으면 되는데 말이다.

여섯 해 전의 초가을에 단돈 1백 엔을 달랑 들고 친구 세 명과 함께 유가와라 온천에 놀러 갔다. 그때 우리는 험악할 정도로 싸움을 벌였다. 그러고는 울기도 하고 끝내는 웃으면서 화해했다. 그 얘기를 쓰려고 했는데, 갑자기 쓰기가 싫어졌다. 별로 대수로운 얘깃거리가 아니라, 말하자면 그동안에 써왔던 소재와 크게 다를 바가 없다는 생각이 들었다. 가(可)도 없고, 그렇다고 부(否)도 없는 한낱 스케치라고나 할까……. 그걸 보지 않았더라면 그런 생각이 나지를 않았을 텐데…… '성모자'에 관심을 갖지 않았더라면, 나는 단숨에 이 글을 써 내려갔을 것이다.

아까부터 계속 짓궂게 담배를 피우고 있었다.

"나는 새가 아니에요. 또한 짐승도 아니랍니다." 어린 아이들이 언젠가 들녘에서 가련한 구절을 붙여 노래를 부르고 있었다. 집에서 이 노래를 듣고 있었는데 갑자기 눈물이 핑 돌아 벌떡 일어나서 아내에게 물었다. "저건 뭐지? 무슨 노래야?" 아내는 싱겁게 웃으면서 대답했다. "박쥐의 노래일 거예요. 있잖아요. 조수합전(鳥獸合戰)[3] 때의 창가요."

"그런가? 애절하네…….."

"그래요?" 아내는 영문도 모르고 그저 웃기만 했다.

바로 그 노래가 지금 머리에 떠오른 것이다. 나는 기분주의자다. 나는 새도 아니다. 짐승도 아니다. 나아가서는 사람도 아니다. 오늘은 11월 13일이다. 4년 전 이날에 나는 어느 불길한 병원에서 퇴원 허가를 받았다. 오늘처럼 이렇게 추운 날은 아니었다. 전형적인 해맑은 가을 날씨였다. 병원 뜰에는 아직도 코스모스가 더러 피어 있었다. 그 무렵에 있었던 일에 대해서는 앞으로 오륙 년쯤 뒤에 좀 더 안정이 되면 느긋하게 써볼 작정이다. '인간 실격'이란 제목으로 쓸 생각이다.

지금은 정말 글을 쓰기가 싫다. 하지만 쓰지 않으면 안 된다. 『신조』 잡지사의 N씨에게 그동안 여러모로 신세를 졌으니 말이다. 될 대로 돼라……. 자포자기인 심정에 불쑥 이런 말이 입 밖으로 튀어나왔다. "내게도 누항(陋巷)의 마리아가 있었다!"

어설픈 억지소리다. 지상의 어떤 여성을 그린다 해도 미켈란젤로의 성모와는 견줄 수가 없는 거지. 비슷하지도 않고. 황새와 뱁새 이상의 차이다. 예컨대 오기쿠보(荻窪)의 하숙집에 살던 때에는 근처 중국 국숫집에 자주 갔다. 그러던 어느 날 밤, 내가 잠자코 우동을 들이켜고 있을 때 가게의

---

3 일본 고사에 나오는 동물들의 싸움.

꼬마 여종업원이 앞치마 밑에서 슬그머니 날달걀을 꺼내 잽싸게 내 우동 그릇에 깨 넣어주었다. 그때의 기분이라고나 할까……. 나는 서글프고 비참한 생각까지 들어 차마 얼굴을 들 수가 없었다. 그 후부터는 되도록 그 국숫집에 가지 않기로 마음먹었다. 실로 부끄러운 기억이다.

또한 5년 전에 맹장염으로 복막에까지 고름이 퍼졌을 때 수술하기가 까다로워 마약 성분이 있는 약을 복용했는데, 급기야는 중독 증상을 일으킨 적이 있다. 이 증상을 치유하기 위해 미나카미(水上) 온천에 가서 처음 이삼일 동안은 신에게 기도를 드리면서 견뎠으나 끝내는 참지 못해 마을의 작은 병원에 달려가 나이 든 시골 의사에게 통사정하여 가까스로 1회분의 약을 받았다. 그때 둥글넓적한 간호원이 싱글벙글하면서 또 1회분을 살짝 내 주머니에 넣어주었다. 나는 그 대금을 지불하려 했는데, 간호원은 말없이 고개만 저었다. 그때도 역시 국숫집에서 겪은 것과 같은 기분이었고 나는 어서 빨리 병을 고쳐야겠다는 생각뿐이었다.

미나카미에서도 병을 고치지는 못했다. 여름이 끝날 무렵, 미나카미 여관을 떠나 버스를 탔다. 문득 뒤돌아보니 한 소녀가 앳된 미소를 지으며 아쉬운 듯 배웅을 하고 있지 않겠는가. 나는 그때에도 또 눈물이 핑 돌았다. 그 소녀는 이웃한 여관에서 초등학교 2, 3학년쯤 되는 병약한 동생의 병 간호를 하고 있었다. 내 방 창문 너머로 그 소녀네 방이 훤

히 내려다보였고 조석으로 눈이 마주치곤 했으나 어느 쪽도
인사를 한 적이 없었다. 다만 모른 척, 안 본 척 고개를 돌렸
을 뿐이다. 그 무렵 나는 아침부터 밤까지 줄곧 돈을 빌리기
위해 이곳저곳에 편지 쓰기에 바빴다. 지금도 정직해지지는
않았지만, 그 당시에는 반미치광이 상태여서 일시적으로 모
면하기 위해 거짓말만 남발하고 있던 터였다. 숨을 쉬고 있
는 것조차도 역겨워 피곤한 얼굴로 창밖을 내다보면 이웃집
소녀는 방 안 커튼을 황급히 내리고는 내 시선을 차단하기
까지 했다. 버스가 출발한 후 다시 뒤돌아보니 소녀는 숙소
문 앞에 웅크린 듯 서 있었다. 그러다 내 시선을 의식하자
그녀는 웃었고, 또 나는 울었다. 손님들이 점점 돌아가고 있
다는 추상적인 서러움이 성큼 엄습했기 때문이리라. 나라서
특별히 아쉬운 듯 울고 웃는 게 아니라고 여기면서도 가슴
이 뭉클했다. 그녀와 좀 더 가까이, 친하게 지낼걸, 하고 가
볍게 후회도 했다.

　이러한 일들만으로 염사(艶事)를 떠벌린다 할 수 있을까?
이런 정도가, 내가 소중히 지켜온 것들이 염사 떠벌리는 데
지나지 않는다면 나는 정말이지 비참하고 가련한 놈팡이임
에 틀림없다. 염사 같은 걸 떠벌릴 생각이라곤 조금도 없었
다. 국숫집 꼬마 아가씨로부터 달걀 한 개쯤 얻어먹었다는
게 그리 내세울 만한 얘깃거리도 아니지 않은가. 나 자신의
치욕을 고백하고 있는 것뿐이다. 나는 내 모습이 어쭙잖다

는 것도 알고 있다. 나는 어렸을 때부터 못생기디못생겼다는 말을 싫도록 들으면서 자라왔다. 커가면서 불친절하고 아둔하다는 등의 말도 들었고 술주정뱅이에 가깝기도 했다. 그러니 여자들이 좋아할 까닭이 없다. 그런 나 자신이 어떨 때는 자랑스럽기까지 했다. 나는 여자에게 관심을 받고 싶은 생각이 없었기 때문이다. 억지로 그럴 필요도 없고 자포자기 때문에 그렇기도 하다. 내가 내 분수를 알고 있는 것이다. 잘 보일 만한 가치가 전혀 없다고 자각하고 있는 내가, 어떤 기회에 얼핏 호감을 보이는 듯한 여자가 나타나면 그저 어쩌지 못해 당황하기도 하고, 스스로를 비참하게 여겨 자학하게 되는 게 아닐까. 어리석은 바보! 네놈같이 자기 비하하길 좋아하며, 이렇게 무지하고 어리석은 변명을 정색을 한 채 뇌까리는 위인이 또 있을까……. 하지만 누구라도 잠자코 그냥 듣기만 해다오. 나는 결코 거짓말을 하고 있는 것은 아니니 말이다.

'치욕을 고백하고 있다'고 앞에 말한 적이 있다. 하지만 생각해보니 표현이 좀 모자랐던 것 같다. "치욕을 고백하는 일에 대하여 조금이나마 자부심을 갖고 싶어서 이렇게 쓰고 있는 것이다." 이리 고치는 편이 한결 적절하지 않을까? 비참한 심경이긴 하지만, 하는 수……, 아니, 어쩔 수 없다. 이런 나를 여자들이 좋아할 리 없으므로, 이따금 보여주는 극히 사소한 여자들의 호의조차도 받는 순간에는 치욕으로

조차 여겨졌지만, 이제는 그런 기억만이라도 소중하게 간직해야만 되는 게 아닐까⋯⋯, 이러한 반짝 후회와 비굴한 반성으로 나는 그런 소박한 여성들에게 다소 어설프지만 자포자기의 심정으로 앞서 어렵게 표현한 '누항(陋巷)의 마리아'라는 월계관을 바치련다! 미켈란젤로의 마리아가 내 이 꼬락서니를 내려다보고 분노하는 일 없이 미소를 지어준다면 다행이겠다.

일찍이 나는 육친 이외의 여인으로부터 금전을 받은 적이 한 번도 없지만, 10년 전쯤 신세를 진 적은 있다. 10년 전이면 내 나이 스물한 살 때의 일이다. 도쿄 긴자(銀座) 번화가의 한 바에 들른 적이 있는데, 그때 내 지갑에는 5엔짜리 지폐 한 장과 전차표밖에 없었다. 오사카 사투리를 쓰는 여급에게 가진 돈이 5엔밖에 없으니 되도록 천천히 술을 가져와달라고 각별히 부탁을 했다. 여인은 "네, 네." 하며 성큼 술을 가져왔다. 꽤나 마셔댔다. 13엔 남짓으로 계산이 나왔다. 지금도 그 금액은 분명히 기억하고 있다. 내가 머뭇거리자 그녀는, "괜찮아요, 괜찮다니까⋯⋯."를 되풀이하면서 내 등을 떠밀어 바깥으로 나를 밀어냈다. 그러고는 그만이었다.

그날 밤 내 태도가 얌전했던 탓이었다고 생각하고는 그이상 신경을 쓰지 않았다. 이삼 년 뒤인가, 아니면 사오 년 뒤인가 확실치는 않지만, 어쨌든 나는 그 바에 불쑥 들렀다. 나무아미타불! 그 여급이 여태껏 일하고 있었다. 역시 품위 있게 나를 반겨주었다. 내 테이블에도 이따금 들러 빙그레 미소를 지으면서, "누구시더라? 잘 생각이 안 나네요." 하고 농조로 한마디 던지고는 곧 옆자리로 가버렸다. 나는 비굴하고 인색한 놈이므로 스스로 밝히고 감사의 뜻을 표할 용기도 내지 못한 채 시치미를 떼고 술 한 병만 마시고는 얼른 나와버렸다.

이제 얘깃거리가 동이 났다. 또 말해야 한다면 날조할 수밖에 없다. 더 이상 추억거리가 없는 것이다. 꼭 써야 한다면 또 날조할 수밖에. 그러고보니 점점 비참해진다.

편지 한 장이라도 끄적거려볼까?

"아저씨, 사비가리(サビガリ) 님, 사비시가리[4] 님? 그보다도 사무가리[5] 님? 아니, 사비가리 님이 꼭 어울리네요. 늘 소설만 쓰고 있는 아저씨, 오늘 아침나절에 보내준 엽서는 감사히 받았어요. 때마침 아침밥을 먹고 있어서 식탁에 모인 여러 사람에게 편지글을 읽어주었네요. 그렇게 매일매일 소설 쓰기에만 골몰한다면 몸이 상할지도 모르니 제발 쉬어가며 쓰세요. 아저씨처럼 둔탁한 정장을 걸치고 집 안에만 머무르는 인간에게는 아무래도 적당한 운동과 밝은 기운이 필요하므로 오늘도 아저씨를 잔뜩 웃겨드릴게요. 이제부터 쓰

---

4 サビシガリ. '쓸쓸하도다' 정도의 뜻.
5 サムガリ. '춥도다' 정도의 뜻.

는 것은 좀 더 뒷장에서 마무리하면서 말하려 했지만 빨리 알려드리지 않고는 배길 수가 없어서 먼저 지껄일게요. 도대체 무슨 얘기인데 사설이 기냐고요? 바로 제가 사가지고 온 것에 대해서지요. 우리 '아가씨'가 그걸 몸에 걸치면 바다가 보이는 모래 언덕에 서 있고 싶어서 못 견뎌요. 여행을 하고 싶어서 못 견뎌요. 오늘 긴자 거리의 로열에서 발견하고는 돌아오는 길에 곧 몸에 걸치고 왔지요. 나는 걷는 것조차 즐겁고 흐뭇해서 자연스레 눈이 아래쪽으로만 가곤 했지요. 이제 아셨지요? 구두요. 오늘은 구두만이 걷고 있는 듯했어요. 모든 사람이 내 구두만을 보고 있는 듯, 사뭇 자랑스러운 그런 기분이었어요. 어쭙잖은 싱거운 얘기라고요? 아저씨는 언제나 그렇게 말하곤 하지요. 그러니까 곤란하다고요. 딴은 나 역시 이 구두 얘기는 싱겁고도 어쭙잖다고 여기게 되네요.

그러면 무슨 얘기를 더 할까요? 오늘 저녁 무렵, 어머니가 내가 쓴 「여학생」을 읽고 싶다고 하셨어요. 나는 곧 "싫다고요."라고 잘라서 거절했거든요. 그리고 5분쯤 지나서야 "엄마, 짓궂네요. 그러나 할 수 없지요. 뭐, 곤란하긴 한데……." 하고 묘하게 말을 굴리고는 책장에서 책을 꺼내 드렸지요. 아마 지금 어머니는 그 작품을 읽고 계실 거예요. 상관없지요, 뭐. 어머니에게 언짢은 얘기 따위는 조금도 쓰지 않았고, 거기에다 아저씨도 어머니를 존경하고 있으니까 말이지요. 어머니가 아저씨를 야단치시지는 않을 거라고 믿어요. 다만 내가 좀 부끄러울 따름이지요. 왜 그런지 그건 나도 잘 모르겠어요. 나는 요즈음 줄곧 왜 그런지 이상하게도 어머니에 대해선 미안하다는 생각뿐이거든요. 우리 어머니뿐만이 아니라 실은 여러 분들에게도 두루 평정한 마음을 지니고 싶은데 말이지요.

또 어쭙잖은 얘기를 했군요. 하찮은 얘기를 비누 거품처럼 날려버리고 싶네요. 오늘은 오테라 씨와 함께 가게에 들렀어요. 오테라 씨가 산 것은 하얀 편지지와 불그스름한 입술연지(그 빛깔이 오테라 씨에게 퍽이나 잘 어울렸어요), 그리고 시계 넣는 주머니였어요. 나는 아주 작은 금고를 샀어요. 정말 마음에 쏙 들었어요. 다갈색 조개껍데기 모양이지요. 어쭙잖은 취미죠? 하지만 다갈색 조개껍데기에 금빛 장식이 가늘게 붙어 있는데, 내가 살 때 거기에 내 둥그레한 얼굴이 가늘고 길게 비쳐 제법 예쁘게 보였거든요. 그러니까 내가 이 금고를 열 때에는 늘 내 얼굴이 살짝 비치도록 얼굴을 가까이 댈 거예요. 입술연지, 조개껍데기 금고, 이런 얘기도 역시 하잘것없는 얘기죠? 아저씨도 어쭙잖은 일은 하지 마세요. 술은 어쩔 수 없지만 담배는 고만 좀 삼가세요. 예사롭지 않아요. '데카당'이라니…….

그러면 이번에는 좀 그럴듯한 얘기를 해드릴게요. 좀 자신은 없지만요. 개 이야기를 하고 싶었는데, 아저씨는 나와는 개에 대해선 취미가 전혀 반대니까 갑자기 말하고 싶지 않아지는군요. '자피'란 놈, 참 귀엽지요. 이제 막 산보를 끝내고 돌아왔는지 창밖이 시끄럽군요. 마치 하품이라도 하는 듯 감미롭다고나 할까……. 그렇게 짖어대고 있어요. 내일은 화요일. 화요일이란 글자는 짓궂게 보여 싫답니다.

뉴스를 전해드릴까요?

첫째, 영국과 프랑스 양국은 백란(白蘭)[6]의 화평 조약을 거부했습니다.

본시 벨기에의 황제인 레오폴 3세…… 그 후의 이야기는 아침 신문을 참고하십시오.

둘째, 폐선(廢船)은 뜻밖의 선물, 떠오르는 "서태후의 배".

베이징 교외에 자리한 만수산의 산자락에 있는 곤명호, 그 호수의 북서쪽에 뜻밖에 용이 나타났습니다. 원래 그 호수에 살았던 용이라는 설은 새빨간 거짓말.

아저씨가 감방에라도 들어가 있다면 좋겠다는 생각이 드네요. 그럴 경우 나는 득의만만하게 매일 뉴스를 전할 수 있을 테니 말입니다. 신문을 읽으면 다 알 수 있는 사건들인데, 왜 유럽의 정세는 마치 혼자서만 숙지하고 있는 듯한 얼굴로 저렇게 떠벌리고 있는 것인지…… 가소롭군요.

---

6 벨기에와 네덜란드.

셋째, 자피란 개 녀석은 요 이삼 일간 기운이 하나도 없어 보입니다. 하루 종일 멍청해 보입니다. 요즈음 부쩍 얼굴이 늙수그레합니다. 벌써 할아버지가 돼버린 모양입니다.

넷째, 사비가리 님은 흰옷 걸친 군인들에게 인사합니까? 나는 언제나 "이번에야말로 인사를 해야지!" 하고 결심하곤 하면서도 그렇게 못해왔습니다. 그런데 얼마 전, 우에노의 미술관에 가는 도중에 저쪽에서 흰옷의 군인이 걸어오고 있었습니다. 나는 슬그머니 주위를 두리번거리고는 주변에 아무도 없기에 살짝 인사를 했습니다. 그랬더니 그 군인도 정중하게 답인사를 해주었습니다. 나를 눈물이 쏟아질 만큼 기뻤습니다. 다리가 펑펑 용수철처럼 튀어 올라 걸을 수가 없었습니다.

뉴스는 이것으로 마치겠습니다.

나는 이 무렵 내심 적잖이 우쭐대고 있었어요. 아저씨가 내 얘기를 잘 써주고 있었기 때문이기도 해요. 그 덕분에 나는 일본 전국에 꽤나 알려져 있어요. 그런데도 나는 쓸쓸합니다. 겉으로는 웃고 있었지만 정말 외로웠어요. 그러고보면 난 참 못난 놈인 것만 같습니다. 아침에 눈을 뜰 때마다 오늘이야말로 굳건한 의지로 잘해나가야지, 후회 없는 삶을 영위해야지, 그렇게 다짐하면서 벌떡 일어나곤 하지만 아침 식사 시간까지도 지속되지 못합니다. 그전까지만 해도 이건 이렇게, 저건 저렇게 하며 사뭇 긴장을 늦추지 않고, 하다못해 문 닫는 일, 눈 깔고 복도 걷기, 우편배달부에게 미소 짓고 응대하기 등에까지 신경을 써봤지만, 문득 '나는 역시 어쩔 수 없다니까……' 하는 자학 심리가 고개를 쳐들고야 말아요. 맛있는 음식이 놓인 아침 식탁을 마주하면 바로 직전까지 신경 써오던 다짐 같은 것도 깡그리 흩날려버리고 말고요. 그러고는 허튼소리나 재잘대기만 하고 행동도 아무렇게나 해버립니다. 식사도 조절하지 않고 아무렇게나 입에 당기는 대로 마구 먹어치우는 대식가예요. 세 공기쯤 정신없이 먹고난 다음에야 '아차, 또 과식했군!' 짐짓 후회했다가도, '나란 놈은 별수 없지, 까짓것' 하고 자위하고 맙니다. 이런 것을 매번 되풀이하고 있는 이 지루한 나날, '글렀어!' 하고 자책하다가 붓을 들었어요. 아저씨는 요즘 뭘 읽고 계신가요? 나는 루소의 『참회록』을 읽고 있는데요……. 어제는 플라네타륨을 보았지요. 아침나절과 해 질 무렵에는 아름다운 왈츠를 들었고요. 아저씨 건강하세요."

두서없이 아무렇게나 나오는 대로 편지글을 썼다. 참 멋쩍고 재미없다. 하지만 이 정도가 나의 빈약한 마리아인지도 모른다. 실제로 어떠한가에 대해서는 나도 모른다. 작가인 스스로도 그저 이유 없는 불만에 잠기고 있을 따름이다.

직소 | 1940 |

駈 込 み 訴 え

말씀드리고 또 말씀드립니다. 나리, 저 사람 지독하고 또 지독한 사람입니다요. 네, 정말이에요. 혐오스러운 사람입니다. 참말입니다. 아아, 참을 수가 없다니까요. 결코 살려둘 수가 없습니다. 네, 네. 좀 더 차분히 말씀드리지요. 저자를 내버려두어서는 안 됩니다요. 세상의 적이니까요. 다 말하지요. 뭐든 다, 전부 말씀드리겠어요. 나는 그자의 거처를 알고 있습니다. 언제라도 곧 안내해드릴 수 있답니다. 산산조각내어 죽여주십시오. 그 사람은 나의 스승입니다. 주인입니다. 그렇지만 나와 동갑내기로 서른네 살입니다. 나는 그 사람보다 겨우 두 달 늦게 태어났을 따름입니다. 별반 다를 게 없습니다. 사람과 사람 사이로 치면 그렇게 큰 차이가 없는 셈이지요. 그런데도 나는 오늘날까지 얼마나 짓궂게 취급받아왔는지 모릅니다. 조롱은 또 얼마나 당했는지! 아아, 이제 생각만 해도 끔찍합니다. 그동안 참을 만큼 참아오긴 했지만요. 화날 때 화를 내지 않으면 그건 사람답지 않은 것이지요. 나는 지금껏 그자를 조심스레 감싸왔습니다. 그런 사실은 아무도 모를 겁니다. 그 사람 자신도 모르고 있으니까요. 아니, 실은 알고는 있을 겁니다. 분명 숙지하고 있을 것입니다. 알고 있기 때문에 그자는 나를 짓궂게 경멸해온 것이지요. 그 사람은 오만불손하기 이를 데 없는 자입니다. 나한테 큰 신세를 지고 있었는데, 그게 오히려 분한 거예요. 그자는 바보스러울 만큼 우쭐대는 사람이거든요. 사람으로부터 신세를 지는 것을 마치 자기 자신의 대단한 약점이라도 되는 것처럼 여기고 있으니 참으로 딱한 노릇이지요.

그 사람은 지나칠 정도로 남의 눈을 의식하는 부류에 속하지요. 바보 같은 얘기지 뭡니까. 세상은 그런 게 아니잖아요. 이 세상에서 살아가려면 경우에 따라 누군가에게 고개를 숙이게도 되고, 그러면서 한 걸음 한 걸음 힘겹게 넘어가는 도리밖에 없는 것 아니겠어요. 그런데 그 사람은 그런 걸 도무지 모르니 도대체 뭘 제대로 할 수 있단 말입니까. 아무것도 할 수 없는, 내가 보기에는 너무나도 철부지 멍텅구리지요. 만일 내가 없었더라면 그 사람은 먼 옛날에 저 무능하기 이를 데 없는 제자들과 함께 그 어느 들판에서 굶어 죽었을 겁니다.

"여우에게는 굴이 있고 새에게는 둥지가 있지만 사람의 아들에게는 누울 자리조차 없도다." 그래, 그래, 맞아요. 제대로 고백하고 있지 않습니까. 베드로가 무엇을 할 수 있다는 말입니까. 야고보, 요한, 안드레, 도마 등 바보들의 집단, 그들은 슬금슬금 그자에게 다가가서 등골이 오싹해지는 달콤한 아부를 일삼으며 천국이니 뭐니 하며 바보 같은 꿈 따위를 열심히 믿으며 열광들을 하니……. 그 천국이 이루어지면 그 녀석들은 좌의정, 우의정 자리라도 차지할 참인지……. 참으로 어리석은 녀석들이지요. 그날그날 먹을거리 하나 마련하지 못하는 주제에……. 만일 내가 먹을 것을 마련해주지 않았더라면 모조리들 굶어 죽었을 것입니다요.

내가 그에게 설교를 하도록 하여 군중들에게서 슬그머니 시줏돈을 걷기도 하고, 또는 마을의 가진 자들로부터 공물을 받아 숙소의 살림살이에서부터 일상생활의 먹을 것, 입을 것을 해결하는 일까지 모든 것을 어렵사리 마련해주었는데도, 그자는 물론이고 바보 같은 그 제자들까지도 내게 고맙다는 말 한마디도 없었으니까요. 인사는커녕 그자는 매일매일의 나의 숨은 노력을 모른 척하면서 언제나 그럴듯한 말만 했습니다. 빵 다섯 개와 물고기 두 마리밖에 없었을 때에도 "눈앞의 대군중들 모두에게 음식을 베풀지어다." 하고 얼토당토않은 무리한 말을 내던지기만 하면, 나는 그늘에서 실로 괴로운 일을 이럭저럭 주선하여 그 지시한 음식을 가까스로 마련하곤 했지요.

이를테면 나는 그 사람의 이른바 기적을 실현하는 위태위태한 조수 노릇을 이제까지 몇 차례이고 해왔습니다. 나는 이래 봬도 결코 인색한 사내가 아니랍니다. 아니, 그보다는 오히려 제법 고상한 취미의 소유자랍니다. 나는 그분을 아름다운 사람이라고 여겨왔습니다. 내 눈에는 어린아이처럼 큰 욕심도 없어 보였어요. 내가 매일매일의 먹을거리를 위해 돈을 열심히 모아두어도 이 저축을 한꺼번에 한 푼도 남기지 않고 쓸데없는 곳에 써버리곤 했습니다. 그런데도 나는 그가 그렇게 하는 것을 원망하지도 않았습니다. 그 사람은 아름다운 사람이니까요. 나는 본시 가난한 장사꾼이었지만, 어떤 정신을 지닌 이를 이해하고 있다고 자부합니다.

그러므로 그 사람이 내가 갖은 고생 끝에 푼돈이나마 애써 모아놓은 돈을 아무렇게나 어리석게 낭비해도 아무렇지도 않게 생각했답니다. 그렇지만 이따금이라도 내게 부드러운 말 한마디 해주면 좋을 텐데 그 사람은 언제나 내게 짓궂게 대하곤 했습니다.

한번은 그 사람이 봄날 해변을 걷다가 문득 나를 부르더니 말했습니다. "네게 많은 신세를 지고 있도다. 너의 쓸쓸함을 짐짓 알고 있도다. 그러므로 언제든 불만스러운 얼굴을 지어서는 안 되느니라. 쓸쓸할 때 쓸쓸한 표정을 보이는 것은 위선자나 하는 태도이니라. 쓸쓸함을 남에게 알리기 위해 안색을 바꿔 인정을 받으려는 짓이니 진실로 하느님을 믿고 있다면 너는 적요할 때에도 아무렇지도 않은 체하며 얼굴을 깨끗이 씻고 머리에는 고약을 바르고 미소 짓고 있어야만 하느니라. 모르겠느냐. 쓸쓸함을 비록 남이 몰라준다 하더라도 어딘가 눈에 보이지 않는 곳에 계시는, 네 마음의 아버님만이라도 알아주신다면 그것으로 족하지 아니하겠느냐. 그렇지 아니하냐? 쓸쓸함이란 누구에게나 있게 마련인 것이로다."

이 말을 듣고 왠지 소리 내어 울고 싶어져서, "아니올시다. 하늘에 계신 아버님이 몰라주시더라도, 그리고 세상 사람들이 몰라준다 해도 오로지 당신 혼자만이라도 알아주신다면 그것으로 족합니다. 나는 당신을 사랑하고 있습니다. 다른 제자들이 얼마나 깊이 당신을 사랑하고 있는지 모르지만 그들과는 비교가 안 될 만큼 사랑하고 있습니다. 그 누구보다도 사랑하고 있습니다. 베드로나 야고보 등은 다만 당신을 따라다니면서 행여나 좋은 일이라도 있을까, 그런 것만을 생각하고 있는 것이옵니다. 하지만 나만은 알고 있습니다. 당신을 따라다닌다고 하더라도 아무런 얻음이 없음을 알고 있습니다. 그러면서도 나는 당신 곁을 떠날 수가 없습니다. 왜일까요? 만약 당신이 이 세상을 하직하신다면 나도 곧 따라 죽을 것입니다. 더 이상 살아갈 수가 없을 것 같습니다. 내게는 언제나 혼자서 남몰래 골몰하는 생각이 있습니다. 그것은 당신이 그 어쭙잖은 모든 제자들로부터 떠나, 그리고 하느님 아버지의 가르침을 설교하는 일도 그만두고 평범한 백성의 한 사람으로서 어머니 마리아님과 나와만 조용한 삶을 오래도록 영위해나갔으면 하는 생각입니다. 내가 살던 마을에는 아직껏 작은 집 한 채가 남아 있습니다. 연로하신 부모님도 계십니다. 제법 넓은 복숭아 과수원도 있습니다. 봄, 지금쯤이면 복숭아꽃이 활짝 피어 대단한 경치를 볼 수 있습니다. 평생을 편안하게 살아갈 수 있습지요. 내가 항상 곁에서 당신을 가까이 모실 수 있다면 얼마나 좋을까요. 다소곳한 마님도 만날 수 있을 것이고요."

내가 이런 말을 하면 그이는 빙그레 웃으면서, "베드로나 시몬은 어부가 아니더냐. 그러니 아름다운 복숭아나 섬이란 있을 수 없지. 야고보도 요한도 가난뱅이 어부이므로 이들 모두에게는 평생을 편안히 지낼 만한 그런 땅이 그 어디에도 있을 까닭이 없는 것이지……."라고, 낮은 목소리로 혼잣말을 읊조리듯 하다가 다시 바닷가를 조용히 걸으셨지요. 내가 이런 자상한 얘기를 그이와 나눌 수 있었던 것은 이때가 처음이었고 그 후에는 전혀 그런 기회를 가질 수가 없었습니다.

다시 말씀드리지만 나는 그이를 사랑하고 있습니다. 그이가 이 세상을 하직한다면 나도 뒤따라 죽을 것입니다. 그이는 누구의 것도 아닌, 바로 나의 것입니다. 그이를 남에게 넘길 수밖에 없는 경우가 온다면, 넘기기 전에 그자를 죽여버리고 말 것입니다. 부모님을 버리고 정든 고향마저 헌신짝처럼 내동댕이치고 나는 오늘날까지 그이를 따라다녔습니다.

나는 천국을 믿지 않습니다. 하느님도 믿지 않습니다. 그이의 부활도 믿지는 않습니다. 왜 그이가 이스라엘의 왕이란 말입니까? 바보 같은 제자들은 그이를 하느님의 아들이라고 굳게 믿고, 하늘나라의 복음인지 뭔지를 그이로부터 전수받았다면서 한심스럽게도 흔희작약(欣喜雀躍)하듯 날뛰고 있습니다. 머지않아 크게 실망하게 되리라는 것을 나는 짐짓 알고 있습니다. 스스로를 높이는 자는 비겁하며 스스로를 낮추면 곧 절로 높아진다고 그이는 약속한 바 있지만 세상 일이 어디 그렇게 녹록한 것인가요? 그는 거짓말쟁이지요. 하는 말 한마디 한마디, 하나부터 열까지 모두가 엉터리지요. 나는 전혀 믿을 수 없습니다. 아니, 믿지 않습니다. 하지만 나는 그이의 아름다움만은 믿고 있습니다. 그렇게 아름다운 사람은 이 세상에는 전혀 없습니다. 나는 그이의 아름다움을 순수하게 사랑하고 있습니다. 그것뿐입니다. 나는 아무런 보수도 보상도 생각하고 있지 않습니다. 그이뒤를 늘 따라다니며 이윽고 천국으로 가까이 갈 때, 그때에는 어엿한 좌의정, 우의정이 된다며 내심으로 기대하는 그런 못난 자들의 근성을 나는 갖고 있지 않습니다.

나는 다만 그이로부터 떨어져서 살고 싶지 않을 따름입니다. 오로지 그이 곁에 있으면서 그이 목소리를 듣고, 그이 모습을 바라보는 것만으로 족합니다. 그리하여 가능하다면 그이가 설교하는 일을 그만두고 나와 단둘이 평생토록 오래 오래 살았으면 하는 소원뿐입니다. 아아, 그렇게만 된다면, 나는 얼마나 행복하겠습니까! 나는 이 세상의 기쁨만을 믿고 있습니다. 저 세상에서의 심판 따위는 전혀 두렵지 않습니다. 이 같은 내 무보수의 순수한 애정을 그이는 왜 받아들이지 않는 것인지요.

그러하오니 그 사람을 죽여주십시오. 나리! 거듭 말씀드리지만 나는 그 사람의 거처를 알고 있습니다. 언제든지 안내해드릴 수 있습니다. 그 사람은 나를 천대하고 증오하고 있습니다. 나는 미움을 받고 있습니다. 내가 그 사람이나 그 제자들의 모든 뒷바라지를 해주고 나날의 굶주림으로부터 벗어나게 해주었는데 왜 그런 나를 짓궂게도 경멸하고 있는 것일까요? 잘 들어주십시오.

바로 엿새 전의 일입니다. 그이는 베다니의 시몬 집에서 식사를 하고 있었습니다. 그 마을 마르다의 여동생 마리아가 나드의 향유(香油)를 가득 담은 석고로 만든 항아리를 들고 향연장에 몰래 들어왔습니다. 그녀는 순식간에 그 기름을 그분의 머리에 부어 발끝까지 온몸을 온통 적셔놓고는 그 실례를 전혀 사과하지도 않았습니다. 다만 말없이 차분히 웅크리더니 그녀 자신의 긴 머리칼로 그이의 젖은 두 발

을 정성스레 닦아드렸습니다. 향유 냄새가 온 방 안에 진동
하면서 이렇게 괴이한 풍경이 전개되었지 뭡니까. 나는 이
광경을 목격하고는 몹시 화가 치밀어 올라, "그 따위 무례한
짓 하지 마라, 다시 그런 못된 짓을 했다가는 가만두지 않겠
다!" 하고 소리를 질렀습니다. 그이가 입고 있는 의상에 온
통 향유로 범벅이 된 것도 문제이지만 이렇게 값비싼 기름
을 아무렇게나 엎질러버리다니! 값으로 따지면 3백 데나리
온 남짓이나 될 텐데…… . "이 기름을 팔아서 그 돈으로 가
난한 사람들에게 베풀었다면 얼마나 좋았을까, 이 바보 같
은 여자야." 나는 분을 참지 못해 계속 그녀를 야단쳤습니
다. 그러자 그이는 나를 못마땅한 듯 쳐다보며 말했습니다.

"그 여자를 질책하지 말지어다. 그녀는 매우 착한 일을
한 것이로다. 가난한 자에게 베푸는 일은 너희가 앞으로 두
고두고 할 수 있는 일이지만, 내게는 이런 베풂이 더 이상
있을 수 없는 일이며 이는 이 여자만이 알고 있는 일이로다.
그녀가 내게 향유를 부은 것은 내 장례를 준비할 때임을 알
리는 것임을 모두 알아야 하느리라. 온 세계 어느 땅에서도
나의 짧은 일생을 말하고 전할 때에는 반드시 오늘의 이 일
을 기념으로 말하게 되리라."

이렇게 말을 맺을 때의 그의 창백한 얼굴은 제법 벌겋게
상기되어 있었습니다. 하지만 나는 이분의 이 말을 믿지 않
았습니다. 늘 그렇듯이 그럴듯하게 과장된 하나의 연극이라

고 여기고 대범하게 흘려버리고 말았습니다만, 그때 그이의 목소리에서, 그리고 특히 그이의 눈빛에서 일찍이 보지 못했던 이상함을 느꼈습니다. 나는 순간 크게 당혹하였고 놀랍기도 했습니다. 사뭇 상기된 붉은 두 볼과 눈물이 고인 눈동자를 다시 또다시 응시하며 섬뜩한 생각마저 들었습니다.

아아, 불길하기 짝이 없어서 뭐라 말할 수 없는 지경이었습니다. 혹시 이처럼 미천한 백성, 그 여자에 대한 지극한 사랑의 표현이 아닐까. 아닐 것이다. 절대로 아니다. 그렇지만 좀 위구스럽다. 행여 조금이라도 그와 유사한 감정이라도 품은 것은 아니었는지? 생각이 생각의 꼬리를 물고 이어졌습니다.

저런 무지한 여인에게 그리 특별한 애정을 품었다고 한다면 그것은 뭐라 말할 수 없는 실태가 아니겠는가? 생각이 여기까지 미치자 그 일을 쉽게 되돌리기 힘든 큰 추문으로 여기게 되었습니다. 나는 치욕이 될 만한 감정의 냄새를 맡는 후각을 태생적으로 지니고 있지요. 나 자신도 이런 능력이 저속한 후각이라고 여겨 싫어하고는 있지만 나는 얼핏 보고도 사람의 약점을 간파하는 예민한 재능을 지니고 있습니다.

그이가 비록 미약하게나마라도 그 무식한 여인에게 특별한 감정을 느꼈다는 것은 틀림없는 사실입니다. 나의 눈은 결코 틀림이 없습니다. 확실히 그렇습니다. 엄연한 사실입니다. 아아, 참을 수 없는, 견디기 힘든 일이군요. 그이도,

그렇게 생각하는 나도 추악의 극치라고 여겨집니다. 그이는
이제까지 어떠한 여자가 호감을 가지고 다가와도 늘 의연하
고 물처럼 조용했습니다. 조금도 흐트러짐이 없었습니다.
뭔가가 뒤틀렸습니다. 너무나도 야무지지 못합니다. 그이도
아직은 젊으니까 그것이 크게 무리가 아니라고 할지 모르지
만, 그렇다면 나 역시 같은 나이입니다. 기껏해야 두 달 늦
게 태어났습니다. 같은 젊은 나이지만 나는 잘 견디고 있습
니다. 오직 그분에게만 마음을 바치고 있었을 뿐 아직껏 어
떤 여인에게도 마음을 준 적이 없습니다.

마리아의 언니 마르다는 마치 황소처럼 기골이 장대하고
성격도 매우 거칠어 여자로서는 전혀 건질 데가 없는 여인
입니다만, 동생 마리아는 몸집도 작고 피부는 투명할 정도
로 창백하며 수족도 작은 편이며 호수처럼 깊고 투명한 눈동
자는 늘 꿈꾸듯 멍청스레 먼 데를 바라보고만 있어서 그 마
을에서는 모두가 신비롭게 여길 만큼 품위 있는 여인이었습
니다. 나 역시 상점가에 들렀을 때엔 흰 비단 옷감이라도 사
다줄까 하는 생각을 하곤 했습니다. 아무튼 뭐가 뭔지……
아아, 도무지 모르겠습니다. 내가 지금 뭘 얘기하고 있는지
도……. 지리멸렬, 엉망진창, 무념(無念)의 상태입니다.

그이가 젊다면 나 역시 젊습니다. 나는 재능이 있습니다.
집도 밭도 지니고 있는 장래성 있는 어엿한 청년입니다. 그
런데도 나는 그이를 위해서 나의 그런 특권을 전부 내던지

고 그이에게 온 것입니다. 그러니까 사기를 당한 것이지요. 그 사람은 거짓말쟁이인 것입니다. 나리, 그 사람은 내 여자를 빼앗아 간 것입니다. 아니, 표현이 틀렸습니다. 그 여자가 나로부터 그이를 빼앗아 간 것입니다! 아, 아니, 그것도 틀렸습니다. 내가 지금 지껄이는 것은 모두 엉터리입니다. 어느 한마디도 믿지 마십시오. 아무것도 분별할 수가 없습니다. 미안하기 짝이 없군요. 어쩌다보니 뿌리도 잎사귀도 없는 것들을 씨부렁거리고 있군요. 사실이 아닌 추악한 일들을 뇌까리고 있습니다.

하지만 나는 왠지 분하기만 합니다. 가슴이 찢어질 듯이 분하기 짝이 없습니다. 왜 그런지 나도 모르겠습니다. 아아, 질투라고 하는 것이 얼마나 지독한 악덕인지 절감합니다. 내가 목숨을 버릴 만큼의 흠모로 그이를 존경하며 오늘날까지 추종해왔는데도 내게는 한마디의 부드러운 말도 건네주지 않고 도리어 그런 비천한 여인 앞에서 얼굴을 붉히고 있다니! 아아, 그 사람은 정말 단정하지 못해요. 뭔가 빗나갔다니까요. 이제 그 사람에겐 희망이 없습니다. 한낱 범부(凡夫)일 따름입니다. 그저 예사 사람인 것입니다. 이제 곧 죽어버린다고 해도 애석해하지 않을 겁니다.

이런 생각을 하다가 문득 공포감을 느꼈습니다. 악마에게 홀린 것도 같습니다. 그 이후로 그 사람을 차라리 내 손으로 죽여야겠다고 생각하기에 이르렀습니다. 언젠가는 남에게 살해될 사람임에 틀림없으니 말입니다. 또한 그 사람도 아무 때나 살해당해도 무방하다는 그런 태도를 문득문득 보이곤 하니까요. 그러니 내 손으로 살해해드려야 합니다. 남의 손으로 살해되도록 내버려두고 싶지 않습니다. 그 사람을 죽이고 나도 죽겠습니다. 큰 어른이시여, 울먹거리기도 하고 짜증 나는 소리만 지껄여서 부끄럽기 이를 데 없습니다. 이제 더 이상 울지도 투정하지도 않겠습니다. 네, 네. 그럼요. 차분하게 분명하게만 말씀드리겠습니다.

그 이튿날 우리는 예루살렘을 향해 출발했습니다. 차츰 군중들이 많이 모이기 시작했습니다. 노인도 젊은이도 그이의 뒤를 따라갔습니다. 이윽고 예루살렘 궁이 가까워지자, 그이는 한 마리의 늙어빠진 당나귀를 길바닥에서 발견했고, 반가운 듯 미소를 지으며 그 등에 올라탔습니다. '시온의 딸이여 두려워하지 말라. 보아라, 네 왕은 당나귀 새끼를 타고 오시는도다.' 하는 바로 그 예언대로라고, 제자들에게 환희에 찬 표정들을 지으며 가르쳤습니다만, 나 혼자만은 그게 마음에 안 들었습니다. 얼마나 처절한 모습이었는지 모릅니다.

기다리고 기다렸던 유월절 축제, 예루살렘 궁전으로 나아가는 행차가 과연 다윗의 아들다운 모습이었던가요. 그이가 일생 동안 그렇게도 염원했던 영광스러운 모습이 그 늙어빠진 당나귀의 둔탁한 발굽 소리에 맞추어 가까스로 나아가는 어설픈 경관이 돼버렸으니 말입니다. 나는 연민 외에는 아무런 감정도 느낄 수 없었습니다. 실로 비참하고 어리석은, 즉흥 촌극을 보고 있는 것 같았습니다. 아아, 이젠 이 사람도 쇠퇴일로를 치닫고 있습니다. 하루하루 연명할 뿐, 내일은 무슨 추태가 일어날 것인지……. 참 답답합니다.

꽃은 시들지 않을 때 꽃입니다. 아름답게 피어 있을 때 잘라주어야 하는 것이지요. 마찬가지지요. 그이를 가장 사랑하고 있는 것은 바로 나입니다. 어떠한 사람에게 미움을 받아도 상관없습니다. 하루라도 빨리 그이를 살해하지 않으면 안 되겠습니다. 이 괴로운 결심을 이제는 굳혀야 하겠습니다. 그에게 몰려드는 군중은 날로 그 수가 늘어나고 있습니다. 그이가 지나가는 도로마다 빨갛고 파랗고 노란, 갖가지 옷들이 내던져지기도 하고, 때로는 종려나무 이파리를 가는 길에 흩뿌리면서 미치광이처럼 환호하며 맞이하고 있습니다. 앞서기도 하고 뒤따르기도 하고 좌우로 달라붙기도 하면서 마치 큰 파도처럼 그이와 당나귀를 마구 흔들어대고 있습니다. "호산나, 다윗의 아들이여, 찬양할지어다. 우리 주의 이름으로 오시는 이여, 드높은 곳에서 아, 호산나!" 하며 열광적으로 노래를 부릅니다.

베드로나 요한이나 바돌로매, 그리고 그 밖의 모든 제자들은 이미 천국을 눈앞에 본 것처럼 바보스럽게도 마치 개선장군을 뒤따르듯이 넘쳐흐르는 환희에 흥이 넘쳐 서로를 껴안고, 큰 소리로 감격의 눈물을 흘리기도 하고, 입맞춤을 나누기도 했습니다. 베드로도 요한을 한껏 껴안고는 웃기도 하고 울부짖기도 하면서 쓰러져버렸습니다.

이 같은 광란의 광경을 보면서, 이들 제자들과 함께 고난의 가시밭길을 걸었던 선교의 나날이 떠올라 나도 모르게 눈시울이 뜨거워지기도 했습니다. 이리하여 그이는 예루살렘 궁에 입성하여 당나귀에서 내렸습니다. 그때 무슨 생각에서였는지 그이는 노끈을 집어 들더니 이를 마구 휘두르면서 궁의 경내에 있는 환전대, 비둘기 파는 자의 의자 등을 쳐서 넘어뜨렸습니다. 또한 팔려고 끌고 나온 소와 양의 무리를 궁 밖으로 몰아내면서 상인들을 향하여, "너희는 모두 사라져 없어져라. 내 아버지의 집을 상가로 만들어서는 아니 되느니라!" 하고 큰 소리로 외쳐댔습니다.

그토록 유순한 분이 이렇게 주정뱅이처럼 난폭하게 소리 지르는 행위는 납득할 수가 없었습니다. 곁에 있던 사람들도 모두 놀라, "어찌 된 일이옵니까?" 하고 물었으나, 그이는 숨 가쁘게 다시 외치기를, "너희는 이 궁을 허물어버릴지어다. 나는 사흘 안에 다시 궁을 지어 보이겠도다." 하고 호언 하였으니, 어리석은 제자들조차 너무나 당돌한 그 말을 차마 믿을 수 없다는 듯이 멍청하게 서 있기만 했습니다. 그 까닭은 그이의 치기 탓이었다고 여겨집니다. 자신의 신앙심과 기개를 사람들에게 그렇게라도 보이고 싶었던 것입니다. 그렇지만 끄나풀 채찍을 휘두르며 힘없는 상인들을 내몰다니 참 어처구니없는 일이었습니다. 그이가 할 수 있는 최대한의 반항이 기껏 그런 정도뿐이라니요. 고작 비둘기팔이의 목판을 내동댕이치는 정도의 일이어서야 되겠습니까. 나는 그이에게 그렇게 묻고도 싶었습니다. 이래서는 안 되지요. 자포자기한 것이지 뭡니까. 자중자애의 정신도 씻은 듯 사라져버렸습니다. 스스로의 힘으로는 더 이상 어찌할 수 없다는 것을 그이는 최근 들어 알기 시작한 모양입니다. 그래서 미처 약점이 드러나기 전에 일부러 제사장에게라도 붙들려 이 세상을 하직하고 싶어진 듯합니다. 나는 이를 알게 되었을 때 비로소 확실하게 그이를 단념할 수 있었습니다. 그리하여 그렇게나 제멋대로인 어린이를 이제까지 외곬으로 사랑해온 나 자신의 어리석음을 자조하면서 쉽게 받아들일 수 있었습니다. 이윽고 그이는 궁 앞에 모인 군중들 앞에서 이제까지 해온 말 가운데에서 가장 지독하고 무례하고 오만한 폭언을 마구 쏟아버렸습니다. 정말 그렇습니다. 될 대로 되라는, 그야말로 자포자기였습니다. 나는 그 모습을 보고 퍽이나 언짢았습니다. 죽고 싶어서 환장을 했다고 해야 할지.

"재난이 보이는 도다. 위선에 찬 율법학자여, 바리새인이여, 너희는 화를 입을 것이니, 술잔과 접시의 겉만을 깨끗이 닦아놓았지만 속은 탐욕과 방종에 가득 차 있도다. 율법학자와 바리새인 들아, 너희 같은 위선자에게는 곧 재해가 닥쳐오리로다. 위선에 찬 율법학자들아, 바리새인들아, 너희는 하얗게 회칠한 무덤과도 같으니, 겉으로는 아름답게 보일지 모르지만, 그 속에는 죽은 자의 뼈와 숱한 더러운 것으로 가득 차 있도다. 이와 같이 너희도 겉으로는 바르게 보이지만 그 속은 위선과 불법으로 가득 차 있도다. 뱀과 살모사의 후예들이여, 너희는 서로 다투어 게헤나[1]의 형벌을 면치 못하리로다. 아아, 예루살렘, 예루살렘아…… 예언자들을 죽이고, 남은 자들을 돌로 치는구나. 암탉이 병아리들을 날개 밑에 품듯이 내가 너희 자식들을 끌어안으려 얼마나 애썼더냐. 하지만 너희는 이를 마땅히 여기지 않았도다."

참 바보스러운 말입니다. 말도 안 되지요. 입으로 흉내 내기조차 역겹습니다. 정말 어처구니없는 말만 뇌까립니다. 그 사람은 이미 미친 것입니다. 그 밖에도 기근이 닥쳐온다, 지진이 곧 일어난다, 별이 하늘에서 흩어져 떨어지고, 달은 빛을 잃게 되며, 땅에 가득 찬 시신들의 둘레에는 이를 먹으려는 독수리들이 마구 모이게 되나니 사람들은 그때엔 애통해하고 이를 갈게 될 것이라는 둥, 실로 얼토당토않은 폭언을 함부로 거침없이 뱉기도 했습니다. 그 얼마나 사려 부족한 말입니까. 상상도 너무 지나칩니다. 바보스럽지 않습니까. 멋대로입니다. 이젠 저 사람의 죄는 결코 면해질 수 없습니다. 반드시 십자가에 매달릴 수밖에 없습니다.

---

1 지옥.

제사장이나 백성들의 장로 들이 대제사장인 가야바 댁의 안뜰에 비밀리에 모여 그 사람을 사형시키기로 결의했다는 소문을 나는 어제 상인으로부터 들었습니다. 만일 군중들 눈앞에서 그 사람을 체포할 경우, 혹시라도 폭동이 일어날지도 모르므로 그 사람과 제자들만이 있는 곳을 알아내어 포도청에 알려주는 자에게는 은화 30냥을 포상한다는 말도 귀담아 들었습니다. 이제 시간이 촉박합니다. 그 사람은 어차피 곧 죽는 몸입니다. 다른 사람들의 손에 끌려가게 하느니 내 손으로 해야겠습니다. 이것이 오늘날까지 쏟아온 한 가닥 애정에 대한 나의 마지막 인사이며, 나의 의무이기도 합니다. 내가 그 사람을 팔아주어야겠습니다. 괴로운 입장입니다. 누구 하나라도 나의 이 일편단심 지극한 사랑의 행위를 바르게 이해해줄까요? 생각이 여기에 미치자, 곧 다시 이런 생각으로 바뀌었습니다. 아니, 아무도 알아주지 않는다 해도 상관없다.

나의 애정은 순수한 것입니다. 남에게 이해받기를 바라는 그런 애정이 아닙니다. 그런 하잘것없는 사랑이 결코 아닙니다. 나는 영원히 사람들의 미움을 받을 것입니다. 하지만 이 순수한 사랑 앞에서는 어떠한 형벌도, 어떠한 지옥의 불꽃도 문제가 되지 않을 것입니다. 나는 나대로의 삶의 방식을 관철하려고 합니다. 몸부림칠 만큼 굳게 결의했습니다. 나는 조용히 더 적당한 기회를 살펴보고 있었습니다.

드디어 제삿날이 되었습니다. 우리 사제 열세 명은 언덕 위에 자리한 오래된 요릿집의 어둠침침한 2층 방을 빌려 연회를 열기로 했습니다. 모두들 식탁에 앉아 잔치를 위한 만찬을 막 시작하려는데 그 사람이 갑자기 일어나더니 잠자코 윗도리를 벗었습니다. 우리는 도대체 무엇을 하려 하는 것인지 미심쩍게 바라보고만 있었지요. 그러자 그 사람은 탁상 위의 물병을 손에 쥐고 그 물병에 담긴 물을 방구석에 있는 작은 세숫대야에 붓고는 새하얀 수건을 손수 허리에 차고 세숫대야 물로 제자들 발을 순번대로 씻어주었습니다. 제자들은 그 까닭을 알 수 없어 망설이고 어영부영 어찌할 바를 몰랐습니다. 하지만 나는 뭔가 그이의 감춰두었던 생각을 조금은 알 것 같았습니다. 그이는 무척이나 쓸쓸한 것입니다. 극도로 기운이 쇠약해져 이제는 무지하고 어리석은 제자들에게조차도 기대고 싶은 심경임이 틀림없습니다. 정말이지 연민을 느낍니다. 그이는 피할 수 없는 자신의 운명을 짐짓 알고 있는 것입니다. 그런 모습을 보며 나는 갑자기 강력한 오열이 밀려와 목이 막히는 듯 아찔해졌습니다. 금방이라도 그이를 꽉 끌어안고 함께 한껏 울고 싶은 충동을 느꼈습니다.

아아, 견딜 수가 없습니다. 당신은 결코 벌을 받아서는 안 됩니다. 당신은 언제나 우아했습니다. 당신은 언제나 올바르셨습니다. 당신은 언제나 가난한 자들의 편이었습니다. 그리고 당신은 언제나 빛이 나고 아름다웠습니다. 당신이야말로 어김없는 하느님의 제자이십니다. 나는 이를 익히 알고 있습니다. 용서하여주십시오. 나는 당신을 팔아먹기 위해 요 이삼일 동안 기회만 노리고 있었습니다. 지금은 그렇게 하기 싫어졌습니다. 당신을 팔다니요! 어쩌면 그런 어처구니없는 생각을 했을까요? 하지만 이제 안심하십시오. 이제부터는 5백 명의 관리나 1천 명의 군졸 들이 몰려와도 그놈들이 당신의 몸에 손가락 하나 대지 못할 것입니다. 사제들은 당신을 노리고 있습니다. 아주 위태롭습니다. 지금 곧 이곳에서 도망치십시오. 베드로도 이리 오라, 요한도 이리 오라, 그리고 모두들 모여라, 우리의 아름다운 주님을 보호하여 평생토록 잘 살아보자꾸나! 마음속 깊은 곳에서 우러나오는 사랑의 말은 비록 입 밖으로 나오지는 못했지만 내 가슴속에서는 마구 용솟음치고 있었습니다. 나는 오늘날까지는 미처 느끼지 못했던 일종의 숭고한 영감에 흠뻑 젖었고, 뜨거운 사죄의 눈물이 흥건하게, 그리고 호젓하게 내 뺨을 적셨습니다. 이윽고 그이는 내 다리도 조용히, 정성스럽게 씻겨준 다음 허리에 두른 수건으로 부드럽게 닦아주었습니다.

아아, 그때의 감촉은! 그렇습니다. 나는 그때 천국을 본 듯도 합니다. 나 다음으로는 빌립의 발을, 그다음으로는 안드레의 발을, 그러고는 다음으로 베드로의 다리를 씻을 순번이었는데, 베드로는 그처럼 어리석은 정직쟁이이므로 미심쩍은 마음을 감출 수가 없었는지, "주여! 님은 어찌하여 제 발 따위를 씻어주려 하시나이까?" 하고 다소 불만스럽게 뾰족한 질문을 던졌습니다.

그이는, "아아, 내가 하는 일은 너희에게는 모를 일이로다. 나중에 알게 되리라." 하고 조용히 말하면서 베드로의 다리 밑에 주저앉았습니다. 하지만 베드로는 다시 완강하게 이를 거부하면서, "아니요, 아니 되옵니다. 영원히 저의 발 따위를 씻어주셔서는 아니 되옵니다. 송구스럽나이다." 하고 공손히 말하면서 다리를 대야에서 치워버렸습니다.

그러자 그이도 억양을 좀 더 높여, "아니다. 내가 만일 너의 발을 씻지 않는다면 너와 나는 더 이상 아무런 관계도 없게 되는 것이니라." 하고 매우 강하게 말을 던졌고 그러자 베드로는 사뭇 당황한 듯, "아아, 죄송하옵니다. 그렇다면 제 다리만이 아니라 손도 머리도 마음대로 닦아주십시오." 하며 엎드려 부탁드렸습니다. 다른 제자들도 그제야 미소를 짓게 되었으며 방 안 분위기도 밝아지는 듯했습니다.

그이도 살짝 웃으면서, "베드로여, 발만 씻어주어도 그것으로 네 몸 전체가 씻어지는 것이로다. 아아, 너만이 아니라 야곱도, 요한도, 모두가 더럽혀지지 않는 해맑은 몸이 되는 것이니라. 하지만……." 그이는 말을 머뭇거리다가 허리를 펴더니, 순간, 고통을 가까스로 견디는 듯 매우 서글픈 눈빛을 보이고는 이내 그 눈을 굳게 닫고 눈을 감은 채로 말을 이었습니다.

"여기 있는 모두가 깨끗하다면 그것으로 족한 것이지만……." 나는 이 말에 혼비백산하는 것만 같았습니다. 당했구나! 바로 나를 말하고 있구나. 내가 그이를 팔아먹으려고 꾀했던 바로 직전의 어두운 기분을 꿰뚫어본 거다. 하지만 지금은 그때와는 다르다. 단연코 다르다. 나는 달라진 것이다! 나는 깨끗해진 것이다. 내 마음이 달라진 것이다. 아아, 그이는 그것을 미처 모르고 있구나. 모르고 있어! 틀렸어, 틀렸다고요! 목까지 치밀어 오른 절규를, 나의 허약한 비굴함을 침을 삼키듯 목 너머로 넘겨버리고 말았습니다. 말할 수 없어. 아무 말도 할 수 없다고. 그이가 그렇게 말한 것으로 보아 나는 역시 깨끗해지지 않았을지도 모르겠어. 힘없는 긍정이 머리를 내밀자 순간 그 비굴한 반성이 추악하고 검게 부풀어 올라 내 오장육부를 부글부글 끓게 하더니 역으로 분노의 불길이 마구 타오르기 시작했습니다.

틀렸습니다. 나는 어차피 틀린 것입니다. 그이에게 마음속으로부터 혐오를 받고 있으니 말입니다. 그 사람을 팔자, 팔아야 한다. 죽여버려야 한다. 그러고는, 나도 함께 따라 죽는다. 종전의 결의를 재확인함으로써 철저히 복수의 귀신이 되어버렸습니다.

그 사람은 나의 속마음이 두세 차례 마구 뒤바뀌는 대혼란을 감지하지는 못한 듯, 이윽고 윗도리를 걸치고 옷깃을 여민 다음 차분히 자리에 앉아 매우 창백한 얼굴로 말했습니다. "내가 너희의 발을 씻어준 까닭을 이제는 알겠느냐? 너희는 나를 주라 하고 또한 스승이라고 호칭하고 있는데 그런 뜻의 말임에는 틀림이 없다. 나는 너희의 주이며, 또한 스승이거늘 그럼에도 너희의 발을 씻어주었으므로, 너희도 이제부터는 서로 사이좋게 발을 씻어주려는 마음가짐을 지녀야 하느니라. 나는 너희와 언제까지나 함께할 수 없을지도 모르니, 이제 이 기회에 너희에게 모범을 보여준 것이니라. 내가 한 대로 너희도 그렇게 하도록 힘쓸지어다. 스승은 반드시 제자보다 앞서야 하는 것이므로 내가 한 말을 잘 듣고 결코 잊지 말지어다."

이렇게 퍽이나 근심스러운 어조로 말하고는, 소리 없이 식사를 시작하다가 문득 생각한 듯이, "너희 가운데 한 사람이 나를 팔았도다." 하고, 얼굴을 식탁에 묻고 신음하듯, 흐느끼는 듯 괴로운 목소리로 말을 내뱉으니, 제자들 모두가 소스라치게 놀라 일제히 자리를 박차고 일어나 그이의 주변에 모여들어, "주여! 제게 말씀하시는 것입니까? 주여 그것은 제게 하신 말씀입니까?" 하고 의아해하고 분노하며 떠들어대자, 그이는 죽어가는 듯 고개를 저으며 가녀린 목소리로, "내가 이제 그자에게 한 조각의 빵을 먹일 것이니라. 그자는 매우 불량한 사내이니라. 그자는 참으로 이 세상에 태어나지 않았으면 좋았을 것이로다." 의외로 또렷한 어

조로 말을 끝맺은 다음 한 조각의 빵을 손에 쥐고 팔을 가까
스로 벌려 어김없이 내 입에 구겨 넣었습니다.

　나도 이미 대담해져 있었습니다. 부끄럽다기보다는 증오
했습니다. 그 사람의 능글맞은 행위를 증오한 것입니다. 이
처럼 많은 제자들 앞에서 대놓고 공공연하게 내게 수치심
을 안기는 따위의 짓거리는 그 사람이 늘 해오던 수법인 것
입니다. 물과 불처럼 영원히 상극일 수밖에 없는 숙명이 나
와 그자의 사이에 있는 것입니다. 개가 고양이에게 주듯이
한 조각의 빵 부스러기를 내 입에 쑤셔 넣는 것, 그것이 고
작 그 녀석의 분풀이였던가. 어처구니없는 바보 같은 녀석!
나리, 그자는 내게, 네가 하려는 짓을 어서 빨리 하라, 하더
군요. 나는 곧 요정을 뛰쳐나와 저녁노을이 지는 길을 뛰고
또 뛰어 이제 막 이곳에 도착했습니다. 그리하여 서둘러 고
해 바친 것입니다. 아아! 그 사람을 벌해주십시오. 마음대
로 처벌해주십시오. 포박하고 매질하고 발가벗긴 후에 죽이
는 게 좋을 것입니다. 이제 더 이상 참을 수가 없습니다. 저
자는 정말 싫습니다. 엉뚱한 녀석입니다. 나는 이제까지 그
렇게 놀림만 당해왔습니다. 괘씸한지고! 그자는 지금 기드
론 시내 저편의 겟세마네 동산에 있습니다. 이미 2층 요정
의 만찬도 끝났고 제자들과 함께 겟세마네 동산에 이르러서
아마도 지금쯤은 하늘에 기도를 드리고 있을 시각입니다.
제자들 이외에는 아무도 없습니다. 아무런 어려움 없이 그

자를 잡아들일 수 있습니다.

아아! 새들이 유난스레 울부짖어 귀찮아 죽겠습니다. 오늘 밤에는 왜 이다지 밤새들의 지저귐이 귀에 거슬리는지. 내가 뛰쳐나와 달리던 중에도 숲에서 새들이 무척이나 요란스레 지저귀었습니다.

밤에 우짖는 새들은 참 드물지요. 나는 어린아이 같은 호기심으로 밤새들의 정체를 제대로 알고 싶어 살펴보곤 했습니다. 참 쓸데없는 얘기만 뇌까리고 있군요. 죄송합니다.

어르신, 준비는 되셨는지요. 아아, 이젠 즐겁습니다. 오늘 밤은 나 역시 마지막 밤입니다. 나리, 오늘 밤 이제부터 나와 그 사람이 어엿하게 어깨를 나란히 하고 서 있는 광경을 봐주십시오. 나는 오늘 밤 그 사람과 당당히 어깨를 나란히 하여 서 있어 보렵니다. 그 사람을 두려워할 아무런 이유도 없으니까요. 나를 비하할 이유도 없고요.

나는 그 사람과 나이가 같습니다. 동갑내기의 뛰어난 청년입니다. 아, 새들의 떠드는 소리가 귀찮습니다. 귀에 쟁쟁거려 짜증이 납니다. 왜 이렇게 새들이 떠들고 있는 것인지요. 짹짹거리며 도대체 무엇을 떠들고 있는지 모르겠습니다. 아니, 이 돈을 내게 주시는 것입니까? 그래, 내게 은화 30냥을요? 하하……. 싫습니다. 사양합니다. 나는 돈이 필요해서 고발한 게 아닙니다. 잠자코 있으라니요? 아니요, 죄송합니다. 그럼 받기는 하겠습니다. 그렇지요. 나는 장사꾼이니까요. 나는 늘 돈 때문에 우아한 그 사람으로부터 경멸을 받았으니까요. 그러니 받지요. 나는 어쩔 수 없는 장사꾼이지요. 혐오스럽다고 여겨온 금전으로 그 사람에게 보란 듯이 복수해야겠습니다. 그렇게 하는 것이 내게 가장 알맞은 복수 수단이지요. 보아라, 이 얼간이야, 은화 30냥으로 얼간이는 팔려간다! 나는 조금도 울지 않을 거다. 나는 그 사람을 결코 사랑하지 않았습니다. 처음부터 추호도 사랑하지 않았습니다. 네, 어르신, 나는 거짓말만 지껄이고 있었습니다. 나는 돈이 필요해서 그 사람 꽁무니를 따라다녔습니다. 그렇지요, 틀림없습니다. 그 사람이 조금도 내게 벌이를 하게 해주지 않고 있다는 것을 확인한 만큼, 장사꾼으로서 잽싸게 마음을 바꾼 것입니다. 나는 인색한 장사꾼입니다. 욕심꾸러기이기도 하고요. 네, 고맙습니다. 네, 네, 하고 감사드리지요. 나의 이름은 장사꾼 유다. 헤헤, 이스카리오테의 가롯 유다입니다.

알테 하이델베르크 |1940|

老 ハ イ デ ル ベ ル ヒ

8년 전의 일이었습니다. 그 무렵, 나는 매우 나태한 제국 대학교 학생이었습니다. 어느 해 여름을 도카이도 미시마라는 곳에서 지낸 적이 있습니다. 고향의 누이로부터 50엔을 '이게 마지막'이라고 다짐받고 가까스로 송금받아, 학생 가방에 겉옷, 셔츠, 내의 등을 챙겨 넣고는 달랑 가방 하나를 든 채 하숙집을 나왔습니다. 그냥 그대로 기차를 탔더라면 좋았을 텐데, 방향을 잘못 잡아 단골 선술집으로 발걸음을 옮겨버렸습니다.

그곳에는 때마침 친구 셋이 와 있었습니다. 야, 야, 도대체 어디를 간다는 거냐. 이미 취해 있는 친구들은 나를 가만두지 않았습니다.

나는 사뭇 당황하여, 아니, "특별히 어디를 가겠다는 것

은 아니지만, 아, 그래, 너희도 같이 가지 않을래?" 이렇게
마음에도 없는 권유가 문득 입 밖으로 나와버렸습니다. 그
러고는 기세를 몰아, "내겐 말이야 지금 50엔이 있단 말이
야. 고향의 누나가 보내줬다고. 이제부터 모두 함께 여행을
떠나자. 가자!" 하며 마치 자포자기라도 한 것처럼 망설이
는 친구들을 끌어 잡아당기듯이 하며 억지로 길을 나섰습니
다. 그 뒤는 어떻게 될 것인지 나조차 알 수 없었습니다. 그
무렵만 해도 나는 무척이나 활기 넘치는 아이였습니다. 세
상도 역시 그런 우리의 기개를 그런대로 받아주던 때였지
요. 실은 그때 나는 미시마에 가서 소설을 쓸 작정이었습니
다. 미시마에는 내가 잘 아는 다카베 사키치 군이 사는데,
나보다 두 살 연하의 청년이지요. 술집을 하고 있답니다. 다
카베의 형은 누마즈에서 큰 양조장을 경영하고 있지요. 다
카베는 그 집안의 막내인데, 나와는 우연히 알게 되었습니
다. 나도 막내이고 또한 일찍 아버지를 여의었으므로 그와
는 어쩐지 이심전심으로 말이 잘 통했지요. 그의 형과도 만
난 적이 있는데, 배포가 무척 큰 호인이었습니다. 다카베는
집안의 사랑을 독점하고 있는데도 불평이 많은 듯, 집을 뛰
쳐나와 도쿄의 내 하숙집에 싱글벙글 웃으면서 놀러 온 적
도 있었습니다.

그런 다카베가 이래저래 엎치락뒤치락하다가 그런대로
안정을 되찾아 미시마 시 변두리에 그럴싸한 집 한 채를 장

만해 형의 도움으로 그 근방에서 술 소매상을 시작하기에
이른 것입니다. 스무 살 된 여동생과 단둘이 살고 있지요.
나는 그 집에 가 있을 작정으로 집을 떠난 것입니다. 편지를
통해 그 집 형편을 대강 알고 있을 뿐, 아직 가본 적도 없는
터이므로 가보고 형편이 마땅치 않으면 곧 돌아올 것이고
형편이 괜찮다면 한 여름을 신세 지며 소설 한 편쯤 쓰고 오
리라 생각했는데, 생각지도 않았던 세 친구를 끌고 가게 되
었으니……. 어쨌든 미시마행 기차표를 넉 장 끊어 친구들
을 앞세워 막상 기차를 타기는 했으나 걱정이 앞섰습니다.
이렇게 여럿이서 다카베의 작은 술집에 가도 될지……. 기
차가 달려갈수록 내 불안은 커져만갔습니다.

　날은 차츰 저물어가고 미시마 역 가까이에 거의 당도할
무렵에는 너무나도 한심스러워 몸이 뻣뻣이 굳어가는 듯 몸
살기가 나며 눈물마저 흘렀습니다. 나는 이 같은 불안감을
친구들에게까지 굳이 알리고 싶지는 않았습니다. 그래서 열
심히 다카베의 인품을 자랑하며 미시마에 가면 재미있는 일
이 있을 것이라는 둥 스스로도 짜증 날 만큼 얼토당토않은,
그야말로 무의미한 말을 되뇌고 있었지요. 떠나기 전에 다
카베에게 전보를 쳐놓기는 했지만 과연 미시마 역에 마중을
나와줄는지……. 혹시 안 나왔다면 이 세 친구를 끌어안고
어떻게 해야 할 것인지……. 내 면목은 땅에 떨어지고 말겠
지요. 미시마 역 개찰구를 나오자 역 대합실에는 아무도 없

고 텅 비어 있어 오싹하기까지 했습니다. 아아, 이런 어리석
은…… 나는 정말 어쩔 수 없는 놈이다! 나는 속으로 마구
울부짖었습니다. 채소밭 한가운데 덜렁 역이 있었을 뿐 미
시마 마을의 등불 하나 보이지 않았습니다. 어느 쪽을 두리
번거려도 먹칠한 듯 캄캄했습니다. 논밭을 어루만지는 바람
소리가 어슴푸레 들리고 개구리 우는 소리도 가슴에 아프
도록 스며들어 어찌할 바를 몰랐습니다. 다카베가 안 보이
는 이 시골에서 뭘 어떻게 한단 말입니까. 기차 운임과, 그
밖에도 하잘것없는 것들을 위해 쓰다보니 누이에게서 받은
50엔도 이제 적잖이 줄었고 친구들은 물론 가진 게 없을 텐
데…… 그런데도 내가 억지로 이들을 끌고 온 데다가 다들
나를 찰떡같이 믿고 있는 듯하니 내가 자신 있는 태도를 보
여야겠고…… 정말이지 괴롭기 짝이 없는 입장이었습니다.
나는 억지로 깔깔대고 웃으면서,

"다카베, 이 녀석 참 굼벵이네, 아마 시간을 착각했을 거
야. 그리고 이 역에는 원래 마을로 가는 버스로 뭐고 없다는
거야." 이렇게 아는 체하며 가방을 메고 앞장서서 걷기 시
작했지요. 그런데 앞을 분간할 수 없는 먹칠한 듯한 어둠 속
에서 으슴푸레한 노란 헤드라이트가 떠오르더니 춤추듯이
흔들거리며 이쪽으로 헤엄쳐 오고 있었습니다.

"아아, 버스다. 언제 버스가 다니게 됐지?" 나는 멋쩍게
씨부렁거리고는, "버스가 온 것 같으니 어서 저걸 타자!"라

고 친구를 호령했습니다. 모두들 갓길에 줄지어 서서 느리게 달려오는 버스를 기다리고 있었습니다. 이윽고 버스는 역전 광장에 멈췄고, 사람들이 다 내렸는데, 마지막으로 다카베가 하얀 유카타를 걸친 채 내려오는 게 아닙니까. 나는 가슴을 쓸어내리고 한숨을 쉬었습니다.

다카베 덕분에 살았습니다. 그날 밤은 다카베의 안내로 택시를 타고 30분 남짓 거리에 있는 고나(古奈) 온천엘 갔습니다. 세 친구와 다카베, 그리고 나, 다섯 사람은 고나에서도 가장 좋은 숙소에서 하룻밤을 보내며 먹고 마시며 즐겼습니다. 친구들도 크게 만족한 듯했고, 이튿날 '고맙다, 고맙다' 인사를 연발하며 도쿄로 되돌아갔지요. 여관비도 다카베 덕분에 특별히 싼값으로 치러 내 가난한 호주머니로도 충분했습니다. 하지만 친구들의 돌아가는 기차표를 지불해 주고나니 이제 30전도 채 남지 않았습니다.

"다카베, 난 이제 가난뱅이가 돼버렸다. 미시마의 네 집엔 내가 잘 방이라도 있니?"

다카베는 아무 말도 하지 않고 내 등을 두드렸습니다.

그러고는 그 해 여름을 나는 미시마의 다카베 집에서 보냈습니다. 미시마는 고즈넉이 아름다운 마을이었습니다. 마을 구석구석까지 맑은 시냇물이 마치 거미줄마냥 종횡무진 흐르고 있고, 시냇물 속에는 싱싱한 수조(水藻)가 자라고 있으며, 이런 물줄기가 각 가정의 정원은 물론 부엌에까지 뻗처 있는 천혜의 고장이지요. 그래서 이곳 사람들은 이 물로 설거지도 하고 빨래도 하고 있습니다. 옛날에는 도카이도에서도 가장 손꼽히는 휴양지였다고 하는데 지금은 고풍스러운 마을로 토박이들이 그나마 간신히 옛 전통을 지키고 있습니다. 이를테면 '멸망해가는 백성들의 명예로운 나태'에 빠져 있다고나 할까요. 먹고 노는 한량들이 많이 사는 고장입니다. 다카베의 집 뒤쪽에 때로는 이틀장이 벌어지기도 하는데, 한번 가보았지만 참으로 어처구니없는 풍경들이 벌어지고 있어서 그만 발길을 돌려버리고 말았습니다. 이것저것 할 것 없이 다 팔아치워버리고 있었습니다. 타고 온 자전거를 팔고 가지를 않나, 그걸로 모자랐나, 짐짓 할아버지가 품에서 하모니카를 꺼내 5전에 파는 등 기괴했습니다. 오래된 달마의 족자도 있고, 은도금한 시곗줄, 장난감 기차, 모기장, 페인트 그림, 바둑판, 옷가지 등 갖가지 중고품들이 마구 쌓여 있습니다. 아이들 산의(産衣) 마저도 17전이다, 20전이다 하며 묻지도 않고 마구 팔아넘겼지요. 찾아드는 사람은 40대부터, 50, 60대의 중노년층 남자들로, 술값을 마련하려고 집에서 몰래 가지고 나온 물건들인 것 같았습니다. 탁주 다섯 홉을 마시고 싶어 염주를 단돈 2전에 팔고 가는 노인도 있는가 하면, 그중에서도 심한 것이, 미처 세탁하지 못한 여인의 겉옷을 아무렇게나 구겨 넣어 가지고 와서 파는 고상한 얼굴의 대머리 노인이었습니다. 거의 '될 대로 돼라' 식의 자포자기의 심정으로, 그렇게 해서 푼돈을 되는 대로 받아 근처에 가서 술에 곤드레한 다음에야 집으로 돌아가곤 한답니다. 매일 아침부터 이런 부류의 인간들이 다카베의 술집에도 많이 들르지요. 다카베는 겉으로는 고집스러워 보이지는 않지만 그래도 싸움판에 강하답니다. 이곳에선 술기운에 이따금 심한 싸움판도 벌어지게 됩니다만, 그럴 때마다 다카베는 나를 곧잘 팔아넘깁니다. 내가 2층에서 소설을 쓰고 있을 때면, 다카베는 한층 큰 소리로,

"2층에 머무르고 있는 손님은 대단한 장사야. 도쿄의 긴자 뒷골목에서도 힘깨나 쓰는 분이라고. 주먹질엔 적수가 없지. 감방에 곧잘 드나들어. 가라테 유단자라니 뭐. 이 기둥 좀 보라고. 움푹 파였잖아. 위층 손님이 살짝 건드렸는데도 이렇게 자국이 생겼다니까." 하며 얼토당토않은 거짓말을 마구 쏟아놓곤 하지요. 나는 하도 어이가 없어서 바로 내려가 다카베에게,

"왜 그런 터무니없는 얘기를 해? 내가 얼굴을 들고 내려갈 수 없지 않아." 하고 불만을 털어놓으면 다카베는 피식 웃으면서,

"아니 원, 누구 하나 내 말을 참말로 아는 줄 알아요? 처음부터 거짓말이라고 알고 재미있어 한다니까요."

"그래? 예술가들만 여기 오는 모양이구먼. 그래도 이제 고만해. 그런 거짓말을 들으면 내가 안정이 안 되니까 말이

야." 그렇게 꾸짖고는 다시 2층으로 올라가 '로마네스크'라는 제목으로 시작하는 소설을 쓰고 있노라니, 다시 다카베의 한층 높은 목소리가 들려왔습니다.

"술이 세기로 말한다면 2층 손님을 당할 자가 아마도 여기엔 없을 거야. 매일 밤 두 홉들이 술병 세 개쯤은 거뜬히 마시고도 얼굴이 좀 붉어질 뿐 끄떡도 하지 않으니까 말이야. 그러고는, 야, 다카베, 온천 탕에 가자, 그리 조르거든. 탕에 가서는 유유히 큼지막한 일본도로 수염을 깎는다고. 대단하지? 그런데도 상처 하나 내지 않고 거뜬히 끝내고도 내 수염까지 단숨에 깎아주니 말이야. 그리고 집에 돌아와선 다시 글 쓰는 작업을 한다고. 대단하지?"

이 역시 새빨간 거짓말이지요. 매일 밤 내가 아무 말 없어도 저녁 밥상에 두 홉들이 도쿠리 술병이 꼭 놓이지요. 호의가 고마워 나는 이내 술병을 비우곤 하고요. 형님 양조장에서 직접 배달된 술인지라 도수가 높아 여느 술에 비하면 다섯 홉쯤 마시면 곧 취기가 돈답니다.

다카베는 자기 집 술은 아예 마시질 않습니다. 형이 양조장으로 부당한 소득을 올리려고 만든 술이니까 마시기 싫다면서 술을 마시고 싶을 때엔 바깥에 나가 다른 술집에서 마시고 돌아오지요. 그러니까 집에서 나 혼자만이 술에 취해 있곤 해서 두 홉쯤 마시고는 곧 식사를 하지요. 식사를 마치기 바쁘게 다카베는 올라와 목욕하러 가자고 조르지요. 사양하기도 그렇고 해서 으레 따라가곤 하지만 취기 때문에 정말 힘이 듭니다. 적당히 물만 끼얹고 곧 탈의실로 가려 들면 나를 붙들고는, 형님, 면도를 해드리지요, 합니다. 그리 졸라대면 기꺼이 응하는 체할 수밖에 없지요. 취기가 가시지 않은 채 집에 돌아와서 원고를 써보려고 하지만 고만 졸음이 와서 곧 쓰러져 자고 말지요. 다카베는 이런 나를 번연히 알면서도 왜 그렇게 마구 자만할까요?

미시마에는 유명한 미시마 신사가 있습니다. 해마다 한 번씩 크게 열리는 축제가 차츰 가까워오고 있습니다. 다카베의 가게에 모이는 젊은이들도 이 축제의 임원들이어서 여러 가지 계획을 논의하고 있는 것 같습니다. 춤추는 무대, 데코마이[1], 다시[2], 불꽃놀이 등 옛날부터 전통이 있다고 합니다. 특히 '물불꽃놀이'라는 놀이도 있다고 하는데, 이는 신사의 연못 한가운데에서 하는 불꽃놀이로, 화사한 불꽃들이 연못 수면에 반사되어 마치 불꽃이 연못 속에서 용솟음치는 듯이 보인다고 합니다. 어림잡아 1백 종류가 넘는 불꽃놀이의 명칭이 발파 순서대로 적혀 있는 전단이 각 가정에 배포되면서 축제 분위기는 이 가난한 마을의 구석구석까지 어쩐지 어설프게 두근거리게 하고 있는 듯이 느껴지

---

1 무녀들이 남장을 하고 손에 곤봉을 쥔 채 노래 부르며 추는 춤.
2 축제 때 쓰는 장식용 수레.

지요. 축제 당일, 날씨는 쾌청했습니다. 나는 우물가에 가서 세수를 했지요. 옆에 있던 다카베의 여동생이 마침 빨랫감을 걷다가 새 수건을 건네며, "축제를 축하합니다." 하고 인사를 했습니다. 나도, "아아, 축하합니다." 하고 자연스럽게 인사말을 주고받았습니다. 다카베는 하오리도 걸치지 않은 채 평상복 차림으로 술집 일을 보고 있었는데, 가게를 찾는 젊은이들은 하나같이 화사한 파도 무늬의 유카타를 걸쳤고, 옆구리에는 단선(團扇)을 차고, 이마에 두를 수건들을 목에 걸고는, 아, 반갑습니다, 축하합니다, 하고 밝은 표정으로 웃으면서 다카베와 인사를 나누고 있더군요. 이날엔 나역시 아침부터 어쩐지 기분이 차분하게 가라앉아 좋았지만, 그렇다고 젊은이들과 함께 축제용 수레를 타거나 끌기도 쑥스러워 위층에 올라가 하릴없이 왔다 갔다 하고 있었습니다. 그러다가 창가에 기대어 뜰 안을 굽어보니 무화과나무 그늘 아래에서 다카베의 여동생이 오빠의 세탁물을 무심코 빨고 있는 모습이 보였습니다.

"사이야, 축제에 가보지그래?"

내가 큰 소리를 지르며 말하자, 사이는 뒤돌아보며 웃었습니다.

"나는 남정네들이 질색이거든요." 그렇게 큰 소리로 대답하고는 또 빨래를 하기 시작하다가,

"술꾼들은 술집 앞을 지날 때면 오싹하리만큼 이상한 기

분이 든다지요? 나도 그런 기분이에요." 이번에는 겸연쩍은
듯 낮은 목소리로 말하고는 웃고 있는 듯 어깨가 조금씩 움
직이고 있는 것 같았습니다. 그녀의 나이는 스물이지요. 그
런데 스물두 살인 다카베나 스물네 살인 나보다도 한결 어
른스러운 그녀는 태도가 깔끔하고 의젓합니다. 마치 우리의
감독 같다고나 할까요. 다카베도 이 날은 좀 어수선한 듯 마
을의 젊은이들과 함께 어울리기도 그렇고, 더욱이 정장을
하는 것은 자존심이 상하기라도 하는 듯이, "아아, 축제가
다 뭔지. 오늘은 가게를 쉬어야지. 누구한테 술 파나 봐라."
하고 혼자서 중얼거리더니 자전거를 타고 어딘가로 가버렸
습니다. 얼마 있다가 내게 전화가 걸려왔지요. 이따금 갔던
그곳으로 오라는 것이었습니다. 나도 무료하던 차에 다카베
가 구세주의 말처럼 반가워 새 옷으로 갈아입고 집을 뛰쳐
나갔습니다. 이따금 갔던 곳이란 술집을 50년간이나 어엿
하게 잘해왔다고 늘 자랑하는 노인의 가게입니다. 그곳에
달려갔더니 다카베가 에시마(江島)라는 친구와 함께 심각한
표정으로 술잔을 기울이고 있었습니다. 에시마 군은 전에도
두세 차례 만난 적이 있습니다. 그 역시 다카베와 마찬가지
로 부잣집에서 자라나, 그걸 도리어 불만스레 여기고는 아
무 일도 하지 않은 채 세상사에 불평만을 뇌까리는 청년이
지요. 다카베 못지않은 미남이기도 합니다. 역시 그들은 오
늘의 축제가 못마땅한 눈치였습니다. 축제에 반발하는 뜻으

로 일부러 후진 평상복을 걸친 채로 이 음침한 움막 같은 술집에서 화가 난 듯이 마구 술을 들이켜고 있었습니다. 나도 이런 자리에 합세하여 한동안 잠자코 술을 퍼마셨지요.

이윽고 술집 바깥에는 차츰 축제 행렬들의 소란한 발소리가 들려오기 시작했습니다. 불꽃놀이, 축제의 함성, 각종 장사치 호객 소리들로 더욱 소란해지자, 견디다못한 에시마가 벌떡 일어나더니, "갑시다, 가노 강(狩野川)에 갑시다!" 하고 벌컥 소리를 지르더니 우리 대답은 듣지도 않고 가게 밖으로 뛰쳐나가버렸습니다. 덩달아 따라 나온 우리들은 일부러 마을 번화가를 벗어나 뒷골목 길을 따라 걸으면서 축제를 의미 없이 마구 경멸하며 미시마 시를 벗어나 누마즈 쪽으로 걸음을 재촉했습니다. 해가 뉘엿뉘엿 지기 시작할 무렵에야 가노 강 부근에 있는 에시마의 별장에 도착했습니다. 뒷문으로 들어가자, 응접실 마룻바닥에 한 노인이 셔츠 바람으로 나뒹굴며 자고 있었습니다. 에시마가 버럭 소리를 질렀습니다.

"이거 뭐야! 몇 시에 오셨어? 어젯밤 밤을 새워 지치셨구먼. 돌아가시라고요. 손님들 모시고 왔으니까."

노인은 부스스 일어나면서 우리를 보며 웃음을 짓더군요. 그러자 다카베가 노인에게 공손히 인사를 했습니다. 에시마는 다시 언짢은 듯이,

"빨리 옷 걸치셔. 감기 걸리겠시다. 그리고 돌아가는 길

에 전화 걸어서 맥주하고 뭔가 안줏거리 좀 이리로 보내도
록 일러줘요. 그놈의 축제가 싫어서 여기 왔으니까, 죽도록
실컷 술이나 퍼마셔야지."

"그래그래, 알았어."

노인은 서둘러 옷을 걸치고는 꺼지듯이 사라져버렸습니
다. 그러자 다카베는 껄껄대고 웃으면서,

"에시마의 아버지셔. 저렇게 구는데도 아들이 이뻐서 못
견디신다니까. 그래그래, 하고 고분고분하시잖아. 아이고
못 말려……."

한참 있다 맥주가 도착하고 여러 가지 푸짐한 요리들이
배달되었습니다. 우리들은 의미도 모르는 노래를 합창했던
것으로 기억됩니다. 저녁노을 물든 가노 강은 물이 불어난
강물처럼 거세게 강가의 나무들을 할퀴며 흐르고 있었습니
다. 무서우리만큼 깊고 푸른 강. 라인 강이란 이런 풍경이
아닐까 하고 나는 멋대로 상상해보았습니다. 맥주가 동이
나서 우리는 하는 수 없이 미시마로 되돌아왔습니다. 제법
먼 길이었으므로 걸어오는 도중에 몇 번이고 꾸벅꾸벅 졸았
습니다. 그럴 때마다 소스라치게 놀라면서 억지로 졸린 눈
을 부스스 뜨면 반딧불이가 얼굴을 스치고 지나가곤 했습니
다. 다카베의 집에 돌아오니 마침 누마즈에 계시던 다카베
어머니가 와 계셨습니다만, 가볍게 인사를 드리고는 2층으
로 올라가 세모꼴로 모기장을 치고 쓰러지듯 잠들고야 말았

알테 하이델베르크 203

습니다. 가볍게 말다툼하는 듯한 소리에 깨어 창밖을 내다보니 마당 의자에 다카베 모자가 나란히 앉아 아름다운 말씨름을 하고 있었습니다. 오늘 밤 불꽃놀이의 마무리 행사로 '두 자짜리 구슬'을 올리기로 되어 있는데, 이에 대해서 젊은 임원들끼리도 제법 흥분하면서 다투곤 하는 소리를 들었지요. 때마침 그것이 치솟아 올라가는 시각이었나봅니다. 다카베는 꼭 어머니에게 보이고 싶어 하는데 응하지 않으니까 사뭇 속상한 것만 같더군요. 다카베는 제법 취한 듯 고래고래 소리를 질렀습니다.

"보자면 보는 거지 뭐가 그리 어려워요? 지붕 위에 올라가면 잘 보인다고요. 자, 어서요. 내 등에 엎히라고요. 우물우물하지 말고, 어서요!"

어머니는 체념하는 듯했고 옆에 있던 여동생은 창백한 얼굴로 어이없다는 듯 웃고 있었습니다. 어머니는 사방을 두리번거리더니 아들 등에 엎히고야 말았지요.

"우움, 어이차!" 다카베는 무척이나 힘이 드는 듯 신음 소리를 호령으로 둔갑시키며 안간힘을 썼습니다. 어머니는 일흔 살이 가까운 나이지만 적어도 50킬로나 60킬로를 넘을 만큼 살쪄 있었으니까요.

"아무렇지도 않아, 괜찮다고요." 너털웃음까지 지으며 억지로 참는 모습을 보며, 아아, 저러니까 어머니가 아들을 그렇게도 좋아하는구나. 이런 막내아들이니까, 아무리 어리광을 부려도 귀여워하고 큰아들과 다투어서라도 보호해주고 있는 거구나. 나는 불꽃놀이보다 더 멋진 광경을 본 듯 만족스레 다시 잠이 들었습니다.

미시마에서는 그 밖에도 잊을 수 없는 추억들이 있었습니다만, 그런 얘기는 따로 말하기로 하지요. 이곳 미시마에서 썼던 「로마네스크」라는 소설이 여러 사람들에게서 분에 넘치는 칭찬을 받아, 아마도 그 때문에 나는 자신이 없는 채로 이제까지 이런 어설픈 소설을 쓸 수밖에 없는 운명에 이르고야 만 것 같습니다. 미시마는 내게 있어 두고두고 잊지 못할 고장입니다. 그로부터 8년 동안의 창작은 모두가 미시마에서 얻고 배운 것들이라고 해도 과언이 아닐 만큼, 미시마는 내게 있어 매우 값진 고을입니다.

8년 후, 이제는 누님에게 송금을 부탁할 수도 없게 되었고, 고향의 누구와도 소식이 단절되어 굶주리며 사는 한낱 가난뱅이 작가에 불과하지만, 며칠 전 가까스로 돈이 좀 생겨 아내와 동생, 장모님과 함께 이즈(伊豆) 지방으로 일박 여행을 다녀왔습니다. 시미즈(清水)를 거쳐 미호(三保)에 들렸다가 슈젠지(修善寺)라는 절을 둘러본 뒤 그곳에서 하룻밤을 지낸 다음 돌아오는 길에 또 미시마에 내리고야 말았습니다. "미시마는 참 좋은 고장이니까 들러볼 만해." 나는 그리 말하곤 모두를 내리게 해 마을 이곳저곳으로 안내하면서 미시마에서의 추억을 부풀려 입이 아프게 떠들어댔지요. 하지만 갑자기 우울해지며 가슴이 답답해지고야 말았습니다. 지금의 미시마 시는 너무나도 황량했습니다. 전혀 다른 타인의 도시였습니다. 이제 이곳에는 다카베도 없고 그 여동생도 없으며, 아마 에시마도 없을 겁니다. 다카베의 가게로 늘 모이던 젊은이들도 이젠 활기를 잃고 마누라나 들볶는 나이 또래가 됐겠지요. 거리 어느 곳을 다녀보아도 그 옛날의 그윽한 향기를 느낄 수가 없었습니다. 미시마가 쇠잔한 게 아니라 아마도 내 가슴이 늙고 메말라버린 게 아닐까 싶기도 합니다. 지난 8년 동안 왕년의 느긋한 제국대학생의 신상에는 곤궁의 세월만이 계속되어왔습니다. 말이 8년이지, 나에게는 20년쯤의 세월이 흘러간 것만 같습니다. 이윽고 비가 추적추적 내리기 시작했습니다. 아내도, 장모님도, 여동생도 입으로는 "좋은 고장이네요, 차분한 도시군요." 하는 칭찬을 아끼지 않으면서도 얼굴 표정은 그렇지가 않았습니다. 나는 견딜 수가 없어서 그 옛날 단골이었던 음식점으로 일행을 안내했습니다. 너무 후진 가게였고 종업원들도 친절하지 않았지만, 나는 큰 소리로,

"비록 가게는 후져 보이지만 술맛은 다른 데와 비교도 안 된다고. 50년 동안 한결같이 일해온 영감님이 경영하는 미시마의 유서 깊은 가게……." 그렇게 호들갑을 떨면서 안으로 들어갔으나 늘 붉은색 셔츠를 걸치고 반갑게 마중하던 영감이 안 보이더군요. 웬 어설프게 생긴 아주머니가 주

문을 서두르는 게 아닙니까. 가게의 식탁도 의자도 옛날 그대로였지만 새로이 구석에 전축이 놓여 있고 벽에는 커다랗게, 품위도 없고 표정도 별로인 여배우의 옆모습 사진이 걸려 있었습니다. 아무래도 음식으로라도 만회해야 되겠다는 생각에서 말했습니다.

"이봐요, 그 특유의 장어 요리에다 해삼, 또 새우 오니가라야키[3], 차완무시[4] 네 개씩, 여기서 만들 수 없다면 딴 데 주문해서라도 맛있게 요리해와요. 술도."

그러자 장모님은 당황하면서, "안 돼, 안 돼요. 그렇게 많은 음식 다 못 먹어. 낭비야. 그렇게 하지 말라고." 하며, 나의 견딜 수 없는 이 심정을 조금도 이해하지 못하는 듯 열심히 열을 올려 주문을 취소하려 들었습니다. 이 세상에서 가장 언짢고 실망스럽고 기가 죽는 날이었습니다.

---

3 대하나 참새우를 껍질째 구운 것.
4 일본식 달걀찜.

달려라 메로스 |1940|

走 れ メ ロ ス

메로스는 격노했다. 반드시 저 잔인무도하고 포악한 왕을 제거하지 않으면 안 되겠다고 결심했다. 메로스는 정치를 모른다. 메로스는 시골의 목동이다. 피리를 불며 양떼와 노닐며 살아왔다. 하지만 사악한 것에 대해서는 유달리 남보다 민감했다. 오늘 먼동이 트기 전에 메로스는 마을을 출발하여 들판을 가로지르고 산을 넘어 낯익은 이 시라쿠사 시를 찾아왔다. 메로스에게는 아버지도 어머니도 안 계시다. 아내도 없다. 다만 열여섯 살의 수줍음 많은 여동생과 단둘이 살고 있다. 이 여동생은 마을의 한 우직한 목동과 곧 결혼하기로 되어 있었다. 결혼식도 차츰 가까워지고 있었다. 그 때문에 메로스는 신부의 의상과 축하연의 음식 장만을 위해 일부러 멀리 이 도시에 찾아온 것이다. 우선 물건들을 사 모으고는 도시 대로를 어슬렁거렸다. 메로스에게는 죽마고우가 있었다. 세리눈티우스라는 녀석이었다. 지금은 이곳 시라쿠사 시에서 석공 일을 하고 있다. 이제부터 이 친구를 찾아갈 작정이었다. 한동안 만나지 못했으니까 한결 반가울 것 같다. 길을 걷고 있는 동안 메로스는 거리 풍경이 왠지 이상하게 여겨졌다. 너무도 조용하다. 벌써 해가 기울었으므로 거리가 어두운 것은 어쩔 수 없지만, 정확히 뭔지는 몰라도 어두움 탓만이 아니라 도시 전체가 몹시도 조용하기 이를 데 없었다. 매사에 느긋한 메로스도 차츰 불안해졌다. 길거리에서 만난 젊은 녀석을 붙잡고는 무슨 일이 있었느냐, 2년 전에 이 도시에 왔을 때엔 밤에도 모두가 노래를 부르며 온통 시끌벅적했는데…… 하고 질문을 했다. 젊은이는 고개를 저으면서 대답하지 않았다. 잠시 더 걸어가다 노옹을 만나 이번에는 한결 말투를 높여 물었다. 노옹은 아무런 대답도 하지 않았다. 메로스는 두 손으로 노옹의 몸을 흔들며 또 물었다. 노옹은 주변을 살피면서 낮은 목소리로 겨우 대답했다.

"왕이 사람을 죽여요."

"왜 죽이죠?"

"악심을 품고 있다는데, 그런 악심이라면 누구나 지니고 있잖아요."

"많은 사람을 죽였소?"

"그래요. 처음에는 왕의 여동생 남편을 죽였고, 그러고는 세자를…… 그러고는 황후를, 또 그러고는 어진 신하인 알렉스를…… ."

"놀랍군, 국왕이 미쳤구먼."

"아뇨, 미친 게 아니라 사람을 믿을 수가 없다는 거예요. 최근에는 신하들의 마음도 의심해서 조금이라도 사치스럽게 사는 자는 인질로 한 사람씩 붙들어 가고 있죠. 명령을 거역하면 십자가에 매달아 죽인다구. 오늘도 여섯이나 살해했죠."

이 말을 듣자 메로스 격노했다.

"어처구니없는 왕을 그냥 살려둘 수는 없다!"

메로스는 지극히 단순한 사내였다. 샀던 물건을 어깨에 멘 채 살금살금 왕의 성 안으로 들어갔다. 들어가자마자 그는 순찰병에게 붙들렸다. 몸수색 끝에 메로스의 몸 안에서 단검이 나와 문제가 커지고야 말았다. 메로스는 어전에 끌려갔다.

"이 단검으로 무엇을 하려 했는지 어서 말하라!" 폭군 디오니스는 조용히, 하지만 위엄 있게 추궁했다. 이때 왕의 얼굴은 창백했고, 미간의 주름에는 골이 깊게 패어 있었다.

"이 도시를 폭군의 손아귀로부터 구출해보려는 거죠." 메로스는 의연하게 대답했다.

"네깟 놈이 말인가?" 왕은 어이없다는 듯 비웃었다. "어쩔 수 없는 놈이로군. 네놈이 내 고독을 감히 알기나 하겠느냐."

"닥치시오!" 하고 소리 지르며 메로스는 벌떡 일어나 이렇게 반발했다. "사람의 마음을 의심하는 것은 가장 부끄러운 악덕이요. 왕이 백성의 충성조차 의심해도 되는 거요?"

"의심하는 것이 정당한 마음가짐이라고 내게 가르쳐준 것은 너희야. 사람의 마음은 결코 믿을 수가 없다고. 인간은 본시 사리사욕 덩어리야. 도저히 믿을 수가 없단 말이야." 폭군은 침착하게 씨부렁거리다가 길게 한숨을 내쉬었다. "나도 평화를 바라고는 있지만……."

"무엇을 위한 평화요? 자신의 자리를 지키기 위한?" 이번에는 메로스가 비웃으며 말했다. "죄 없는 사람을 죽이고서 무슨 평화?"

"입 닥쳐라, 빌어먹을 놈 같으니!" 왕은 바짝 얼굴을 쳐들더니, "아가리로는 무슨 매끄러운 말인들 못 하랴. 내겐 사람의 속이 바닥까지 훤히 들여다보이느니라. 네놈도 이제 처형하리니 아무리 울고불고 용서를 구해도 소용없다. 알겠느냐?"

"아아, 왕은 제법 똑똑하구면. 맘대로 우쭐대보시구려. 나는 이제 죽을 각오가 되어 있으니 목숨을 구걸하지는 않겠소. 다만……." 메로스는 말끝을 흐리고 발밑으로 눈을 떨구더니 한숨을 내쉬며 말했다. "다만 내게 정을 베풀 마음이 있다면 처형하기 전에 사흘간 말미를 주시오. 하나밖에 없는 여동생에게 배필을 갖게 해주려고 하니, 사흘 안에 마을에서 결혼식을 올리고 반드시 이곳으로 오겠소이다."

"어리석은 놈." 폭군은 새된 목소리로 가만히 웃음을 날렸다. "말도 안 되는 거짓말을 씨부렁거리느냐. 놓아준 새가 다시 돌아온단 말이냐?"

"그렇소. 돌아옵니다." 메로스는 필사적으로 억양을 높여 말했다. "나는 약속을 지키는 사람입니다. 나를 사흘간만 풀어주시오. 여동생이 나를 기다리고 있으니까요. 그렇게도 나를 믿지 못한다면, 좋소이다. 이 도시에 세리눈티우스라는 석공이 있소이다. 나의 둘도 없는 친구죠. 이 친구를 인질 삼아 여기에 잡아두시죠. 내가 도망쳐 사흘째 해가 저물기 전에 돌아오지 않으면 그 친구를 죽이십시오. 부탁합니다. 그렇게 해주시지요."

이 말을 들은 왕은 잔혹한 마음으로 슬쩍 웃음을 머금었다. 건방진 녀석! 어차피 돌아오지 않을 건 뻔하다. 이 거짓말쟁이에게 속는 셈치고 놈을 풀어주는 것도 어쩌면 재미있는 노릇이다. 그러고는 대신 그 사내놈을 죽여보는 것도 나쁘지는 않다. 세상 믿을 놈이란 아예 없다고 울상을 하며 처형되는 꼴을 보고 싶다. 세상에 정직한 자라고 하는 녀석들에게 이걸 보여주어야지.

"그래, 소원을 들어주마. 그 대속할 녀석을 불러들여라. 셋째 날 저물녘까지는 돌아오라. 조금이라도 늦는다면 네

친구를 반드시 죽이리라. 조금 느지막하게 오는 게 좋을지
도 모르겠다. 그때 네놈의 죄는 영원히 용서할 것이니라."

"아니, 무슨 허튼 말을 하는 겁니까!"

"허허. 목숨이 소중하다면 뒤늦게 와야겠지. 네놈의 속셈
은 알고도 남느니라."

메로스는 분해서 발을 동동거렸다. 더 이상 말하고 싶지
않았다.

죽마지우 세리눈티우스는 한밤중에 왕성으로 끌려왔다.
폭군 디오니스의 면전에서 좋은 친구와 또 좋은 친구는 2년
만에 상봉했다. 메로스는 일체의 사정을 친구에게 말했다.
세리눈티우스는 말없이 고개만 끄덕이더니 메로스를 억세
게 끌어안았다. 친구와 친구 사이에는 그것으로 족했다. 세
리눈티우스는 포박을 당하고 메로스는 곧 떠났다. 초여름
밤하늘 가득 별들이 총총했다.

메로스는 그날 잠 한숨도 자지 않고 10리 길을 재촉했다.
마을에 도착한 것은 이튿날 오전, 해는 이미 중천에 떠 있었
고 마을 사람들은 들판에서 일들을 하고 있었다. 메로스의
열여섯 살 난 여동생도 오늘은 오빠를 대신해 양 떼를 지키
고 있었다. 비틀거리며 걸어오는 오빠의 괴롭고 지친 모습을
보고 놀란 동생은 오빠에게 귀찮을 만큼 질문을 퍼부었다.

"아무 일도 없었다니까."

메로스는 억지로 웃으려고 안간힘을 썼다.

"시라쿠사 시에 일거리를 남겨놓고 왔지. 곧 시에 또 가야 돼. 내일 네 결혼식을 올리자. 빠를수록 좋겠지."

여동생은 얼굴을 붉혔다.

"기쁘냐? 고운 옷들도 사왔다. 자, 이제부터 내려가서 마을 사람들에게 알려야지. 결혼식은 내일이라고."

메로스는 다시 비틀거리며 집으로 돌아가 신들을 위한 제단을 꾸미고 잔치할 자리 등을 마련하고는 이내 마루에 쓰러진 채 숨도 쉬지 않을 만큼 깊은 잠에 빠져들었다.

눈을 떴을 때엔 이미 밤이었다. 메로스는 일어나자마자 곧 신랑 집을 방문했다. 그러고는 조금 사정이 생겼으니 결혼식을 내일 올리자고 부탁했다. 신랑인 목동은 놀라며 그렇게는 안 된다고 난색을 표했다. 우리 쪽은 아직 아무런 준비가 안 되어 있다며 포도 수확 철까지 기다려달라고 했다. 메로스는 기다릴 수 없는 사정이 있으니 제발 내일로 해달라고 다시 간곡히 부탁했다. 신랑인 목동도 완강했다. 좀처럼 굽히질 않았다. 메로스는 밤새도록 의논을 거듭한 끝에 가까스로 신랑을 다독여 설득에 성공했다. 결혼식은 한낮에 치러졌다. 신랑신부의 신전 혼인선서가 끝날 무렵 먹구름이 하늘을 뒤덮더니 추적추적 비가 내리기 시작했고, 이윽고 차축(車軸)을 흔들 만한 장대비로 바뀌었다. 축하연에 참석한 마을 사람들은 뭔가 불길함을 느꼈지만, 그래도 저마다 기분을 다잡고 비좁은 집 안에서 후덥지근한 더위를 이겨내며 밝게 노래도 부르고 박수를 아끼지 않았다. 메로스도 얼굴에 연신 웃음을 띄웠고, 한동안 왕과의 약속조차도 잊고 있었다.

밤이 되자 축하연은 점차 소란 속에 무르익어갔고, 사람들은 바깥의 장대비를 전혀 의식하지 않을 만큼 흥청거렸다. 메로스는 이 순간이 이대로 계속되었으면 하고 생각했다. 이 좋은 사람들과 평생 같이 살고 싶었으나 자신의 몸은 이제 자신의 것이 아니었다. 메로스는 스스로를 채찍질하며 가까스로 출발하기로 결심했다. 내일 저물녘까지는 아직 시간이 충분하다. 잠깐이라도 눈을 붙이고나서 출발하자. 그때쯤이면 비도 좀 덜 내리겠지. 조금만이라도 이 집에서 머뭇거리고 싶었다. 메로스 같은 다부진 사나이에게도 역시 미련의 정은 있다. 그는 그날 밤 들뜬 환희에 취한 신부에게 다가갔다. "축하한다. 난 피로해서 잠시 자야겠으니 이해해다오. 그리고 깨어나면 곧 시라쿠사 시에 가야 해. 중요한 일이 있거든. 내가 없더라도 이제 네겐 든든한 신랑이 있으니 결코 외로울 일은 없을 거다. 이 오빠가 가장 싫어하는 것은 사람을 의심하는 일, 그리고 거짓말을 하는 거야. 너도 그건 익히 알고 있겠지. 남편과의 사이에는 어떠한 비밀도 있어서는 안 된다. 네게 말하고 싶은 것은 그것뿐이야. 네 오빠는 이를테면 훌륭한 인물인 셈이니까 너도 그런 긍지를 가졌으면 해."

218

신부는 꿈꾸듯이 고개를 연신 끄덕였다. 이윽고 메로스는 신랑의 어깨를 토닥거리면서, "준비 없이 혼례를 치른 것은 서로가 마찬가지야. 이해하게나. 우리 집에 보물이라고는 여동생과 양 떼뿐이야. 그 밖엔 아무것도 없다고. 그러니 이 전부를 자네에게 줌세. 그리고 또 한 가지, 메로스의 동생이 되었다는 것을 자랑스럽게 여겨주게나." 하고 처연하게 말했다.

신랑은 손을 비비며 수줍은 듯 어찌할 바를 몰라 했다. 메로스는 웃음을 머금으며 마을 사람들에게도 인사를 하고는 연회석에서 일어나 양 떼 우리로 들어가 죽은 듯 깊이 잠들었다. 눈을 뜬 것은 이튿날 먼동이 틀 무렵이었다. 메로스는 자리를 박차고 소스라치며 일어나 혹시 늦잠이라도 잔 게 아닐까 했다. 아니, 아직은 넉넉하다. 이제 곧 출발하면 약속된 시각까지는 충분하다. 오늘은 반드시 그 왕에게 사람의 신실(信實)이라는 게 존재한다는 것을 보여주리라. 그러고는 활짝 웃으면서 내 발로 처형대에 올라가리라…… 하며 메로스는 유유히 떠날 채비를 했다. 빗줄기도 어느 정도 가늘어진 듯했다. 채비가 끝났다. 그러자 메로스는 두 팔을 크게 저으며 빗속을 쏜살같이 달려갔다.

오늘 밤 나는 처형을 당한다. 죽기 위해 달려가고 있는 것이다! 아니, 나 대신 잡혀 있는 친구를 구하기 위해 달려가는 것이다. 또 왕의 극악무도함을 깨우쳐주기 위해서 달려가고 있는 것이다. 달려가지 않으면 안 된다. 그러고는 나는 처형된다. 젊은 날로부터의 명예를 지켜야 한다. 잘 있어라. 안녕! 내 고향이여. 젊은 메로스는 가슴이 아팠다. 몇 차례고 멈출 뻔했다. 에이, 에이 그래선 안 돼! 하고 크게 소리를 지르며 스스로를 채찍질하며 달려갔다. 마을을 빠져나와 들녘을 가로지르고, 숲 속을 꿰뚫어가며 이웃 마을에 도착할 무렵 비도 멈추고 해는 하늘 높이 떠올라 차츰 더워졌다. 메로스는 이마에 솟는 땀방울을 주먹으로 훔쳤다. 여기까지 왔으니 이젠 안심이다. 벌써 고향에 대한 미련도 깡그리 없어졌다. 여동생네도 반드시 금실 좋은 부부가 되겠지. 내게는 아무런 거리낌도 없는 터. 곧바로 왕궁으로 내달리면 된다. 그러면 되는 것이다. 그렇게 서두를 필요도 없다. 느긋하게 걸어가자. 그렇게 제 딴의 여유로움까지 되찾고는 좋아하는 노래를 능청스레 부르며 어슬렁어슬렁 2리를 걷고 3리를 걸어 어느덧 전체 이정의 절반쯤 이르렀을 때 창졸간에 재난이 닥쳤다. 메로스는 깜짝 놀라 걸음을 멈췄다. 보라, 전방의 강을! 어제의 호우로 산의 수원지가 범람하여 탁류가 도도히 하류로 집결했다. 거센 물살이 단숨에 다리를 파괴했고, 어마어마한 소리를 지르며 격류가 다리 밑둥까지 날려버리고야 말았다. 그는 망연자실하여 털썩 주저앉고야 말았다. 이곳저곳을 살펴보면서, 또한 있는 힘을 다해 소리를 질러보았으나 뱃사공은 보이지 않았고 나룻배도 모두 물살에 휩쓸려 그늘조차 보이지 않았다. 물줄기는 더욱 세차게 닥쳐 바다처럼 변해갔다. 메로스는 강가에 엎드려 울부짖었다. "아아, 제발 멈춰다오, 거친 물살이여! 시간이 흐르고 있소이다. 벌써 한낮이로소이다. 해가 지기 전에 왕궁에 이르지 못하면 나의 그 좋은 친구가 나 때문에 죽는다고요!"

탁류는 메로스의 부르짖음을 비웃기라도 하듯 더욱 거칠게 소용돌이쳤다. 물살은 물살을 삼키며 소용돌이에 소용돌이를 거듭하고 시간은 마구 흘러갔다. 이제 메로스는 결심했다. 헤엄쳐 건너는 수밖에는 도리가 없었다. 아아, 신이시여, 굽어 살피소서! 탁류에도 굴하지 않는 사랑과 성실의 위대한 힘을 이제 발휘해 보이겠소이다. 메로스는 풍덩 물줄기 속에 뛰어들어 1백 마리의 구렁이와도 같은 일렁대는 거친 물살을 헤치며 필사적인 싸움을 벌였다. 젖 먹던 힘을 온통 팔에 모으고 닥쳐오는 물살 앞에서 조금도 주저하지 않은 채 먹이를 향해 막무가내로 덤비는 사자 같은 메로스. 그 몰골을 신도 어여삐 여겼는지 드디어 연민의 정을 보였다. 드디어 메로스는 거센 물줄기에 휩쓸리면서도 기슭의 나무 등걸에 매달릴 수 있었다. 너무나도 감사하다. 메로스는 말처럼 온몸에 힘을 주어 소리를 지른 다음 곧 갈 길을 재촉했다. 촌각이라도 지체할 수가 없었다. 해는 이미 서서히 서쪽으로 기울고 있었다. 헉헉거리며 거친 숨을 내쉬어가며 언덕에 가까스로 올라 안도의 한숨을 쉬던 그때, 돌연 눈앞에 산적 떼가 나타났다.

"멈춰라."

"이거 뭘 하자는 거야. 나는 해가 지기 전에 왕성에 가야 하느니라. 비켜라!"

"그렇다면 가진 걸 모두 내놓고 가라."

"나는 목숨밖에는 가진 것이 아무것도 없다. 단 하나밖에 없는 목숨도 왕에게 던져주려고 가는 길이다."

"그래, 그 목숨이 필요한 거다."

"그래, 그렇다면 왕의 명령을 받아 여기서 나를 기다리고 있다는 말이구나."

산적들은 대꾸도 하지 않고 일제히 곤봉을 휘둘렀다. 메로스는 몸을 구부려 슬쩍 공격을 피하고는 독수리처럼 날쌔게 가까이 있는 산적을 덮쳐 곤봉을 빼앗았다.

"가엾지만 정의를 위해서다!" 메로스는 이렇게 소리 지르고 맹렬히 일격을 가해 세 놈을 순식간에 때려누였다. 나머지 한 녀석은 잽싸게 꽁무니를 뺐다. 메로스는 단숨에 언덕을 내려왔지만 사뭇 피로가 쌓이고 오후의 작열하는 볕살 때문에 몇 번이고 현기증을 느꼈다. 이래서는 안 된다고 안간힘을 썼지만 두세 발자국 내딛고는 그만 털썩 주저앉고야 말았다. 도저히 일어날 수가 없었다. 하늘을 우러러 분을 견디지 못하고 울고 말았다. 아아, 탁류를 헤엄쳐 건넜고 산적을 세 놈이나 때려누이고는 예까지 다다른 메로스여, 진정 용기 있는 자, 메로스여, 이제 여기서 지쳐 쓰러지다니 한심하구나. 사랑하는 친구는 너를 믿은 나머지, 그 때문에 이윽고 살해당해야만 한다. 너는 희대(稀代)의 불신자다. 이제 사람을 믿지 못하는 못된 왕의 의도대로 되는 것이 아니냐, 그렇게 자신을 꾸짖어보았지만 온몸이 축 늘어져 더 이상 꼼짝도 할 수가 없었다. 끝내는 길가의 풀밭에 드러눕고야 말았다. 몸이 피로해지니 정신도 허약해지고 말았다. 이제 될 대로 돼라는 식의 용감한 자답지 않은 약한 마음이 가슴속 한구석에 깊이 자리 잡기 시작했다. 나는 이만큼 노력했다. 약속을 어길 생각은 티끌만치도 없었다. 신도 짐짓 알 것이다. 나는 최선을 다했다. 움직일 수 없을 때까지 달려온 것이다. 나는 불신의 무리는 결코 아니다. 아아, 할 수만 있다면 내 가슴팍을 열어젖혀 새빨간 이 심장을 보여주고 싶다. 사랑과 신실의 혈액만으로 박동하는 이 심장을 꼭 보이고 싶구나. 하지만 나는 이 중요한 때에 정신도 끈기도 소진하고야 말았구나. 나는 정말이지 불행한 놈이다. 나는 분명 웃음거리가 되고 말 것이다. 내 일가도 웃음거리가 되겠지. 나는 친구를 속였다. 중도에 쓰러지는 것은 처음부터 아무것도 하지 않은 거나 다름없는 게 아닌가. 아아, 이제 어찌 되어도 좋다. 이것이 나의 정해진 운명인지도 모르겠다. 세리눈티우스여! 용서해다오. 너는 언제나 나를 믿어왔다. 나도 너를 속인 게 아니다. 우리는 정말로 좋은 친구였지. 단 한 번도 어두운 의혹의 구름을 서로가 가슴에 품어본 적도 없었지. 지금도 너는 나를 무작정 기다리고 있겠지. 아아, 기다리고 있을 거야. 고맙다, 세리눈티우스여! 나를 믿어주어서 참 고맙다. 그걸 생각하면 견딜 수가 없구나. 친구와 친구 사이의 신실은 이 세상에서 가장 자랑스러운 보배니 말이다. 세리눈티우스여, 나는 달려온 거다. 너를 속일 생각은 추호도 없었어. 믿어주게나! 나는 서두르고 서둘러 여기까지 와 있는 거다. 탁류도 돌파했다. 산적의 포위도 거뜬히 물리치고 단숨에 고개를 넘어온 거다. 나니까 가능했던 거라고. 아아, 더 이상 내게 바라지 말아다오. 내버려두게나. 어떻게 해도 좋아. 나는 진 거야. 난 무지렁이야. 비웃어주게. 왕은 내게 조금 늦게 오라고 했다고. 뒤늦게 온다면 인질을 죽이고 나는 살려주겠다고 약속했거든. 나는 왕의 비열함을 증오했어. 그렇지만 이제 와서 생각하면 나는 왕이 말한 대로 하고 있잖아! 나는 늦게 도착할 거야. 왕은 내심 비웃고는 아무 일 없었다는 듯이 나를 방면하겠지. 그렇게 된다면 그건 차라리 죽는 것보다 괴로울 거야. 나는 영원한 배신자가 될 거고. 이 세상에서 가장 불명예스러운 종자가 되고 마는 거야. 세리눈티우스여, 나도 따라 죽을 거다. 너와 함께 죽게 해다오. 너만은 나를 믿어줄 것임에 틀림없어. 아니, 그것도 나 혼자만의 생각일까? 아아, 차라리 악덕한 놈으로 목숨을 이어갈까? 마을에는 내 집이 있고 양 떼도 있지. 여동생 부부가 설마 나를 마을에서 내쫓진 않겠지.

정의니, 신실이니, 사랑이니 등등은 골똘히 생각해보면 다 부질없는 것들이야. 남을 죽이고 스스로 살아간다. 그것이 인간 세계의 정법(定法)이 아니던가. 아아, 뭐고 뭐고 간에 바보스럽다. 나는 추악한 배신자다. 아무렇게라도 말하려무나. 이제 어찌할 수가 없구나. 될 대로 돼라……. 메로스는 사지를 내던지고는 길게 뻗어 고꾸라지고야 말았다.

문득 귀에 졸졸, 물 흐르는 소리가 들려왔다. 슬그머니 머리를 들어 숨을 머금으며 귀를 기울였다. 발 바로 아래쪽에서 냇물이 흐르고 있는 듯했다. 비실거리며 일어나보았더니, 갈라진 바위틈에서 졸졸, 하고 무엇인가 작게 속삭이면서 맑은 물이 솟아오르고 있었다. 그 샘물에 빨려 들어가듯이 메로스는 몸을 구부렸다. 두 손 모아 물을 담아서 한 모금 훌쩍 마셨다. 그러자 안도의 긴 한숨이 나오면서 마치 꿈에서 깨어난 듯한 기분이 들었다. 걸어갈 수 있다. 가자! 육체의 피로가 회복되고 더불어 가느다란 희망이 움텄다. 의무 수행에 대한 희망. 내 몸을 죽이고 명예를 지키는 희망이었다. 노을은 벌건 빛으로 나뭇잎을 물들여 나뭇가지도 잎사귀도 타는 듯이 빛나고 있었다. 일몰까지는 아직 시간이 있다. 나를 기다리고 있는 사람이 있다. 조금만치도 의심하지 않고 조용히 기다려주고 있는 사람이 있는 거다. 나는 믿음을 받고 있는 거다. 내 목숨 따위는 문제가 아니다. 죽음으로써 사죄한다는 따위의 허울 좋은 말을 하고 있을 때가 아니다. 나는 신뢰에 보답해야만 한다. 지금은 다만 이 한 가지뿐이다. 달려라! 메로스.

　나는 신뢰받고 있다. 신뢰를 받고 있는 것이다. 조금전의 그 악마의 속삭임은, 그건 한낱 꿈이었다. 나쁜 꿈이다. 잊어버려야 해. 오장이 지쳤을 때에는 불쑥 그따위 나쁜 꿈을 꾸기도 하는 거다. 메로스여, 너의 수치가 아니다. 역시 너는 참으로 용감한 자다. 다시 일어나서 달릴 수 있게 되지 않았는가. 고마운 일이다. 나는 정의로운 선비로 죽을 수 있게 된 것이다. 아아, 해가 저문다. 점점 더 저물어가고 있다. 제우스 신이여, 나는 태어나면서부터 정직한 사내였소이다. 정직한 사내인 채로 죽을 수 있게 해주소서.

　길을 걷는 행인들을 밀어제치고 날려 보내며 메로스는 검은 바람처럼 달렸다. 들판에 술자리, 그 연석 한복판을 치달으며 술자리를 벌인 사람들을 크게 놀라게 하고 개를 걷어차기도 하면서 개울을 뛰어 넘어가며, 조금씩 기울어져가는 해보다도 열 배는 더 빨리 달려갔다. 한 무리의 나그네들을 스치고 지나가는 순간, 불길한 말이 들려왔다. "지금쯤 그 사내도 교수대에 올라가 있을 거다." 아아! 그 사내, 그 사내를 위해서 나는 지금 이렇게 달리고 있는 것이다. 그 사나이를 죽게 해서는 결코 안 된다. 어서 서둘러라, 메로스여. 늦어서는 안 된다. 사랑과 정성의 힘을 보여주어야 한다. 내 몰골은 아무래도 좋다. 메로스는 지금 거의 벌거숭이였다.

숨도 제대로 쉴 수가 없었다. 두 번, 세 번, 입에서 피가 터져 나왔다. 아, 보인다. 저 멀리 아스라하게 조그맣게 시라쿠사 시의 누각 탑이 보인다. 탑은 저녁노을을 받아 반짝반짝 빛나고 있다.

"아아, 메로스 님!" 어디선가 신음하는 듯한 소리가 바람과 함께 들려왔다.

"거, 누구냐?" 메로스는 달리면서 물었다.

"피로스토라토스올시다. 당신의 친구, 세리눈티우스 님의 제자입니다." 이 젊은 석공은 역시 메로스의 뒤를 따라 달리면서 이렇게 부르짖었다. "벌써 늦었습니다. 소용없는 일이라고요. 달리는 건 그만두십시오. 이제 그이를 구제할 길은 없다고요."

"아니야. 아직 해가 지지 않았다고."

"지금쯤 그이가 사형당할 터입니다. 아아, 당신은 늦었어요. 원망스럽군요. 조금만 더, 조금이라도 더 빨랐더라면 좋았을 텐데!"

"아니야, 아직 해가 지지 않았잖아……." 메로스는 가슴 터질 듯한 마음으로 시뻘겋고 커다란 석양만을 바라보았다. 달려보는 도리밖엔 다른 수가 없다.

"그만두세요. 달리는 건 그만두시라니깐요. 이제는 스스로의 목숨이 소중하다고요. 그이는 당신을 믿고 있으니까요. 형장에 끌려가면서도 태연자약했어요. 왕이 짓궂게 그

이를 빈정거렸는데도, 메로스는 꼭 온다고만 대답하며 강한 신념으로 일관한 것 같습니다."

"그러니까 달리는 거야. 믿음을 받고 있으니까 달리는 거야. 아직 늦지 않았다고. 늦지 않는 게 문제가 아니야. 인간의 목숨도 문제가 아니고. 나는 뭐랄까, 좀 더 어마어마하게 큰 것을 위해 달리고 있는 거야. 따라오라고, 피로스토라토스!"

"아아, 당신 미쳤군요. 그래, 한껏 달려보세요. 어쩌면 제 시간에 가게 될지도 모르니까…… 달려봐요."

그래, 아직도 해는 지지 않았다! 메로스는 죽을힘을 다해 달렸다. 메로스의 머리는 텅 비었다. 무엇 하나도 생각나지를 않는다. 다만 까닭을 알 수 없는 커다란 힘에 이끌려서, 달리고 있는 것이다. 해가 비실비실 지평선으로 떨어지며 곧 마지막 한 가닥 잔광(殘光)도 사라지려고 할 때에 메로스는 질풍처럼 형장으로 돌진했다. 늦지 않은 것이다!

"기다려라. 그 사람을 죽이면 안 된다. 메로스가 돌아왔다. 약속한 바대로 지금 돌아왔다." 큰 소리로 형장의 군중을 향해 고래고래 외칠 작정이었지만 목구멍이 어찌 된 건지 구겨진 쉰 소리만이 가늘게 나올 뿐, 군중들은 단 한 명도 그의 도착을 알아채지 못했다. 이미 교수대가 세워졌고 밧줄이 목에 걸린 채, 세리눈티우스의 목덜미는 서서히 졸리고 있었다. 메로스는 이를 목격하고 마지막 남은 용기로, 탁류를 헤엄치듯이 군중을 마구 헤치며 교수대 앞으로 나아갔다.

"나다. 사형 집행관이여! 처형을 당할 자는 바로 나다. 메로스다. 그를 인질로 삼은 내가 바로 여기에 있다!" 메로스는 쉰 소리로 힘껏 외치면서 교수대에 올라가 낚싯대에 걸려 끌려 올라가는 친구의 두 다리에 달려가 매달렸다. 군중은 웅성거리기 시작했다. '정말 장하구나!', '용서해라!' 하고 저마다 부르짖었다. 이윽고 세리눈티우스의 목에서 밧줄이 풀렸다.

"세리눈티우스!" 메로스는 눈물을 글썽거리면서 말을 이었다. "나를 마구 때려라. 힘껏 내 뺨따귀를 쳐라. 나는 달려오는 도중에 한 번 나쁜 꿈을 꾸었다. 네가 만일 나를 때리지 않는다면 나는 너를 포옹할 자격조차 없는 거다. 자, 어서 때려. 어서."

세리눈티우스는 익히 알겠다는 듯이 고개를 끄덕이더니 형장 어디서나 다 들릴 만큼 메로스의 오른뺨을 힘껏 내리쳤다. 때린 다음 부드럽게 미소 지었다.

"메로스야, 이제 나를 때려라. 내가 후려친 것처럼 그렇게 소리 나게 내 뺨을 때려다오. 나는 사흘 동안 단 한 차례지만 살짝 너를 의심한 적이 있었다. 태어나서 처음으로 너를 의심했던 거야. 네가 나를 때리지 않으면 나도 너와 포옹할 수 없다."

메로스는 팔에 힘을 실어 세리눈티우스의 따귀를 갈겼다.

"고맙구나, 친구야."

둘은 동시에 인사한 후 서로 얼싸안고는 엉엉 소리 내며 목 놓아 울었다.

군중들 가운데에서도 흐느끼는 소리가 들려왔다. 폭군 디오니스는 군중들 배후에서 두 사람의 모습을 세심하게 지켜보았다. 이윽고 슬그머니 그들 가까이에 가서 얼굴을 붉히며 말했다.

"너희의 바람은 이루어졌느니라. 너희는 내 마음을 이긴 것이다. 신실이란 결코 공허한 망상이 아니었다. 부디 나를 친구로 받아들여주지 않겠느냐. 부디, 내 바람을 받아주겠느냐. 너희와 친구가 되고 싶다."

군중들 사이에서는 환성이 울려 퍼졌다.

"만세! 임금님 만세!"

한 소녀가 주홍빛 코트를 메로스에게 바쳤다. 메로스는 망설였다. 좋은 친구, 세리눈티우스가 잽싸게 귀띔해주었다.

"메로스야, 너는 벌거숭이잖아. 어서 그 겉옷을 걸치라고. 이 귀여운 아가씨는 메로스의 알몸을 모두에게 그대로 보이는 것을 못 견딜 만큼 안타까워하고 있는 거야. 알겠니?"

용감한 메로스는 얼굴을 벌겋게 붉혔다.

(옛 전설과 실러[1]의 시에서 원용함)

---

1 독일의 시인이자 극작가.

도쿄팔경 | 1941 |

東 京 八 景

이즈의 남쪽, 온천이 있다는 것 말고는 그 밖에는 뭣 하나 내세울 것 없는, 서른 가구가 모여 사는 하잘것없는 산마을 이다. 이런 고장이라면 숙박료도 쌀 것이라는 이유만으로 나는 이 삭막한 산촌을 선택했다. 쇼와 15년(1940년) 7월 3일의 일이다. 그 무렵은 내게도 돈의 여유가 조금 있었던 때였다. 하지만 앞일이 캄캄했던 때였다. 소설을 조금도 쓸 수 없게 될지도 몰랐던 때였다. 두 달 동안 소설을 전혀 못 쓰게 된다면 나는 원래대로 빈털터리가 되는 것이다. 생각건대 몹시 가슴 졸이는 여유로움이었으나 그래도 내게 있어서는 그만큼 여유가 주어진 것은 10년 만에 처음 있는 일이었다. 내가 도쿄에서 살기 시작한 것은 쇼와 5년의 봄이다. 이 무렵에 이미 나는 H라는 여자와 공동의 집을 지니고 있었다. 시골의 큰형으로부터 다달이 넉넉하게 송금을 받고 있었지만 모자란 두 사람은 헤픈 씀씀이로 인해 월말이면 으레 전당포에 물건을 하나둘쯤 가지고 가야 했다. 드디어 동거 6년째에 접어들어 H와는 헤어졌다. 내게는 이불과 책상과 전기스탠드, 그리고 고리짝 하나만이 남겨졌다. 많은 액수의 부채도 어쭙잖게 안아버렸다. 그로부터 2년이 경과해서야 어느 선배의 주선으로 평범한 맞선을 본 후 결혼했다. 그러고는 다시 2년이 지나면서 숨을 돌리게 되었다. 빈약한 창작집도 이미 열 권 가까이 출판했다. 출판사 쪽에서 청탁이 오지 않아도 내 쪽에서 열심히 써가지고 가면 세 편 가운데 두 편은 사주리라는 느낌이 들었다. 이제부터가 애교도 그 무엇도 없는 대인(大人)만의 작업인 것이다. 쓰고 싶은 것만을 써내려가고 싶다.

심히 한심하고 불안한 여유이긴 했지만 나는 마음속으로부터 기쁨을 느꼈다. 적어도 앞으로 한 달 동안은 아무런 돈 걱정 없이 내가 좋아하는 것을 써 내려갈 수 있다. 스스로의, 그때의 신상이 왠지 거짓말처럼 여겨져, 황홀과 불안이 교차되는 야릇한 두근거림 때문에 도리어 일손이 잡히지를 않아 어설펐다.

도쿄팔경(東京八景). 나는 언젠가 이런 제목의 단편을 느긋이 공들여 쓰고 싶다고 생각하고 있었다. 10년간의 나의 도쿄 생활을 그때그때의 풍경에 의탁하여 쓰고 싶었던 것이다. 나는 올해로 서른두 살이다. 일본의 윤리에 있어서도 이 나이는 이미 중년의 영역에 들어가는 것을 의미한다. 또한 내가 스스로의 육체와 정열에 물어본다 해도 안타깝게도 서글프지만 이를 부정할 수는 없는 노릇이다. 네 청춘은 벌써 끝장이 났다. 그럴싸한 얼굴의 30대 남성이다. 도쿄팔경. 나는 이 제목을 청춘에의 결별의 말로 누구의 간섭도 없이 쓰고 싶었다.

녀석도 차츰 속물이 되어가고 있구먼. 그런 무지한 뒷소리가 미풍과 함께 내 귀에 흘러 들어올 때마다 나는 강하게 항변한다. 나는 처음부터 속물이었다고. 너희는 그걸 느끼지 못했나? 그건 바로 역행한 것이지. 문학을 평생의 업으로 삼겠다고 마음먹었을 때 이미 어리석은 자들이 나를 만만하게 보았던 게로군. 나는 도리어 슬며시 웃어넘겼다. 만년 청년이란 것은 배우 세계에서나 있는 것이지, 문학 세계에는 결코 없다.

도쿄팔경. 나는 지금의 이 기간이야말로 이 제목으로 써야 한다고 생각했다. 이제는 쪼들리는 약속된 일도 없다. 1백 엔 이상의 여유도 있다. 장난스레 황홀함과 불안함이 얽힌 한숨을 지으면서 비좁은 방 안을 어슬렁거리고 있을 때가 아니다. 나는 끊임없이 상승해야만 한다.

도쿄 시의 대형 지도를 한 장 사가지고 도쿄 역에서 마이바라(米原)행 열차를 탔다. 놀러 가는 것은 아니다. 한 생애의 중대한 기념비를 힘들여 만들려고 가는 거다. 그렇게 되풀이, 되풀이하며 스스로에게 가르쳤다. 아타미(熱海)에서 이토(伊東)행 열차로 다시 갈아타고 이토로부터 시모다(下田)행 버스를 타고 이즈 반도의 동쪽 해안을 따라 세 시간, 흔들리는 버스를 타고 남쪽으로 내려가 가구가 서른 채 남짓 있는 볼품없는 산마을에 내렸다. 여기라면 1박에 3엔이 넘게 소요되는 일은 없으리라. 음울하고 조잡해 보이는 작은 숙소가 네 채나 줄지어 있다. 나는 F라는 숙소를 선택했다. 네 채 중에서도 그래도 좀 포근해 보였기 때문이다. 꾀죄죄한 여종업원에게 안내를 받아 2층으로 올라가 방으로 들어가보니, '이 나이에!' 하고 눈물이 핑 돌았다. 3년 전에 내가 빌려 살던 오기쿠보의 하숙집 방이 떠올랐다. 그 하숙집은 오기쿠보에서도 가장 질 낮은 곳이었다. 하지만 그 옆의 이불 쌓아두는 다다미 6장짜리 방은 그 하숙방보다도 훨씬 너절하고 어설펐다.

"다른 방은 없나요?"

"네, 전부 나갔어요. 여기는 이래 봬도 시원하다고요."

"그래요?"

바보 취급을 받고 있는 듯싶었다. 옷차림이 꾀죄죄해서인지도 모른다.

"1박에 3엔 50전, 4엔씩이고요. 점심 값은 따로 받습니다. 어떻게 할까요?"

"3엔 50전 쪽으로 해줘요. 점심은 먹고 싶을 때 말하지요. 열흘쯤 이곳에서 글 좀 쓰려고 해요."

"좀 기다려주세요."

여종업원은 아래층으로 내려갔다가 한참 만에야 다시 방으로 들어오더니, "저, 장기 투숙하시려면 선불을 하셔야 되는데요."

"그래요, 얼마나 내면 되나요?"

"글쎄, 알아서 주시지요." 여종업원이 머뭇머뭇 말했다.

"50엔 낼까요?"

"어머나."

나는 책상 위에 지폐를 늘어놓았다. 어쩐지 견딜 수가 없었다.

"모두 드리지요. 여기 90엔입니다. 담뱃값 정도만 이쪽 지갑에 남겨놓지요, 뭐."

내가 왜 이런 데까지 찾아온 것일까 하고 생각에 잠겼다.

"죄송합니다. 그러면 맡아두겠습니다."

여종업원은 내려갔다. 화를 내서는 안 된다. 내게는 소중한 일이 있다. 지금의 내 처지로는 이 정도의 처우가 제격인지도 모른다. 이렇게 억지로 스스로를 납득시키고는 가방 밑바닥에서 펜, 잉크, 원고용지 등을 끄집어냈다.

10년 만의 여유는 이와 같은 결과를 낳았다. 하지만 이 서러움도 나의 숙명 속에 이미 정해져 있던 것이니 의당한 것이라고 스스로를 설득하려고 작업을 시작했다.

이곳에 놀러 온 것은 아니다. 뼈저리게 작업하러 온 것이다. 나는 그날 밤, 희미한 전등 아래에서 도쿄 시의 대형 지도를 책상 위에 가득 펼쳐놓았다.

얼마 만에야 이만한 도쿄 전도를 펼쳐보는 것일까. 10년쯤 전에 처음 도쿄에 살기 시작했을 무렵에는 이런 지도를 사는 것조차 수치스러웠다. 사람들 사이에서 시골뜨기라고 비웃음거리가 되지나 않을까 몇 차례고 망설인 끝에 드디어 결단을 내리고 한 부를 사서 재빨리 가게를 빠져나왔다. 더군다나 난폭한 자조(自嘲)의 말투로 사가지고 그걸 어설피 품에 넣은 채 잽싸게 하숙방으로 돌아왔다. 그날 밤 방문을 잠그고 슬그머니 지도를 펼쳐보았다. 빨강, 초록, 노랑 등의 아름다운 선과 그림의 모양, 나는 숨을 멈추고 그것을 응시했다. 스미다 강(隅田川), 아사쿠사(浅草), 우시고메(牛込), 아카사카(赤坂)……. 아아, 무엇이든지 있다. 가려고만 들면 언제든지 곧 갈 수 있는 거다. 기적이라도 보는 듯한 기분이 들기까지 했다.

지금에 이르러서는 이 누에가 먹다 남은 뽕잎 같은 도쿄 시의 전형(全形)을 바라본다 해도 거기에 사는 사람들, 그 각양각색의 생활 모습만이 떠오를 따름이다. 이 같은 촉박한 벌판에 일본 각지에서 밀려들어 땀들을 흘리고 한 뼘의 토지를 차지하기 위해 다투며 일희일비(一喜一悲)하여 서로 질

투, 반목하면서 암컷은 수컷을 부르고 수컷은 암컷 주위를
반미치광이처럼 서성거린다. 느닷없이 당돌하게, 아무런 전
후 관련도 없이 『우모레키(埋木)』[1]라는 소설에 나오는 서글
픈 한 구절이 떠오른다. "사랑이란…… 아름다운 것을 꿈
꾸면서 지저분한 행동을 하는 것이다." 도쿄와는 직접적으
로 아무런 관련이 없는 말이기 하다.

도쓰카(戶塚). 나는 처음에 이 고장에 있었다. 내 바로 위
의 형이 이 고장에서 혼자 집 한 채를 빌려 조각 공부를 하
고 있었다. 나는 쇼와 5년에 히로사키(弘前)의 고등학교를
졸업하고 도쿄제국대학 프랑스문학과에 입학했다. 프랑스
어를 한 자도 해석하지 못했지만 그래도 프랑스 문학 강의
를 듣고 싶었다. 나는 다쓰노 유타카 선생을 남몰래 존경하
고 있었다. 나는 형 집에서 조금 떨어진 새로 지은 하숙집
의 안쪽 방 하나를 빌려 살았다. 서로 입 밖에 내지는 않았
지만 같은 핏줄의 형제라도 한 지붕 밑에서 살다보면 언짢
은 일이 일어날 수도 있다는 마음이 서로 통했던 것이다. 그
래서 우리는 같은 동네이면서도 약간 떨어진 곳에 자리를
잡았다. 그로부터 3개월 남짓 지나서 형은 병사하고야 말
았다. 형의 나이는 고작 스물일곱이었다. 형이 죽은 다음에
도 나는 이 도쓰카의 하숙집에서 살았다. 2학기에는 학교에

---

1 일본 메이지 시대의 소설가 히구치 이치요의 소설.

거의 나가지 않았다. 나는 사람들이 제일 언짢아하는 어두운 세계의 일을 태연하게도 거들고 있었다. 그러한 일의 하나라고 자칭하는 거추장스러운 몸짓의 문학에 경멸하는 마음을 지닌 채 접근하고 있었다. 나는 그 기간 동안만은 순수 무구한 정치가였다. 그해 가을에 한 여자가 시골에서 올라왔다. 내가 부른 것이다. H였다. H와는 고등학교에 들어가던 해 초가을에 알게 된 후 그로부터 3년간 사귀었다. 순진한 게이샤였다. 나는 그녀를 위해 혼조(本所) 구 히가시코마카타(東駒形)에 방 하나를 대여해주었다. 목수 집의 2층이었다. 육체적인 관계는 그 무렵까지 전혀 없었다. 고향에서 큰형이 그녀의 일로 찾아왔다. 7년 전에 아버지를 여읜 형제는 도쓰카의 하숙집, 그 음침한 방에서 상봉했다. 형은 급격히 변해버린 동생의 흉측한 몰골을 보고는 눈물을 글썽거렸다. 반드시 부부로 만들어주겠다는 조건 아래 나는 형에게 그녀를 맡겼다. 맡기는 교만한 동생보다 받아들이는 형이 몇 배 더 괴로웠을 것임에 틀림없다. 시골로 내려가기 전날 밤, 나는 처음으로 그녀를 끌어안았다. 형은 그녀를 데리고 우선 시골로 돌아갔다. 그녀는 시종 멍청해 보였다. 방금 무사히 집에 도착했어요, 하는 사무적인 간단한 어투의 편지 한 통이 당도했을 뿐, 그 뒤로는 그녀로부터 아무런 소식이 없었다. 그녀는 매우 안심하고 있는 듯싶었다. 나로서는 그게 불만스러웠다. 내 쪽에서는 모든 가족을 놀라게 했고,

특히 어머니에게는 지옥 같은 괴로움을 주어가며 다투고 있는데 그녀 혼자 무지한 자신감으로 느긋하게 있는다는 것은 꼴불견이라고 생각했다. 적어도 매일 편지를 써 보내야 하는 건데……. 나를 좀 더 좋아해도 될 텐데…… 그리 생각하기도 했다. 하지만 그녀는 편지 쓰기 싫어하는 사람이었다. 나는 절망했다. 아침 일찌감치부터 밤늦게까지 예의 작업을 돕는 일 때문에 분주했다. 사람들로부터 부탁을 받으면 거부하는 일이 없었다. 그 방면에 있어서의 스스로의 재간이 조금씩 보이기 시작했다. 나는 이중으로 절망했다. 긴자 뒷골목 술집에 나가는 여자가 나를 좋아했다. 누구에게나 여자가 자신에게 가까이 하려 드는 시기가 한 번은 있게 마련이다. 그건 불결한 시기다. 나는 여자를 꼬셔서 가마쿠라의 바닷가로 갔다. 깨졌을 때에는 바로 죽을 때라고 생각했다. 예의 반신적(反神的)인 작업에도 금이 가기 시작했다. 육체적으로도 도저히 불가능한 일이었는데도 나는 비겁하다는 소리를 듣지 않기 위해 받아들여왔던 것이다. H는 자기 혼자만의 행복밖에는 생각하지 않는다고. 너만의 여자가 아니란 말이야. 네가 내 이 고뇌를 몰라주기 때문에 이런 결과가 온 거란 말이야. 참 꼬락서니 좋다. 내게는 모든 가족들과 멀어진 것이 가장 견디기 어려웠다. H와의 일로 말미암아 어머니에게도, 형에게도, 숙모에게도 질려버리게 된 것이라는 자각이 나의 투신(投身)의 가장 직접적인 한 원인이었다. 여자는 죽었고 나는 살았다. 죽은 사람에 대해서는 이전에 몇 차례 쓴 일이 있다. 그녀의 죽음은 내 생애의 큰 오점이다. 나는 유치장에 수감되었다. 취조를 받은 끝에 기소 유예가 되었다. 쇼와 5년 말 무렵의 일이다. 형들은 자살 미수의 동생을 부드럽게 맞아주었다.

큰형은 H를 게이샤의 직업으로부터 해방시켜 이듬해 2월에 도쿄로 되돌려 보냈다. 언약은 병적으로 지키는 형이다. H는 느긋한 얼굴로 찾아왔다. 고탄다(五反田)의 분양지 근처에 30엔짜리 가옥을 임대했고, H는 열심히 일했다. 나는 스물세 살, H는 스무 살이었다.

고탄다에서의 삶은 바보스러웠다. 나는 깡그리 무기력했다. 재출발의 희망은 조금도 없었다. 이따금 찾아오는 친구들의 비위만 맞추며 살았다. 자신의 추태투성이 전과를 부끄러워하기는커녕 도리어 조금은 자랑스러워하기까지 했다. 실로 파렴치하고 저능한 시기였다. 학교에도 거의 안 나갔다. 그 어떤 노력도 하지 않았고, 멍청한 얼굴로 H만 바라보고 살았다. 정말 바보 노릇을 하고 살았다. 아무것도 하지 않고 허송세월했다. 전에 했던 일을 엉거주춤 다시 시작했지만 이번에는 아무런 정열도 없었다. 유랑민의 허무, 그것이 도쿄의 한구석에 처음으로 집을 지니고 살았던 때의 나의 모습이다.

그해 여름에는 이사를 했다. 간다(神田)의 도호(同朋) 동,

다시 늦가을에는 간다의 이즈미(和泉) 동으로, 그리고 그 이 듬해 이른 봄에는 요도바시(淀橋) 가시와기(柏木)로 옮겼다. 애깃거리가 아무것도 없다. 슈린도(朱麟堂)라는 호를 쓰며 하이쿠 짓기에 한동안 빠져 있었다. 예의 일을 거들다가 두 차례나 유치장에 들어가기도 했다. 유치장에서 나올 때마다 친구들의 조언을 좇아 다른 고장으로 주소를 옮겨 다녔다. 아무런 감격도, 아무런 혐오감도 없었다. 그것이 모두를 위 해 좋은 것이라면 그렇게 하겠다는 무기력하기 이를 데 없 는 태도였다. 그저 멍청하게 H와 둘이서 그 짓이나 즐기며 하루하루 맞이하고 보내는 일만 되풀이했다. H는 생기가 돌았다. 하루에 두세 차례는 내게 언짢은 소리를 했지만 뒤 끝은 없었고 그러다가 영어 공부를 시작했다. 내가 시간표 를 짜주어 공부를 시켰지만 별로 잘 외우지는 못했다. 영어 는 로마자를 간신히 읽을 정도가 되자 어느 사이엔가 그만 두고 말았다. 편지 쓰기에도 역시 서툴렀다. 쓰기 싫어했다. 내가 초안을 잡아줘야만 했다. 그녀는 내 누나 노릇 하기를 좋아하는 듯싶었다. 내가 경찰서에 잡혀가도 그다지 놀라지 않았다. 그녀는 예의 사상을 도리어 남자답다고 여기고 좋 아하기조차 했다. 도호, 이즈미, 가시와기, 나는 스물네 살 이 되어 있었다.

그해 늦봄에 나는 다시, 또다시 이사를 해야만 했다. 또다 시 경찰에 불려갈 것만 같은 상황이어서 도망칠 수밖에 없

었다. 이번에는 좀 더 복잡한 문제가 얽혀 있었다. 시골의 큰
형에게 엉터리 일을 꾸며대어 두 달치 생활비를 한꺼번에
송금받아 그걸 들고 가시와기를 떠났다. 가재도구를 이곳저
곳의 친구들에게 조금씩 나누어 맡기고는 신변의 물건만을
가지고 니혼바시(日本橋) 핫초보리(八丁堀) 목재상의 2층 8평
남짓한 방으로 옮겼다. 나는 홋카이도(北海道) 태생의, 오치
아이 가즈오(落合一雄)라는 이름의 남자가 되었다. 그렇지만
하루하루가 불안했다. 가지고 있던 돈을 무척이나 아꼈다.
어떻게 되겠지 하는 안이한 생각으로 스스로의 불안한 심정
을 달랬다. 내일을 위한 마음가짐도 준비도 없었다. 아무 일
도 손에 잡히지를 않았다. 이따금 학교에 가서 강당 앞 잔디
밭에서 몇 시간이고 가만히 누워 있었다.

　어느 날의 일이다. 같은 고등학교를 다녔던 경제학부의
한 학생으로부터 언짢은 얘기를 들었다. 마치 끓는 물을 삼
킨 듯한 배신감을 느꼈다. '설마?' 하는 생각까지 들었다.
일러준 학생이 도리어 미웠다. H에게 물어보면 알 수 있을
것이라고 여겼다. 그래서 서둘러 핫초보리 목재상의 2층 방
으로 돌아왔으나 좀처럼 말을 꺼내기가 힘들었다. 초여름의
오후였다. 서녘으로 기우는 햇살이 방 안에 한껏 쪼여 무척
이나 더웠다. 나는 '오라가' 맥주 한 병을 H더러 사 오라고
했다. 당시 이 맥주는 25전이었다. 이 한 병을 단숨에 꿀꺽
마시고는 또 한 병을 사 오라고 했다가 H에게 호통을 맞았

다. 크게 호통치는 소리에 정신이 바짝 나서 오늘 학생에게 들은 얘기를 애써 아무렇지도 않은 말투로 느릿느릿 들려주었다. H는, "어리벙벙, 어이없네!" 하고 사투리로 씨부렁거리며, 이맛살을 잔뜩 찌푸리더니 그뿐, 이윽고 조용히 바느질을 계속해나갔다. 언짢아 보이는 기색은 어디에도 없었다. 나는 H를 믿기로 했다.

그날 밤, 나는 좋지 못한 책을 읽어버렸다. 루소의 『참회록』이었다. 루소가 역시 결혼하기 전에 쓴 글인데, 가슴 저리는 경험을 한 대목에 이르러서는 마음을 찌르는 듯 견디기가 힘들었다. 나는 갑작스레 H를 믿을 수 없게 되었다. 그날 밤 드디어 모든 것을 불게 만들었다. 학생으로부터 들은 일은 모두가 어김없는 사실이었다. 더욱 지독했다. 더 이상 캐고 들어갔다가는 끝이 없을 것 같은 느낌이 들었다. 나는 중도에 그만두고야 말았다.

나 역시 그런 방면으로는 남을 질책할 자격이 없다. 가마쿠라 사건을 뭐라 변명할 것인가. 하지만 그날 나는 속이 왈칵 뒤집혔다. 이제껏 H를 이를테면 내 손 안의 구슬처럼 소중하게 여기고 자랑스러워했구나, 하고 비로소 깨달았다. 오직 그녀를 위해서 살아온 것이다. 나는 그녀를 순결한 상태로 어둠에서 구출해냈다고 여기고 있었다. H가 말한 바 그대로를 용사(勇士)처럼 믿고만 있었다. 친구들에게도 나는 이것을 자랑삼아 말하고 다녔다. H는 의지가 강해서 나에게 오기 전까지 스스로를 잘 지킬 수 있었으리라 믿었던 것, 그것이 얼마나 어리석은 일이었는지 말문이 막힌다. 바보스럽다. 여자란 어떤 것인지 짐짓 알지 못했다. 나는 H의 기만을 미워할 마음이 조금도 없었다. 순순히 고백하는 H가 도리어 귀엽게 여겨졌다. 등을 쓰다듬어주고 싶기까지 했다. 나는 다만 유감스러웠다. 매사에 싫증이 났다. 내 생활의 모습을 곤봉으로 마구 으깨고 싶어졌다. 요컨대 견딜 수 없게 된 것이다. 나는 자수하기로 결심했다.

검사의 조사가 일단락되고 나는 뒈지지도 않고 다시 도쿄 거리를 걷고 있었다. 돌아갈 데라고는 H의 방밖에 없구나. 나는 H가 있는 곳으로 급히 서둘러 갔다. 어쭙잖은 재회다. 둘 다 어색하게 웃다가 힘없이 손을 잡았다.

핫초보리를 떠나 시바(芝) 구 시로카네산코(白金三光) 동에 있는 큼지막한 별채 방 하나를 임대해서 한동안 함께 살았다.

고향의 형들은 어이없어하면서도 슬그머니 송금을 해주었다. H는 마치 아무 일도 없었다는 듯이 원기를 되찾았다. 하지만 나는 스스로의 어리석음에 대해 조금씩 눈뜨기 시작했다.

유서를 썼다. '추억'이라는 제목으로 1백 장을 엮었다. 이제 돌이켜보면 이 「추억」이 나의 처녀작인 셈이다. 나의 어린 시절로부터 끊임없이 내가 지녔던 악을 굳이 미화시키지 않고 써놓고 싶다는 생각이 들었다. 스물네 살이 되던 가을

의 일이었다. 잡초만이 우거진 넓은 뜨락을 물끄러미 쳐다
보면서 나는 별채의 한 방에 웅크리고 앉아만 있었고 웃음
마저 거의 잃어버린 듯싶었다. 나는 또다시 죽을 작정을 하
고 있었다. 꿇어앉으라면 꿇어앉아야지. 멋대로다. 나는 역
시 인생을 한 편의 드라마로 간주하고 있었다. 아니, 드라마
를 인생으로 보고 있던 것이다. 이제 더 이상 나는 아무에게
도 쓸모 있는 존재가 아니다. 나에게 하나밖에 없는 여자인
H에게도 다른 사내의 손때가 묻어버렸다. 살아갈 보람이라
고는 눈곱만치도 없다. 나는 바보다. 머저리 신세인 채 생을
마감하리라는 각오를 굳혔다. 때의 흐름이 내게 던져준 역
할을 충실히 감당해야겠다는 생각이 들었다. 어김없이 누군
가에게 지고만 산다는 서글픈 비굴함마저도 충실하게 감당
해야겠다.

하지만 인생은 드라마가 아니었다. 2막 때의 일은 아무도
모른다. '멸망'이란 역할로 등장해서 마지막까지 퇴장하지
않는 녀석도 있다. 작은 유서인 셈 치고 이런 꾀죄죄한 아이
도 있었다고 하는 유년 및 소년 시대의 나의 고백을 써내려
갔지만, 그 유서가 역으로 마음에 걸려 내 허무한 마음에 작
은 등불을 밝혀주었다. 그리하여 도무지 죽을 수가 없게 되
었다. 그「추억」의 한 편만으로는 어쩐지 성이 차지를 않았
다. 어차피 여기까지 써버린 것이 아닌가. 그럴 바에야 전부
를 써두자. 오늘까지의 생활 전부를 털어놓고 싶어졌다. 저

일도, 이 일도…… 써놓고 싶은 얘기들이 마구 튀어나왔다.
우선 가마쿠라 사건을 적고나니, 아니다! 무엇인가 빠뜨린
것이 있다. 다시 한 편을 더 써야겠다. 그래도 역시 불만스
럽다. 한숨을 쉬고 또 다른 한 편을 쓰기 시작했다. 하지만
마침표를 찍지 못했고, 작은 콤마의 연속일 뿐이었다. 영원
히, 영원히 유혹하는 저 악마에게 나는 차츰 먹히고 있었다.
'당랑(螳螂)의 도끼'[2]였다.

나는 스물다섯 살이 되었다. 쇼와 8년. 그해 3월에 나는
대학을 졸업하지 않으면 안 되었다. 그렇지만 나는 졸업은
커녕 시험조차 치르지 못했다. 고향의 형들은 그것을 몰랐
다. 바보 같은 짓만 하고 다녔으니 사죄의 뜻으로라도 학교
만큼은 졸업하겠지, 그만큼의 성실성은 지니고 있는 녀석
이겠거니, 하고 은근히 기대하고 있었던 것 같다. 나는 그런
기대를 보기 좋게 배반했다. 졸업할 마음이 없었다. 신뢰하
는 사람들을 속인다는 것은 미쳐버릴 것만 같은 지옥이다.
그로부터 2년 동안, 나는 이 지옥 속에서 살았다.

"내년에는 반드시 졸업하겠습니다. 제발 1년만 더 용서해
주십시오." 나는 이렇게 큰형에게 읍소하고는 또 배신했다.
그해에도 그렇게 했다. 그 이듬해에도 그렇게 했다. 죽을 것
만 같은 맹렬한 반성과 자조와 공포 속에서도 죽지 못하고

---

2 허약한 사람이 자기 분수도 모르고 밀어붙이는 것을 뜻함.

나는 멋대로 '유서'라고 이름 붙인 일련의 작품에 빠져 있었다. 이 글이 완성된다고 하더라도 그건 풋내기의 우쭐한 감상에 지나지 않았을는지도 모른다. 하지만 나는 그 감상에 목숨을 걸었다. 마무리한 작품을 큰 종이 부대 속에 서너 개 저장했다. 차츰 작품 수도 늘어났다. 나는 그 종이 부대에 붓으로 '만년(晚年)'이라고 써놓았다. 일련의 유서의 제목인 셈이었다. 이제 이것으로 끝장이라는 의미였다. 살던 집이 팔리지 않아 그해 이른 봄에 이사를 가야만 했다. 학교도 졸업하지 못했기 때문에 고향으로부터의 송금도 적잖이 줄어들었다. 한층 절약해야만 했다.

아는 이의 집 방 한 칸을 빌렸다. 스기나미(杉並) 구 아마누마(天沼) 산초메(三丁目). 빌려준 이는 신문사에 근무하는 훌륭한 시민이었다. 그로부터 2년 동안 그분과 함께 살면서 실로 많은 심려를 끼쳤다. 나는 여전히 학교를 졸업할 마음이 없었다. 바보같이 다만 작품에만 신경을 곤두세우고 있었다. 무슨 말이라도 들을까 두려워서 나는 그 지인에게도, 또한 H에게조차도 내년에는 졸업하게 되리라고 일시적인 도피성 거짓말을 하곤 했다.

나는 일주일에 한 번쯤은 제대로 교복을 걸치고 집을 나섰다. 학교 도서관에서 아무렇게나 이 책 저 책을 빌려서 읽는 둥 마는 둥 하다가 졸기도 하고 아니면 작품을 쓰기도 하다가 저녁 무렵에는 아마누마로 돌아왔다. H도 지인도 전

혀 의심하지 않았다. 겉으로는 모두가 무사했지만 나는 은
근히 조심스러웠다. 순간순간 마음을 졸이곤 했다. 고향에
서 송금이 끊어지기 전에 작품을 마치고 싶었다. 하지만 좀
처럼 진도가 나가질 않아 무척이나 힘들었다. 썼다가도 곧
잘 찢어버리곤 했다. 나는 꼴사납게도 그 악마에게 뼛속까
지 갉아먹히고 있었다.

　한 해가 지나갔다. 나는 졸업하지 않았다. 형들은 격노했
지만 나는 또 읍소했다. 내년에는 꼭 졸업하겠다고 거짓말
을 했다. 그것 말고는 송금을 부탁할 구실이 없었던 것이다.
이 같은 내 실정을 아무에게나 털어놓을 수도 없는 노릇이
었다. 군이 공범자를 만들고 싶지 않았다. 나 혼자만이 망나
니 취급을 받고 말았으면 했다. 그러면 주위 사람의 입장도
분명해지고 나 때문에 행여 휘말릴 이도 없을 것이라 믿었
다. 유서를 만들기 위해 1년이 더 필요하다는 말을 어떻게
할 수가 있겠는가 말이다. 나는 혼자서 제멋대로인 이른바
'시적(詩的) 몽상가'로 여겨지는 것이 무엇보다도 싫었다. 형
들 역시 그 같은 비현실적인 말을 꺼낸다면 송금해주고 싶
어도 송금을 중단할 수밖에 없을 것이다. 실정을 알고 도와
주었다면 형들은 후세 사람들에게 나와 공범자라고 취급받
을 테니 말이다. 그건 싫다. 나는 어디까지나 머리만 굴리는
잔재주꾼 아우가 되어 형들을 속여먹을 수밖에 없다. 도적
의 그럴듯한 핑계 같지만 나는 엉뚱한 뒷공론을 골똘히 생

각하곤 했다. 나는 역시 일주일에 한 번쯤은 제복을 입고 학교를 다녔다. H도, 그 신문사 지인도 내년에는 드디어 졸업을 하게 되리라고 대견스럽게 여기고들 있었다. 나는 궁지에 몰리고 있었다. 깜깜한 나날이었다. 나는 결코 악인이 아니다! 사람을 속이는 일은 지옥이다. 이윽고 또 아마누마 1가로 이사했다. 3가는 통근이 불편하다는 이유로 지인이 그해 봄에 1가에 있는 시장 뒤편으로 거처를 옮긴 것이다. 전철역에서 가까웠다. 같이 옮기자고 해서 우리도 그 집 2층 방에 둥지를 틀었다. 그곳으로 옮긴 다음 매일 밤 나는 잠을 이룰 수가 없었다. 그래서 싸구려 술을 마구 들이켰다. 뱉어도 뱉어도 담이 나왔다. 병에 걸린 것인지도 모르겠다는 생각이 들었으나 그 따위에 신경 쓸 겨를이 없었다. 그보다는 빨리, 어서 빨리 저 종이 부대 속의 작품집을 마무리 짓고 싶었다. 내 멋대로의 그럴듯한 생각일지는 모르겠지만 나는 그것을 여러 사람들에게 사죄의 뜻으로 남기고 싶었다. 내가 정성껏 할 수 있는 단 한 가지 일이었다. 그해 늦은 가을에 나는 가까스로 쓰기를 마쳤다. 20여 편 가운데 14편만을 가려 뽑았고 나머지는 잘못 쓴 원고와 함께 불태워버렸다. 궤짝 하나쯤은 충분히 되는 분량이었다. 마당에 끄집어내어 말끔히 불태워버리고야 만 것이다.

"있죠, 왜 굳이 태워버렸죠?" H는 그날 밤 불쑥 물었다.

"응, 이제 필요 없어졌으니까……." 나는 미소 지으며 대답했다.

"태우기는 왜 태워……." H는 같은 말을 되풀이했다. 그
녀는 울고 있었다.

나는 내 주변을 정리하기 시작했다. 남에게 빌린 책들은
제각기 되돌려주었고, 편지나 노트도 폐품상에게 팔았다.
'만년'이라고 써놓은 종이 부대 속에는 별도로 편지 두 통을
슬그머니 넣어두었다. 이제 준비가 다 된 듯하다. 나는 매일
밤 싸구려 술을 마시러 나갔다. H와 얼굴을 맞대고 있는 것
이 두려웠기 때문이다. 그 무렵 학교의 어느 친구로부터 동
인지를 내지 않겠느냐고 제안을 받았다. 나는 적당히 얼버
무렸다. '푸른 꽃'이라는 제호라면 해도 괜찮겠다고 대답했
다. 농담처럼 씨부렁거렸는데 몇 명인가가 동인이 되겠다고
나섰다. 그 가운데 두 사람과 급격히 친해졌다. 나는 이른바
청춘의 마지막 정열을 거기에 불태웠다. 죽음을 눈앞에 둔
미치광이의 춤이었다. 한데 어울려 한껏 취하고 저능한 학
생들을 마구 구타했다. 더럽혀진 여자들을 육친처럼 사랑했
다. H의 옷장은 H도 모르는 사이에 텅 비어 있었다. 순문예
지 『푸른 꽃』은 그해 12월에 발간되었다. 단 한 권을 내고는
동인들은 제각기 흩어져버렸다. 목적이 없는 야릇한 열광에
질려버린 것이리라. 남은 것은 우리 셋뿐이었다. '세 놈의
바보'라고 불리기도 했다. 하지만 이 세 사람은 평생의 친구
였다. 나는 이 두 사람에게서 배운 것이 많았다.

이듬해 3월, 서서히 또 졸업의 계절이 다가왔다. 나는 모 신문사의 입사 시험을 보기도 했다. 동거하는 지인에게도, 또한 H에게도 머지않아 다가올 졸업을 서둘러 준비하는 듯 보이고 싶었다. 신문기자가 되어 평생토록 평범하게 지낼 것이라며 집안 사람들을 환하게 웃게 하고 있었다. 어차피 탄로 날 바에는 하루라도, 한 시간이라도 길게 평화를 지속 시키고 싶어서 나는 열심히 그때뿐인 모면성 거짓말을 해댔 다. 나는 늘 그랬다. 그러다가 궁지에 몰리면 죽음을 생각했 다. 결국에는 사실대로 드러나 사람들을 한층 더 소스라치 게 놀라게 하여 격노시키게 할 따름인데도 그때마다 마주치 는 현실로부터 도망치려고 한 걸음 한 걸음, 시시각각 스스 로 허위의 지옥을 파고들었다. 물론 신문사에 들어갈 생각 도 없었고 또한 시험에 합격할 리도 없었다. 완벽했던 거짓 진지(陣地)도 이제는 무너져 내리고 있다. '죽을 때가 다가오 고 있구나.' 하고 느꼈다. 나는 3월 중순에 혼자서 가마쿠라 에 갔다. 쇼와 10년의 일이다. 나는 이곳 산속에 들어가 목 매 죽을 작정이었다.

그러니까 가마쿠라의 바다에 뛰어들어 소동을 일으킨 지 5년째의 일이다. 나는 헤엄칠 줄 모르기 때문에 바다에서 죽는다는 것은 어려웠다. 나는 확실하다고 들었던 목매어 죽기를 택했다. 하지만 나는 또다시 꼴사납게 실패하고야 말았다. 소생하고야 만 것이다. 내 모가지는 남달리 굵은 것인지도 모른다. 목덜미에 붉은 줄기만 생긴 채 멍청한 모습으로 아마누마의 집으로 돌아왔다.

스스로의 운명을 스스로 규정하려고 했다가 실패했다. 어슬렁어슬렁 집에 돌아와보니 알지 못했던 불가사의한 세계가 펼쳐져 있었다. H는 현관에서 내 목덜미를 살그머니 보드랍게 쓰다듬어주었다. 여느 사람들도 모두 "다행이다, 다행이다." 하며 나를 위로해주었다. 삶의 우아함에 나는 다만 망연할 따름이었다. 큰형도 시골에서 달려왔다. 큰형에게 호되게 꾸중을 들었지만 나는 그런 형이 마냥 그립고 외경스러웠다. 나는 태어나서 처음이라고 해도 좋을 만큼 묘한 감정들을 맛보았다.

곧이어 전혀 생각하지도 못했던 운명이 전개되었다. 그로부터 며칠 후, 엄청난 복통이 나를 엄습했다. 나는 하루 밤낮을 뜬눈으로 참고 견디었다. 유탄포(湯婆)[3]로 복부를 덥혔다. 하지만 점점 떨리고 급기야 실신 상태에 이르러 의사를 불렀다. 나는 이불에 싸인 채 구급차에 실려 아사가야(阿佐ケ谷)의 외과병원에 실려 갔다. 곧 수술을 받았다. 맹장염이었다. 병원에 오는 것이 늦은 데다가 유탄포로 찜질을 한 것이 오히려 나빴던 것이다. 복막에 농이 유출되어 퍽이나 어려운 수술이었다. 수술 후 이틀째에는 목구멍에서 핏덩어리

---

3 뜨거운 물을 넣어 몸을 덥히는 기구.

가 나오기도 했다. 전부터의 가슴앓이가 급격히 표면으로 나타난 것이다. 숨쉬기도 힘들었다. 의사도 자신이 없어 할 만큼 위험했지만 악업이 깊은 나는 조금씩 회복되어갔다. 한 달 남짓 지나자 복부의 상처 부위가 유착되었다. 그런데 나는 전염병 환자로 분류되어 세타가야(世田谷) 구의 교도(経堂) 내과병원으로 이송되었다. H는 끊임없이 내 곁에 붙어 있었다. 의사는 어려운 병이라고 웃으며 겁을 주기도 했고 나는 덩달아 웃어주었다. 마침 이 병원의 원장이 큰형의 친구여서 나는 특별 대우를 받았다. 넓은 병실을 두 개 빌려서 가재도구를 모두 가지고 아예 병원으로 이주해버렸다. 5월, 6월, 7월, 모기들이 적잖이 나타나기 시작하고 병실에 모기장이 쳐질 무렵, 나는 원장의 지시로 지바(千葉) 현의 후나바시(船橋) 동으로 옮겨갔다. 바닷가였다. 마을 변두리에 새로 지은 건물을 임대하여 살았다. 전지보양(轉地保養)의 의미에서 마련된 곳이었지만 그곳 역시 내게는 좋지 않았다. 지옥의 대동란이 시작된 것이다. 나는 아사가야의 내과병원에 있을 무렵부터 나쁜 버릇에 익숙해 있었다. 그것은 마취제의 남용이었다. 처음에는 의사가 내 복부의 고통을 진정시키기 위해 아침저녁으로 처방해주었던 것인데, 차츰 그 약이 없이는 잠들 수가 없게 되어버렸다. 나는 잠 못 이루는 고통에는 극도로 약했다. 나는 매일 밤 의사에게 간곡히 부탁했다. 담당 의사는 내 몸을 포기하고 있었기 때문에 내 간

청을 언제든 쉽사리 받아들여주었다. 내과병원으로 이송된 뒤에도 나는 원장에게 집요하게 부탁했다. 원장은 세 번에 한 번 정도는 못마땅해하면서도 응했다. 이제 와서는 내 몸을 위해서가 아니라 내 참회와 초조함을 덜기 위해 마취제가 필요해졌다. 내게 외로움을 견딜 만한 힘이 없었다. 후나바시로 옮긴 다음부터는 마을 병원에 가서 불면증과 마약중독 증상을 호소하며 그 약품을 강요했다. 나중에는 마음약한 마을 의사에게 억지로 처방전을 쓰게 하여 마을 약국에서 직접 약품을 구매했다. 그게 나쁘다는 것을 깨달았을때에는 나는 이미 음습한 마약 중독자가 되어 있었다.

당장 돈이 다급해졌다. 그 무렵 나는 매월 90엔의 생활비를 큰형으로부터 송금받고 있었다. 그 이상의 것을 바란다는 것은 물론 지나친 욕심이었다. 형의 애정에 보답하려는 노력은 무엇 하나 하지도 않으면서 목숨을 담보로 장난질만 하고 있던 셈이다. 그해 가을 이래, 이따금 도쿄 거리에 내밀었던 내 몰골은 이미 지저분한 반미치광이였다. 그 시기의 어처구니없던 내 모습을 나는 짐짓 알고 있다. 아니 도저히 잊을 수가 없다. 나는 일본 제일의 못나고 초라한 젊은 녀석이 돼버렸다. 10엔, 20엔의 돈을 빌리기 위해 도쿄에 오곤 했다. 잡지사 편집부 직원의 면전에서 울먹였던 때도 있다. 너무 집요해서 편집자들에게 호되게 야단을 듣기도 했다. 그 무렵에는 내 원고도 조금은 돈이 될 가능성이 있긴

했다. 내가 아사가야의 병원이나 교도의 병원에서 드러누워 있는 동안에 친구들의 노력으로 종이 부대 속의 '유서'가 두 서너 개 괜찮은 잡지에 발표되었다. 그런데 그 반향으로 나를 향한 매도와 지지의 말이 들리자, 나는 당혹감에 휩싸여 약물에 더욱 중독되었다. 그런 나머지 줄곧 잡지사에 달려가서 잡지사 편집자나 심지어는 사장에게까지 면회를 요청하여 원고료의 선지급을 조르기도 했다. 스스로의 고뇌 때문에 여느 사람들까지 힘들게 하며 살아간다는 뻔한 사실조차도 느끼지를 못했다. 종이 부대 속의 작품도 어느 사이엔가 한 편도 남지 않고 다 팔아넘겨버렸다. 이어서 작품이 곧바로 쓰이지도 않았다. 이미 소재가 다 고갈되어 아무것도 쓸 수 없는 지경에 이르고야 만 것이다. 이 무렵 문단에서는 나를 가리켜 "재능은 있지만 덕이 없다."라고 평가하고 있었으나, 나 스스로는 "덕의 싹은 텄지만 재능은 없다."라고 믿고 있었다. 내게는 이른바 '문재(文才)'라는 것이 없다. 몸 뚱어리로 비집고 나가는 것 이외에는 다른 방법을 알지 못했다. 융통성이 전무한 시골뜨기다. 하룻밤, 밥 한 끼 신세 치고도 그게 부담스러워 어찌할 바를 몰라 하면서도 자포자기에 빠져 역으로 파렴치한이 되는 그런 못난이였다. 나는 엄격하고 보수적인 집안에서 자랐다. 돈을 빌린다는 것을 가장 나쁜 죄업으로 여겼던 집안이었다. 빚을 지지 않으려 들다가 끝내는 더욱 큰 빚을 지게 되고야 말았다. 약물 중독은 빚의 부끄러움에서 벗어나려 들면 들수록 더더욱 늘어만 갔다. 백주에 긴자 거리를 훌쩍훌쩍 울면서 거닐었던 적도 있다. 돈이 탐났다. 스무 명 남짓한 지인들로부터 마치 빼앗기라도 하듯이 돈을 빌려버렸다. 차마 죽을 수가 없었다. 그 빚을 깨끗하게 다 갚은 다음에야 죽고 싶었다.

나는 사람들로부터 기피 대상이 되어가고 있었다. 후나바시로 이사 간 지 1년이 지난 쇼와 11년 가을에 나는 자동차에 실려 도쿄 이다바시(板橋) 구에 있는 어느 병원으로 옮겨졌다. 하룻밤 자고 눈을 떴더니 정신병원의 병실에 누워 있었다.

한 달 남짓 동안 병원 신세를 지다, 어느 맑은 가을날 오후에야 가까스로 퇴원 허가가 났다. 마중 나온 H와 둘이서 자동차를 탔다.

한 달 만에야 만난 셈이었지만 둘 다 잠자코 있었다. 한참만에야 H가 말문을 열었다.

"이제 약은 끊어야 해." 몹시 화가 난 목소리였다.

"나는 이제부터 아무것도 믿지 않을 거야." 나는 병원에서 생각해왔던 유일한 말을 던졌다.

"그래." 현실적인 H는 내 말을 뭔가 금전적인 의미로 해석했는지 크게 수긍하면서, "사람에게 너무 기대서는 안 되지." 하고 고개를 끄덕였다.

"너도 믿지 않을 거라고."

H는 어색한 얼굴로 실룩해졌다.

후나바시의 집은 내가 입원해 있는 동안에 철거되었고, H는 스기나미구 아마누마 산초메에 있는 아파트의 방 한 칸을 빌려 살고 있었다. 우선 나는 그곳으로 갔다. 마침 두 잡지사로부터 원고 청탁이 와 있었다. 퇴원한 날 밤부터 나는 글을 쓰기 시작했다. 두 편의 소설을 탈고하고는 그 원고료를 들고 아타미 온천 마을에 가서 한 달 동안 절도 없이 줄곧 술만 마셨다. 앞으로 어떻게 해야 할 것인지 도무지 알 수가 없었다. 큰형으로부터는 앞으로 3년간은 생활비를 받기로 되어 있었고 입원 전의 가장 신경 쓰이는 빚이라도 갚으려는 계획은 있었지만 소설을 쓰기는커녕 주변의 삭막함에 견딜 수가 없어 마구 술만 퍼마셨을 따름이다. 절실하게 스스로를 탓해보기도 했다. 아타미에서 도리어 빚이 늘고야 말았다. 무엇을 해봐도 틀렸다. 나는 완전한 패배자다.

나는 아마누마의 아파트를 빌려 모든 소망을 떨쳐버린 망가진 몸뚱어리를 내던져버렸다. 나는 어느덧 스물아홉 살이었다. 그런데도 내겐 아무것도 없다. 내게는 도테라 속옷 한 벌, H 역시 입고 있는 가진 것이라곤 옷밖에는 없다. 여기서 더 이상 내려갈 데도 없다. 밑바닥이라고 생각했다. 큰형으로부터 다달이 송금되는 생활비에 의지해 벌레처럼 묵묵히 견디며 살았다.

하지만 아직도 멀고 멀었다. 그것은 밑바닥이 채 아니었다. 그해 이른 봄에 나는 어느 서양화가로부터 전혀 생각지도 않았던 의외의 상담을 받았다. 무척 가까운 친구였다. 그의 얘기를 듣자 나는 곧 질식할 것만 같았다.

H가 이미 슬픈 잘못을 하고야 말았던 것이다. 불길하기 짝이 없던 병원에서 퇴원하던 그날, 자동차 속에서 나의 아무것도 아닌 추상적인 방언(放言)에 무척이나 당황해하던 H의 표정이 문득 떠올랐다. 나는 H에게 숱한 어려움을 떠안기고 있지만, 그래도 살아 있는 동안에는 H와 같이 살아갈 작정이었다. 나의 애정 표현이 서툴러서 H도 서양화가도 그것을 느끼지 못했던 것이다. 상담을 받았으나 나로서는 어떻게 할 도리가 전혀 없었다. 나는 그 누구에게도 상처를 주지 않겠다고 생각했다. 우리 세 사람 중에선 내가 제일 연장자다. 나만이라도 침착하게 훌륭한 묘책을 내놓아야 한다. 그러나 역시 나는 너무나 충격적인 일에 어찌할 바를 모르고 우물쭈물하다가 도리어 H에게 경멸을 당하기도 했다. 아무런 대안도 내놓을 수 없었다. 그러는 동안에 서양화가는 차츰 도피처를 찾고 있었다. 나는 괴로운 중에도 H에게 연민을 느꼈다. H는 이미 죽을 작정을 한 듯이 보였다. 도저히 어찌할 도리가 없다면 나도 죽을 작정이다. 둘이서 같이 죽자! 신도 용서할 것이다.

우리는 사이좋은 오누이처럼 여행을 떠났다. 미나카미(水上) 온천으로! 그날 밤 우리 두 사람은 자살을 꾀했다. 하지만 H를 죽게 해서는 안 된다고 생각했다. 나는 그렇게 노력했다. H는 살아났다. 나도 완전히 실패했다. 약품을 사용한 것이다.

우리는 결국 헤어졌다. H를 계속 잡아둘 용기가 내게는 없었다. 버리고 싶었다고 여긴다 할지라도 하는 수 없다. 막상 참으려 해도 인도주의가 가져다줄 허세 때문에 뒤따르게 될 추악한 지옥이 또렷이 보이는 것도 같았다. H는 홀로 시골의 어머니 품으로 돌아갔다. 서양화가의 소식은 그 후 감감했다. 아파트에서 혼자 자취 생활을 시작했다. 나는 소주 마시는 일을 배웠다. 이도 마구 빠지기 시작했다. 얼굴이 초췌해졌다. 나는 아파트 근처의 하숙집으로 거처를 옮겼다. 최하층의 하숙집이었다. 그곳이 내게 가장 적합한 장소라고 생각했다. 네 칸짜리 하숙에서 혼자서 술을 홀짝이다 취하면 하숙집 문기둥에 기대 하염없이 속삭이듯 노래를 읊조리기 일쑤였다. 친한 친구 두세 명 이외에는 그 누구도 나를 상대해주지 않았다. 내가 세상 사람들에게 어떻게 보이고 있는 것인지 짐짓 느낄 수가 있었다. 나는 무지하고 교만한 무뢰한, 혹은 백치, 혹은 하등하고 교활한 호색한, 가짜 천재인 사기꾼, 사치스러운 생활을 하다 돈이 떨어지면 미치광이가 되어 자살 소동을 벌여서 시골 가족들을 협박한다. 정숙한 아내를 개나 고양이처럼 학대하다가 끝내는 내쫓는다. 그 밖에도 숱한 전설이 비웃음, 혐오, 분노로 세상 사람들의 입에 오르내리며 매장되어 급기야는 폐인이 되어가고 있던 것이다. 이를 눈치챈 다음부터는 하숙집에서 한 발자국도 밖으로 나가고 싶지 않았다. 술이 없는 밤에는 얇게 구운 과자를 씹으며 탐정소설을 읽는 것이 호젓하고 즐거웠다. 잡지사에서도, 신문사에서도 원고 청탁은 아예 없었다. 나 역시 아무것도 쓰고 싶지 않았다. 아니, 쓸 수가 없었다. 병환 중에 빌린 돈에 대해서는 아무도 독촉하지를 않았지만 나는 한밤에 꿈속에서도 괴로워했다. 나는 어느덧 서른 살이 되었다.

어떤 계기(契機)로 그렇게 되어버린 것일까? 나는 살아야겠다는 생각을 하기에 이르렀다. 고향집의 불행이 나로 하여금 그 당연한 힘을 부여해준 것일까. 큰형은 국회의원에도 당선되었으나 그 후 곧 선거법 위반으로 기소되었다. 나는 큰형의 엄격한 인품을 외경하고 있다. 주변에 나쁜 사람들이 있었을 것임에 틀림없다. 누나가 죽고 조카가 죽었으며 덩달아 사촌이 죽었다. 나는 이를 풍문으로만 들었다. 일찍이 고향 사람들과는 모든 소식을 끊고 지냈던 것이다. 연이은 고향의 불행이 자빠져 뒹굴고 지내기만 하던 나의 상반신을 서서히 일으켜 세우게 해주었다. 나는 고향집의 규모를 부끄러워하고 있었다. 부잣집 아들이라는 핸디캡 탓에 나는 자포자기 상태가 되어버렸던 것이다. 부당하게 혜택을 받고 있다는 언짢은 공포감이 어린 시절부터 나를 비굴하게 만들었고 염세적으로도 만들었다. 부잣집 자식은 부잣집 자식답게 지옥에 떨어지지 않으면 안 된다는 신앙을 지니고 있었던 것이다. 도망치는 것은 비겁한 짓이다. 이름 있는 집안의 자식으로 태어난 악업을 짊어지고 의연히 죽으려 노력했다. 하지만 하룻밤 눈 붙이고 일어나 문득 생각해보니 나는 부잣집 자식은커녕 갈아입을 옷조차 없는 천한 밑바닥 인생이었다. 고향으로부터의 송금도 올 해 안에 끊길 것이었다. 이미 호적은 분할되어 있었다. 더군다나 내가 태어나고 자랐던 고향집도 이제는 불행의 밑바닥에 빠져 있었다. 이미 내게는 남에게 부끄러워할 만한 주어진 특권이 없는 것이다. 도리어 마이너스가 있을 따름이다. 그런 자각과 또 하나 하숙집의 방에서 자결할 만한 기백조차 잃고 나뒹굴고 있는 사이에 내 몸뚱어리가 이상하게도 눈에 띌 만큼 건강해졌다고 하는 사실도 대단히 중요한 하나의 요인으로 들수 있겠다. 그리고 또한 연령, 전쟁, 역사관의 동요, 태만에의 혐오, 문학에의 겸허, 신이 있다는 생각 등 여러 가지 것들을 들 수가 있겠지만 한 인간의 전기에 대한 설명에는 어딘가 허전함이 있다. 그 설명은 어딘가 허전함이 있다 하더라도 반드시 그 어딘가에 거짓된 빈틈이 반드시 있게 마련이다. 사람은 언제나 이러쿵저러쿵하며 스스로의 행로를 어엿이 선택하지는 않는 것이니 말이다.

　나는 그 서른 살의 초여름, 처음으로 제정신을 가지고 문필 생활을 시작했다. 정말이지 너무 뒤늦은 시작이었다. 나는 도구다운 것이라고는 아예 없는 하숙집 단칸방에서 혼신을 다하여 글을 썼다. 하숙집 밥통에 저녁밥이 조금이라도 남아 있으면 그것만으로 살짝 주먹밥을 만들어두며 깊은 밤 작업할 때의 공복에 대비하기도 했다. 이번에는 유서로서 쓰는 것이 아니었다. 살아가기 위해서 글을 썼다. 한 선배가 나를 격려해주기도 했다. 세상 사람들이 한결같이 나를 미워하고 비웃고 있는데도 그 선배만큼은 시종 변함없이 나라는 인간을 은근히 지지해주었다. 나는 그 존귀한 신뢰에도 보답하지 않으면 안 된다. 이윽고 「노파 버리기」라는 작품이 마무리되었다. H와 미나카미 온천에 죽으러 갔던 때의 일을 정직하게 썼다. 이 작품은 금방 팔렸다. 내 작품을 기다리고 있어주었던 편집자가 한 사람 있었기 때문이다. 나는 그 원고료를 함부로 쓰지 않고 우선 전당포에 가서 나들이옷을 하나 찾아 차려입고 여행길에 나섰다. 향한 곳은 고슈의 산이었다. 다시 생각을 새롭게 한 후 장편소설을 쓰기 시작할 작정이었다. 고슈에는 꼭 1년간 있었다. 장편소설은 완성하지 못했지만 단편은 열 편 이상 발표했다. 여러 군데에서 성원하는 소리도 들려왔다. 문단이란 고마운 곳이라는 생각이 들었다. 평생 그곳에서 살 수 있는 사람은 행복하겠다는 생각도 들었다. 이듬해, 쇼와 14년 정월에 나는 그 선배의 주선으로 평범한 맞선 끝에 결혼을 했다. 아니, 평범하지는 않았다. 나는 무일푼으로 혼례식을 올렸다. 고슈 시의 변두리에 방이 두 개뿐인 작은 집을 빌려 살았다. 그 집은 월세 6엔 50전이었다. 나는 창작집을 연이어 두 권이나 출판했다. 조금은 여유가 생겼다. 마음에 걸렸던 빚을 조금씩 정리했으나 그건 그렇게 쉬운 노릇은 아니었다. 그해 초가을에 도쿄의 미타카 동으로 이사했다. 그곳은 도쿄 시가 아니었다. 나의 도쿄 시 생활은 그 너절했던 하숙집을 나와 덜렁 가방 하나 든 채 고슈로 떠났을 때, 이미 중단되었던 것이다.

나는 이제 한낱 원고 생활자다. 여행길에서도 여관 숙박부의 직업란에 당당히 문필가라고 적는다. 괴로움은 있지만 좀처럼 그걸 말하지 않는다. 전보다 괴로울 때에도 내가 세속화되었다고 말한다. 무사시노(武藏野)의 석양은 무척이나 큼직하다. 한껏 부풀어 타들어가듯 사라진다. 나는 그런 낙조가 보이는 좁은 방에서 책상다리를 하고 앉아 고즈넉하게 식사를 하면서 아내에게 말을 건넸다. "나는 이렇게 하잘것없는 사내야. 출세도 할 수 없고 부자도 될 수 없다고. 그렇지만 이 집 하나만은 어떻게든 지켜나갈 작정이오." 이때 문득 도쿄팔경이 떠올랐다. 지난날이 마치 주마등처럼 마음속에 떠올랐다.

이곳은 도쿄 시외이긴 하지만 바로 근방에 있는 이노카시라 공원도 도쿄 명소의 하나로 손꼽히므로 이 무사시노의 석양은 도쿄팔경 속에 포함시킨다 해도 상관이 없을 것 같다. 나머지 칠경을 정하려고 나는 내 마음속 앨범을 뒤적거려보았다. 하지만 이 경우 예술이 되는 것은 도쿄의 풍경이 아니었다. 바로 풍경 속의 나였다. 예술이 나를 속인 것인지, 아니면 내가 예술을 기만한 것인지…… 결론. 예술은, 바로 나다.

도쓰카의 장마, 혼고의 황혼, 간다의 제례, 가시와기의 첫눈, 핫초보리의 불꽃놀이, 시바의 보름달, 아마누마의 여치, 긴자의 번개, 이다바시 정신병원의 코스모스, 오기쿠보의 아침 이슬, 무사시노의 석양……. 추억의 어두운 꽃잎이 후다닥 날려 좀처럼 정리하기가 어려워졌다. 딴은 무리하게 팔경을 맞춘다는 것도 억지인 듯싶다. 그렇게 생각하는 동안 이 봄과 여름 속의 두 경치를 다시 발견하고야 말았다.

올해 4월 넷째 날, 나는 고이시카와(小石川)에 사는 대선배인 S 씨 댁을 방문했다. S 씨는 다섯 해 전 내가 병상에 있었을 때 신세를 많이 졌고 끝내는 나를 호되게 나무라며 절교하기까지 이르렀는데, 올해 정월에 찾아뵌 다음에야 용서를 빌었다. 그러고는 한동안 격조했다. 그러다가 그날은 친구의 저서 출판기념회 발기인 승낙을 얻으러 찾게 된 것이다. 마침 집에서 만날 수 있었고, 부탁을 들어주기로 했다. 그러고는 그림자 문학 이야기를 나누었다. "내 자네에게 좀 심하게 굴었던 게 아닌가 하는 생각도 들었지만, 이제 와서 보니 도리어 그게 좋은 결과가 된 듯해서 참 다행이라고 여겨지네." 늘 그랬듯이 그는 무거운 어조로 말을 던졌다. 우리는 함께 우에노로 나섰고, 그림 전시회를 관람했다. 하잘것없는 그림들이 많았다. 나는 어느 그림 앞에 멈춰 섰다. 이윽고 S 씨도 내 곁에 와서 그 그림을 얼굴 가까이에 대고는,

"너무 안이하군." 하며 무심히 말을 던졌다.

"틀렸네요." 나도 자른 듯이 내뱉었다.

H와 말썽이 있었던 서양화가 녀석의 그림이었던 것이다.

우리는 미술관에서 나와 가야바(茅場) 동에서 있었던 《아름다운 전쟁》이라는 영화 시사회에 함께 들른 다음 긴자로 발걸음을 옮겨 차를 마시면서 하루를 보냈다. 저녁나절이 되자 S 씨는 신바시(新橋) 역에서 버스로 집에 돌아가겠다고 해서 나도 신바시 역까지 함께 걸어갔다. 걸어가면서 나는 도쿄팔경에 대한 계획을 말했다.

"과연 무사시노의 석양은 정말 크군요."

S 씨는 신바시 역전의 다리 위에 서서,

"그림이 되네." 하며 낮은 목소리로 말하며 긴자의 다리 쪽을 가리켰다.

"하아!" 나도 멈춰 서서 바라보았다.

"그림이 되네." 되풀이해서 혼잣말처럼 말했다.

바라보고 있는 풍경보다도 바라보고 있는 S 씨와 그 파문된 나쁜 제자의 모습을 나는 도쿄팔경의 하나로 편입시키려

고 마음먹었다.

그로부터 두 달쯤 지나서, 나는 다시 기분 좋은 소식을 들었다. 어느 날 처제로부터, "드디어 T가 내일 출발하기로 되어 있어요. 시바 공원에서 잠시 면회가 가능하답니다. 내일 아침 9시에 시바 공원으로 나오세요. 형부께서 T에게 제 마음을 잘 전해주시기를 바랍니다. 저는 바보 같아서 T에게는 아무것도 말하지 않았어요."라는 내용으로 속달이 왔다,

처제는 스물두 살이지만 몸이 작달막해서 어린애처럼 보인다. 작년에 T 군과 맞선을 본 후 약혼을 했지만, 납폐 직후 T 군이 소집되어 도쿄의 어느 부대에 입대했다. 나도 군복의 T 군과 만나 30분쯤 얘기를 나눈 적이 있다. 또렷또렷하고 품위 있는 젊은이였다. 내일 드디어 전쟁터로 출발하기로 되어 있는 모양이다. 그 속달이 온 지 채 두 시간도 되기 전에 다시 처제로부터 속달이 왔다. "잘 생각해보았는데, 요전번의 부탁은 그만두는 게 좋을 것 같습니다. T에게는 아무 얘기 안 하셔도 좋을 것 같습니다. 다만 전송만 해주세요."라고 적혀 있어 나와 아내는 소리 내어 웃어댔다. 혼자서 이런 것 저런 것을 두루 신경 쓰는 모습이 눈에 보이는 듯싶었기 때문이다. 처제는 그 이삼일 전부터 T 군의 양친 댁에 가서 일을 거들고 있었다.

이튿날 아침, 우리는 일찌감치 일어나 시바 공원에 갔다. 조조지(増上寺) 경내엔 배웅을 나온 사람들이 많이 모여 있

었다. 카키색 단복을 입고 부지런히 인파를 휘젓고 돌아다
니는 노인을 붙잡고 물어보니 T 군의 부대는 산문(山門)[4] 앞
에서 잠시 멈추었다가 5분간 휴식한 다음 바로 출발한다고
했다. 우리들은 경내에서 나와 산문 앞에 서서 T 군이 소속
된 부대의 도착을 기다리고 있었다. 이윽고 처제도 작은 깃
발을 들고 부대와 함께 도착했다. T 군의 양친과는 첫 대면
이었다. 아직 확실히 친척이 된 것도 아닌 데다가 사교에 서
툰 나는 제대로 인사도 못 했다. 가볍게 목례만 한 다음 처
제에게,

"어때, 안정이 돼가고 있어?" 하고 넌지시 물었다.

"아무렇지도 않아요." 처제는 밝게 웃어 보였다.

"왜 이럴까요?"

아내는 얼굴을 찌푸렸다.

"그렇게 너털거리고 웃고만 있다니⋯⋯."

T 군을 배웅하러 나온 사람들이 꽤나 많았다. T 군의 이
름이 적힌 커다란 깃발이 여섯 개나 산문 앞에 늘어서 있었
다. T 군 집의 공장에서 일하는 직공들과 여공들까지도 공
장을 쉬고 배웅을 나왔다. 나는 일행에게서 저만치 떨어져
산문의 끝 쪽에 서 있었다. 내 모습을 낮추는 자세를 취한
셈이다. T 군의 집은 부자다. 나는 이도 빠진 데다가 초라한

---

4 절의 정문.

옷차림이다. 하카마도 걸치지 않았고 모자조차도 쓰지 않았다. 가난한 글쟁이다. 아들 약혼녀의 너저분한 친척이 왔다고, T 군의 양친은 생각할지도 모른다. 처제가 내 쪽으로 얘기하러 가까이 다가왔지만, "오늘은 할 역할이 많이 있을 테니까 아버님 가까이에 있어요."라고 말하며 그쪽으로 보냈다. T 군의 부대는 좀처럼 오지 않았다. 10시, 11시, 12시가 되어도 오지를 않았다. 여학교의 수학여행 단체가 탄 관광버스가 몇 대인가 내 앞을 지나갔다. 버스 문에는 여학교의 이름이 적힌 종이가 붙어 있었다. 고향에 있는 여학교의 이름도 눈에 띄었다. 큰형의 큰딸도 그 여학교에 다니고 있으니까 저 버스에 타고 있을지 모른다. 이 도쿄 명소인 조조지의 산문 앞에 바보 같은 숙부가 멍청하게 서 있는데도 숙부인지도 모른 채 무심히 내다보다 지나쳤을지도 모른다. 뒤이어 스무 대쯤이 잠시 끊겼다가 다시 이어가며 산문 앞을 줄지어 통과하고 버스의 여차장이 제각기 그때마다 마치 나를 가리키듯이 손가락질하면서 무언가를 설명하기 시작했다. 처음에는 아무렇지도 않은 듯 태연자약했으나 차츰 포즈를 취하기도 하고 팔짱을 껴보기도 했다. 그러자 나 자신이 도쿄 명소의 하나가 되어버린 것 같은 느낌이 들기 시작했다. 한 시 가까이 되어서야, "왔다, 왔다!" 하는 부르짖음이 일어나기 시작했고, 이윽고 군인들을 가득 태운 트럭이 산문 앞에 도착했다. T 군은 다토산[5] 운전 기술을 체득하고 있었기 때문에 그 트럭 운전석에 타고 있었다. 나는 사람들 뒤편에서 멍청하게 바라보고만 있었다.

"형부." 어느 틈에 왔는지 내 곁에 다가선 처제가 이렇게 낮은 목소리로 부르며 내 등을 세차게 밀었다. 정신을 차리고 보니 운전석에서 내린 T 군이 뒤편에 서 있는 나를 제일 먼저 찾아낸 듯 거수경례를 하고 있었다. 그래도 일순간 내게 하는 것인지 의아해서 주위를 조심스레 두리번거렸으나 역시 나한테 경례를 하고 있는 것이 분명했다. 나는 처제와 함께 기운껏 사람들을 제치고 T 군의 면전까지 다가갔다.

"뒷일은 걱정 마시게. 아직 철은 없지만 여자의 가장 소중한 게 무언지는 잘 알고 있으니까 조금도 걱정하지 말아. 우리 모두가 잘 지켜줄게."

나는 전에 없이 조금도 웃지 않고 의젓하게 말했다. T 군은 얼굴을 슬쩍 붉히면서 잠자코 거수경례를 했다.

"처제는 할 말 없어?" 이번에는 나도 웃으면서 처제에게 물었다.

"이제 됐어요." 처제는 가까스로 그렇게만 말하고는 고개를 숙였다.

바로 출발 호령이 내려졌다. 나는 다시 군중들 속으로 숨어 들어갔지만, 또다시 처제에게 등을 떠밀려 이번에는 운

---

5 'DATSUN'의 일본식 발음. 일본 자동차 브랜드 닛산의 소형 트럭.

전석 밑에까지 가고야 말았다. 그곳에는 T 군의 양친이 서 계셨다.

"안심하고 다녀와요!" 나는 큰 소리로 외쳤다. T 군의 부친은 돌아서서 내 얼굴을 쳐다보았다. 지나치게 설치는 이 녀석은 누굴까, 하는 기색이 부친의 눈초리에 슬쩍 비쳤다. 하지만 나도 그때만은 의연하게 숨지를 않았다. 인간의 자존심의 궁극적인 입각점은 이래도 저래도 죽을 만큼 괴로웠던 일이 있다고 잘라 말할 수 있는 자각이 아닌가. 나는 병종 합격자다. 비록 나는 궁핍하지만 이제는 주저할 일이 없는 거다. 도쿄 명소는 다시 큰 소리로, "안심하고 다녀오게, 뒷일은 걱정 말게나!" 하고 소리 질렀다. T 군과 처제가 맺어진 다음에 만일 어려운 경우가 야기된다면 나는 체면 따윈 아랑곳하지 않는 무법자마냥 반드시 두 사람의 마지막 힘이 되어줄 것이라고 마음속으로 다짐을 했다.

조조지의 산문 일경(一景)을 얻고서 나 자신의 작품 구상도 이제 활시위를 충분히, 보름달처럼 잔뜩 당긴 듯한 기분이 들었다. 그로부터 며칠 뒤 도쿄 시의 대형 지도, 펜, 잉크, 그리고 원고용지를 지니고 용맹하게 이즈로 떠났다. 이즈의 온천 숙소에 도착한 다음에는 어떤 일이 일어났을까? 여행길에 나선 지 벌써 열흘이나 지났지만 아직도 그 온천 숙소에 머무르고 있는 것만 같다. 무엇을 하고 있는 것인지.

퍽이나 오래전의 얘기다. 잡지사 여원(女苑)으로부터 '나를 감동시킨 현대의 명작'을 골라달라는 요청을 받아 루이제 린저의 『생의 한가운데』, 생텍쥐페리의 『어린 왕자』, 사뮈엘 베케트의 『고도를 기다리며』, 유진 오닐의 『지평선 너머』, 그리고 지난날의 실생활을 회상풍으로 사소설화한 「도쿄팔경」과 성경 이야기를 서슴없이 교묘하게 패러디해 실존을 반어적인 니힐리즘으로 진지하게 모색한 「직소」를 담은 다자이 오사무의 중기 단편집을 골라주었다. 그 가운데에서 마지막으로 망설이다 추천한 다자이의 작품에 대한 원고 청탁이 내게 들어왔다.

마침 나는 도쿄에 들렀다가 다자이 오사무의 이 작품집을 사들고 후지 산 산기슭의 하코네에서 단숨에 읽고 크게 감동을 받은 직후였기에 이 불우한 일본 작가를 아마도 처음으로 우리나라에 자세히 소개하게 되었다.

얼마 전 김승옥 작가의 권유로 다자이 오사무 작품선 발간에 역자로 참여하게 되었으니 그와의 예사롭지 않은 인연을 실감하게 된다.

다자이 오사무(太宰治)는 일본 아오모리 현 쓰가루에서 태어났다. 20세기 초 신흥 자본 계층의 가정에서 태어난 그는 고등학교 시절부터 고리대금업을 한 자신의 집안 내력에 혐오감을 느끼고 자살을 시도하는 등 젊은 시절 정신적 공황 상태에 빠지기도 했다. 도쿄제국대학(현 도쿄대학) 프랑스문학과에 입학했으나 재학 중 공산주의 운동에 참여하다 학업을 중단하고 긴자의 술집 여급과 동반 자살을 꾀했지만 자신만이 살아남아 방황하기도 했다.

자기부정의 우울한 나날을 보내다가 1939년 이시하라 미치코와 결혼한 후 생활이 조금 안정되면서 1939년 「후지 산 백경」을 발표한 후 1941년 「도쿄팔경」을 발표하기까지 불과 2년 동안 이 책에 수록된 단편소설 10편을 단숨에 집필하기에 이른다. 이 작품들을 엮어 문고본(角川文庫)으로 기획, '도쿄팔경'(개정판을 내면서 '달려라 메로스'로 책명을 변경함)이라는 제명으로 첫 단편집을 상재했다. 결혼 후 명징한 정신을 견지하며 쓴 작품들은 그 특유의 사소설다운 진면목을 잘 보여준다.

다자이 오사무는 쇼와 10년대(1935~45년)를 대표하는 무뢰파(無賴派)[1]의 대표 작가로서 남다른 독자성을 지닌 천재성 넘치는 작풍을 보인다. 또 그는 일본 근대문학 특유의 문학 장르인 사소설을 나름대로 개척한 작가로 손꼽히는데, 이 단편집에 수록된 작품들은 대체로 자전적인 작품으로, 실제로 있었던 이야기임이 뒤늦게 속속 드러나고 있다.

가령 「후지 산 백경」에서 두 여성의 사진을 찍어준 사실이 당사자들이 소중히 간직하고 있는 사진을 통해 입증되었는데, 작품에는 사진을 찍어주어서 감사하다는 인사를 드리고 집에 돌아가 현상을 한다면 아마도 놀라리라고 작가(나)는 말하면서, "후지 산만이 그야말로 큼직하게 찍혀 있고 두 사람의 모습은 어디에도 안 보일 테니 말이다."라고 서술했지만, 실제로는 잘 찍힌 사진 작품으로 남아 있다는 것이다.

이처럼 실제 이야기에 허구의 옷을 입히거나 과장 등 여러 기법을 통해 다자이 오사무의 예리하고 섬세한 감수성과 뛰어난 스토리텔러로서의 천부적 재능을 흠뻑 느낄 수가 있다. 또한 인간의 속성과 삶의 모습들에 대한 다소곳한 풍자를 통해 인간의 고뇌와 진실을 고즈넉하게 파헤치고도 있어 때로는 잔잔하기도 하고, 때로는 벅찬 감동을 우리에게 안

---

1 혼미 속에 허탈함과 퇴폐를 표방한 일본 작가들의 유파.

겨준다.

참고로 이 책에 수록된 작품의 발표 잡지와 발표 시기를
소개한다.

「후지 산 백경」,『문체』, 1939년 3월

「나태의 가루타」,『문예』, 1939년 3월

「팔십팔야」,『신조』, 1939년 7월

「축견담」,『문학자』, 1939년 10월

「멋쟁이 아이」,『부인화보』, 1939년 11월

「세속 천사」,『신조』, 1940년 1월

「직소」,『중앙공론』, 1940년 2월

「알테 하이델베르크」,『부인화보』, 1940년 3월

「달려라 메로스」,『신조』, 1940년 5월

「도쿄팔경」,『문학보』, 1941년 1월

이로 미루어 보더라도 다자이 오사무가 1939~41년에 얼
마나 왕성하게 창작 활동을 했는지 가히 짐작할 수가 있다.
그런 만큼 이 시기의 작품들은 다자이 문학의 백미라 이를
만 하다.

다자이 오사무는 짧고도 파란만장했던 생애 동안 고뇌에
몸부림치며 견뎌나갔고, 속죄의 니힐리즘 속에서 몸을 달구
었던 자신의 작품 세계를 스스로의 몸으로 증명하고 해명하

기라도 하는 듯이 자살로서 생을 마감했다. 화려하고 천재적인 예술가로서의 생애를 "태어나서 미안해요."라는 마지막 말로 시니컬하게 장식하기도 했다.

또한 다자이 오사무는 일본의 신문학사상 가장 천재적인 작가로 알려져 있다. 일본의 평론가들이 그에게 "놀랍고도 뛰어난 자화상의 작가"이고, "더할 나위 없는 일본 문학의 신(神)"이며 "천재 아쿠타가와(芥川)가 그 생애의 마지막 판에 도달한 지점에서 출발한 천재 중의 천재"라고 격찬을 아끼지 않고 있듯, 일본 현대문학사의 전성기를 장식한 천재보다 한결 월등한 불후의 작가다.

그의 문장은 마치 아름다운 물의 흐름처럼 우아하며, 그 밑바닥에 흐르는 정서는 이상스러운 흥분마저 느끼게 하는 가히 "세기의 정서"라고 과찬할 만한 가치가 있는 일품들이다. 그래서 그의 소설을 읽으면 까닭 모르는 우수(憂愁)의 심연 속으로 빠져드는 야릇한 감정과 감격을 느끼게 된다.

오늘날 다자이는 일본의 젊은이들에게 거의 우상에 가깝다. 해마다 그의 생일인 6월 19일에 그를 추모하는 앵두기(櫻桃忌)가 그의 묘소 앞에 개회될 정도다. 그의 제자는 그의 무덤 앞에서 자살하기도 했다.

나를 제대로 문학에 눈뜨게 해준 다자이 오사무의 작품을 번역함에 일익을 맡게 되어 반갑다. 그의 문학적 깊이를 나름대로 잘 전달하려고 무척이나, 어느 때보다도 힘들여 옮겨보았다. 새삼스레 번역은 반역일 수도 있다는 것과 제2의 창작이어야 한다는 것도 실감했다. 비록 어쭙잖은 번역이지만 많은 독자들이 잊히지 않는 감동을 느낄 수 있게 되기를 간절히 바란다.

출판계가 어려운 시기에 여러 권의 작품을 번역할 수 있도록 배려해준 열림원에 감사하며, 이를 주선해준 김승옥 작가에게도 이 자리를 빌려 고마움을 표한다.

전규태

1909년(明治 42년)

6월 19일, 아오모리(青森) 현 가나기(金木) 414번지에서 태어남. 본명
은 쓰시마 슈지(津島修治). 아버지는 겐에몬(源右衛門), 어머니는 다네
(夕子). 11명의 자녀 중 열 번째 자녀, 여섯 번째 아들로, 맏형, 둘째 형
은 요절, 세 형(文治, 英治, 圭治)과 네 명의 누나를 둠(3년 후 동생(礼治)
출생). 그 밖에도 증조모, 조모, 숙모와 그 딸 네 명 등으로 이뤄진 대가
족 속에서 자라남. 쓰시마 집안은 아오모리 현의 대지주로, 가족과 하
녀를 포함한 30명이 함께 생활함. 작품 「추억(思い出)」에 나오는 유모
다케가 3~8세까지 오사무를 돌봄.

1916년(大正 5년) 7세

가나기 제1심상소학교에 입학함. 모범생으로 잘 다님. 1920년 증조모
가 별세함.

1922년 13세

소학교를 졸업, 메이지 고등소학교에 입학함. 이 학교에서 소설 「친우 교환(親友交歡)」 등에 나오는 고향 친구들을 많이 사귀게 됨.

1923년 14세

3월, 귀족원 의원이었던 부친 향년 53세로 별세. 4월, 아오모리 현립 아오모리 중학교에 입학함. 아오모리 데라마치(寺町)에 사는 먼 친척 인 도요타(豊田) 집안에 하숙. 중학교 재학 시절인 1925년 3월 『아오 모리 교우회지』에 발표한 「마지막 섭정(最後の太閤)」을 시작으로 작품 을 왕성하게 발표함. 가까운 친구들과 동인지 『성좌(星座)』, 『신기루 (蜃気楼)』를 만들었고, 1926년에는 큰형(文治), 셋째 형(圭治)을 중심 으로 잡지 『아온보(青んぼ)』를 펴내기도 함.

1927년(昭和 2년) 18세

중학교 4학년을 마치고 히로사키(弘前) 고등학교에 입학함. 먼 친척인 후지다(藤田) 집안에서 하숙함. 이 무렵 이즈미 교카(泉鏡花), 아쿠타가 와 류노스케(芥川龍之介)의 문학에 깊이 빠져들기 시작함. 7월, 흠모하 고 있던 아쿠타가와의 자살에 강한 충격을 받아, 학업을 포기하고 기 다유(義太夫)를 배우고 요정에 출입하며 우울하게 지내던 중 예기(藝 妓) 베니코(紅湖, 본명 오야마 하쓰요(小山初代))를 알게 됨.

1928년 19세

동인지 『세포문예(細胞文芸)』를 창간, 편집함. 「무간나락(無間奈落)」을 쓰시마 슈지(辻島衆二)라는 필명으로 발표함. 이때 이소노가미 겐이치 로(石上玄一郎)가 동인으로 가담했고, 그에게서 마르크시즘의 영향을 크게 받음. 칼모틴 복용으로 처음 자살 시도를 했으나 미수로 그침.

1930년 21세

4월, 도쿄제국대학교 프랑스문학과에 입학함. 셋째 형 집 근처에서 하숙(형은 당시 비합법 운동에 가담했다 사망함). 그해 가을 베니코가 상경했으나 큰형의 조언으로 장래를 약속하고 귀향시킴. 11월 28일, 별로 친분이 없는 카페 여급 다나베 아쓰미(본명 다나베 시메코(田部シメ子))와 가마쿠라에서 동반 자살을 시도했으나 여자만 사망함. 자살방조죄로 잡혀갔지만 기소유예로 풀려남.

1931년 22세

2월, 베니코와 도쿄의 고탄다(五反田)에서 동거 생활을 시작했으나 여의치 않아 여름, 가을에 걸쳐 두 차례나 이사함. 임시 필명인 슈린도(朱麟堂)로 정형시 하이쿠 짓기에 골몰했고, 비합법 좌익 운동에 가담함.

1932년 23세

거처를 전전하다 7월에 아오모리 경찰서에 자수함. 이후 공산주의 운동을 그만두고 소설 「추억」을 쓰기 시작함.

1933년 24세

2월, 아마누마(天沼)로 이사, 잡지 『선데이도오쿠(サンデー東奥)』에 「열차(列車)」를 발표함. 이때 처음으로 '다자이 오사무(太宰治)'란 필명을 사용함. 4월에는 후루타니 쓰나타케(古谷綱武), 기야마 쇼헤이(木山捷平)와 함께 동인지 『바다표범(海豹)』에 참가, 「어복기(魚服記)」, 「추억」을 발표함. 이 무렵 단 가즈오(檀一雄) 등 여러 문우들과 친교를 맺음.

1934년 25세

4월, 동인지 『뜸부기(鷭)』에 「잎(葉)」을, 7월에는 같은 잡지에 「원숭이 얼굴을 닮은 젊은이(猿面冠者)」를, 10월에는 동인지 『세기(世紀)』에 「그는 옛날의 그가 아니다(彼は昔のかれならず)」 등을 연이어 발표함.

12월에는 동인지『푸른 꽃(青い花)』창간에 참여,「로마네스크(ロマネスク)」를 발표함.

1935년 26세

2월,『문예(文藝)』지에「역행(逆行)」을 발표. 3월에는 미야코신문사(都新聞社) 입사 시험에 응시했으나 낙제함. 중순경 가마쿠라에서 익사 자살을 다시 시도했으나 실패, 도쿄제국대학을 중퇴하고야 맒. '일본 낭만파'에 가입하여「어릿광대의 꽃(道化の華)」을 발표함. 4월에 맹장염이 복막염으로 번져 시노하라 병원(篠原病院)에 입원, 7월까지 요양 후 후나바시(船橋)로 전지 생활을 이어갔으나 파비날 중독으로 고생함. 8월, 소설「역행」이 아쿠타가와상 후보작에 오르나 2등으로 낙선(다자이 오사무는 이에 크게 좌절한 것으로 알려져 있음). 병중에도 용기를 내어 불과 석 달 동안에 소설 네 편(「원숭이 섬(猿ヶ島)」,「다스 게마이네(ダス・ゲマイネ)」,「도적(盗賊)」,「지구도(地球図)」)을 발표.『일본 낭만파』지에 수필「생각하는 갈대(もの思ふ葦)」를 연재함. 이때 제자이며 소설가인 다나카 히데미쓰(田中英光)와 편지 교환을 시작함.

1936년 27세

1월,『신조(新潮)』지에「장님 이야기(めくら草紙)」를 발표함.「생각하는 갈대」가 큰 인기를 얻어, 여러 잡지에 같은 제목으로 분산 발표하게 됨.『일본 낭만파』에는 새로이 수필「벽안탁발(碧眼托鉢)」의 연재를 시작함. 2월 10일, 파비날 중독이 재발하여 사이세이카이(済生会) 병원에 입원, 열흘 뒤인 20일에 완치되지 않은 상태로 퇴원함. 한 달 만에 두 편의 소설「도깨비불(陰火)」,「암컷에 대하여(雌について)」 발표, 6월에는 최초의 창작집『만년(晩年)』을 스나코야서방(砂小屋書房)에서 출판함. 7월에는『문학계(文学界)』에「허구의 봄(虚構の春)」을 발표하는 등 왕성한 창작 의욕을 보였으나 기대했던 제3회 아쿠타가와 문학상에서 낙선했다는 소식을 듣고 잠시 충격에 빠짐. 곧 단편「교겐의 신(狂言

の神)」, 「갈채(喝采)」 등을 발표했으나 주변의 권유로 10월에 무사시노(武藏野) 병원에 입원, 파비날 중독을 치료받음.

1937년 28세

1월, 퇴원 후 두 달 만에 단편 「20세기 기수(二十世紀旗手)」 발표. 3월에 또다시 입원. 베니코와 다니카와(谷川) 온천에서 칼모틴을 복용하여 동반 자살을 시도했으나 미수에 그치고 맒. 귀경 후 베니코와 이별함. 4월에 「Human Lost」 발표. 6월에는 신조 출판사에서 소설집 『허구의 방황(虛構の彷徨)』 출판. 10월에는 아마누마로 거처를 옮기고 「등롱(燈籠)」을 발표함.

1938년 29세

9월, 「만원(滿願)」 발표. 스승 이부세 마스지(井伏鱒二)의 초대로 야마나시(山梨) 현의 덴카차야(天下茶屋)에서 장편 『불새(火の鳥)』 집필에 착수함(이 소설은 결국 미완으로 남음). 10월에 「노파 버리기(姥捨)」 발표. 11월에 하산하여 고후(甲府) 시에서 하숙함. 이때 많은 수필을 발표함.

1939년 30세

1월 8일, 이부세 부부의 중매로 야마나시 현 쓰루(都留) 고등여학교 교사인 26세 이시하라 미치코(石原美知子)와 결혼식을 올리고 고후 시에 살림을 차림. 2월에 「I can speak」, 「후지 산 백경(富嶽百景)」, 3월에 「나태의 가루타(懶惰の歌留多)」, 「황금풍경(黃金風景)」을 잇달아 발표하여 호평을 받음. 「황금풍경」으로 발표지인 「국민신문(國民新聞)」에서 수여하는 단편 콩쿠르를 수상함. 4월에 「여학생(女生徒)」 발표. 6월에 아내 미치코와 나가노 현 신슈(信州)를 여행함. 「벚꽃잎과 마술 피리(葉桜と魔笛)」 발표. 7월에는 단편집 『여학생』이 출판됨. 소설 「팔십팔야(八十八夜)」, 「미소녀(美少女)」, 「아, 가을(ア, 秋)」을 발표함. 9월, 도쿄 미타카(三鷹) 시모렌자쿠(下連雀) 113번지의 셋집으로 이사함(전

쟁 전후를 제외하고 사망할 때까지 이 집에 머묾). 10월에「축견담(畜犬談)」, 11월에「피부와 마음(皮膚と心)」발표, 12월에『사랑과 미에 대하여』를 출판함(5월에 출판한 것을 고침).

1940년 31세

작가로서의 지위가 다져지면서 작품 발표가 늘어나기 시작함. 1월에「여자의 결투(女の決鬪)」연재를 시작,「세속 천사(俗天使)」,「형(兄たち)」(발표 당시 제목은 "美しい兄たち"), 2월에「직소(駈込み訴え)」, 5월에「달려라 메로스(走れメロス)」를 발표했고, 창작집도 이해 전반에만 두 권(『피부와 마음』,『추억』)을 출판. 경제적인 여유가 생겨 온천 휴양지도 자주 찾았고, 강연 청탁도 많아짐. 니가타(新潟) 고등학교에서 청소년을 위해 강연했으며, 문인들의 친목회인 '아사가야회(阿佐ヶ谷會)'에도 자주 초청됨. 12월에『여학생』으로 기타무라 도코쿠(北村透谷) 문학상을 수상함.

1941년 32세

1월, 수작으로 거론되는「도쿄팔경(東京八景)」발표, 5월에 같은 제명의 단행본이 출판됨. 7월에『신햄릿(新ハムレット)』이 출판되었고, 8월에도 단행본 두 권(『지요조(千代女)』,『직소』)이 출판됨. 6월 7일, 장녀 소노코(園子)가 태어났고, 모친 병문안차 10년 만에 고향 가나기의 생가를 방문함. 11월에 문인 징용령에 의해 징발되었으나 흉부질환으로 면제 처분을 받음. 12월 8일, 태평양전쟁으로 전시체제에 접어듦.

1942년 33세

3월, 이전 해부터 써온「정의와 미소(正義と微笑)」탈고. 단편집『알테하이텔베르크(老ハイデルベルヒ)』,『여성(女性)』등 출간. 9월부터는 점호 소집도 자주 받았고, 10월에『문예』지에 발표한「불꽃놀이(花火)」(후에 "일출 전(日の出前)"으로 제목을 바꾸어 발표함)가 시국에 맞지 않는

다는 이유로 전문 삭제 명령을 받음. 모친이 위독하다는 소식을 듣고 아내, 딸 등과 함께 귀향함. 12월 10일, 모친 향년 70세로 별세함.

1943년 34세

1월, 「금주하는 마음(禁酒の心)」, 「고향(故郷)」, 「오손선생언행록(黃村先生言行錄)」 발표. 어머니의 삼오 법요 제사에 참석하기 위해 처자와 일시 귀향. 3월에는 처가에서 장편 「우대신 사네토모(右大臣実朝)」를 완성, 9월에 단행본으로 출판함. 10월에 「종달새의 소리(雲雀の声)」를 완성했으나 검열을 우려하여 출판을 연기함(이듬해 출판하게 되었으나 인쇄소가 공습을 당해 출판 직전의 책들이 소실됨. 1945년에 출판된 『판도라의 상자(パンドラの匣)』는 이 작품의 교정판을 바탕으로 한 것임).

1944년 35세

1월, 「길일(佳日)」 발표. 도호(東宝) 영화사로부터 이 작품의 영화화 제의를 받아 아타미 호텔에 칩거하면서 시나리오 작업을 함. 이는 "네 번의 결혼(四つの結婚)"이라는 제목으로 9월에 개봉되어 호평을 받음. 내각 정보국과 문학보국회의 의뢰를 받아 루쉰(魯迅) 전기를 집필하기 위해 연구를 시작함. 12월에는 루쉰의 센다이(仙台) 시절 사적을 답사하기 위해 센다이를 비롯한 동북 지방을 여행하고 집필을 시작함. 정부였던 베니코가 중국 칭다오(青島)에서 32세의 나이로 사망함.

1945년 36세

2월, 루쉰 전기인 『석별(惜別)』 탈고, 9월에는 아사히신문사(朝日新聞社)에서 출판. 3월, 공습경보 아래서도 「옛날이야기(お伽草子)」를 집필하기 시작, 6월에 완성함. 3월 말에 처자를 아내의 고향인 고후로 보내고 홀로 도쿄에 남았으나 4월에 공습으로 집이 파손되어 처가로 피난함. 7월에는 고후의 집도 공습으로 전소되어 7월 말에 처자와 함께 고향 가나기로 피난함. 8월 15일, 고향에서 종전 소식을 들음.

1946년 37세

패전 후에 다시 활약하려는 의욕을 보이며 한 해 동안 15편의 작품을 발표함. 12월, 「겨울의 불꽃놀이(冬の花火)」가 도게키(東劇) 무대에서 상연될 예정이었으나 맥아더 사령부에 의해 금지됨.

1947년 38세

1월에 발표한 「메리 크리스마스(メリイクリスマス)」를 필두로 이해에 열 편의 작품과 『겨울의 불꽃놀이』, 『비용의 아내(ヴィヨンの妻)』, 『사양(斜陽)』을 내는 등 창작에 열을 올림. 2월, 오오타 시즈코(太田静子)를 방문하여 일주일간 머묾. 『사양』 집필 시작, 3월 하순에 1, 2장 탈고. 3월에 미타카 역전의 포장마차에서 전쟁 미망인이었던 야마자키 토미에(山崎富栄)를 만남. 3월 30일, 차녀 사토코(里子)가 태어남. 같은 해에 오오타 시즈코와의 사이에서 태어난 딸의 존재를 알게 되어 하루코(治子)라고 명명. 6월에 『사양』 탈고, 7월부터 『신조』지에 연재를 시작함 (10월에 완료). 12월, 『사양』 출간, 베스트셀러가 됨.

1948년 39세

1월, 「범인(犯人)」, 「향응부인(饗応夫人)」, 「술의 추억(酒の追憶)」 발표. 2월에는 배우좌 창작극 연구회 제1회 공연 작품으로 「봄의 마른 잎(春の枯葉)」이 명연출가 센다 시야(千田是也)의 연출로 성황리에 공연됨. 3월에는 『다자이 오사무 수필집(太宰治随想集)』이 호평 속에 판매되었고, 「여시아문(如是我聞)」이 『신조』지에 연재되며 문단을 놀라게 함. 아타미(熱海) 온천에서 『인간실격(人間失格)』 집필 시작, 5월에 탈고, 6월부터 『전망』지에 연재 시작(제2회 이후의 원고는 사후에 발표됨). 4월, 「다자이 오사무 전집」이 간행되기 시작. 이후 계속 집필에 골몰하여 「철새(渡り鳥)」, 「여류(女類)」, 「앵두(櫻桃)」 등을 주요 문예지에 발표하였으며, 「아사히신문」에 「굿바이(グッドバイ)」를 연재하기로 약속하고 10회 분량의 원고를 넘김. 엄청난 작업량으로 인한 피로 때문에 졸

도하기도 하고 이따금 각혈하기도 함. 6월 13일, 깊은 밤 야마자키 토미에와 함께 다마 강 상류(上川上水)에 몸을 던져 세상을 떠남. 이달의 문예지에는 그의 작품이 세 편 게재되어 있었음. 비가 하염없이 퍼붓는 가운데 수색 작업이 계속되었고, 19일에 시체가 발견됨. 21일에 시구를 자택에 안치하고 문인들에 의한 장례위원회의 주관으로 엄숙히 고별식이 거행됨. 7월 18일, 미타카의 젠린지(禪林寺)에 안장됨.

옮긴이 전규태 | 연세대학교 국문학과 및 동 대학원을 졸업했다. 연세대 교수, 하버드대, 컬럼비아대, 시드니대 교환 교수를 지냈으며, 오스트레일리아 국립대 교수로 5년간 한국학을 강의했다. 동아일보 신춘문예 문학평론으로 등단한 문인이자, 한일 비교문화 연구가로 왕성하게 활동하며 현대시인상, 문학평론가협회상, 모더니즘문학상 등을 수상했고, 국민훈장 모란장, 국가공로자 서훈을 받았다. 저서로『한일 문화의 비교』,『한국 시가연구』등 다수. 역서로 다자이 오사무의『달려라 메로스』,『여학생』등이 있다.

달려라 메로스

초판 1쇄 발행 2014년 10월 10일
초판 2쇄 발행 2018년 7월 20일

지은이 다자이 오사무
옮긴이 전규태
펴낸이 정중모
펴낸곳 열림원

출판등록 1980년 5월 19일(제406-2000-000204호)
주소 경기도 파주시 회동길 152
전화 031-955-0700 | 팩스 031-955-0661~2
홈페이지 www.yolimwon.com | 이메일 editor@yolimwon.com

ISBN 978-89-7063-811-9 04830
ISBN 978-89-7063-810-2 (세트)
● 책값은 뒤표지에 있습니다.

이 도서의 국립중앙도서관 출판예정도서목록(CIP)은 서지정보유통지원시스템 홈페이지(http://seoji.nl.go.kr)와 국가자료공동목록시스템(http://www.nl.go.kr/kolisnet)에서 이용하실 수 있습니다.(CIP제어번호: CIP2014027743)